KB070640

아! 베이징

※ 본 연구는 2020년도 상명대학교 교내연구비를 지원받아 수행하였음.(This research was supported by a 2020 Research Grant from Sangmyung University.)

B E I J I N G

아! 베이징

조관희 엮고 옮김

學古房

차 례

일러두기

이 책에 나오는 중국인들의 인명과 지명은 고대나 현대를 불문하고 모두 원음으로 표기하였다. 아울러 중국어의 한글 표기는 문화체육부 고시 제1995-8호 '외래어 표기법'에 의거하되, 여기에 부가되어 있는 표기 세칙은 적용하지 않았다.

"이 책은 『北京乎』 上下(三聯書店, 1992)에 실린 글들 가운데 옮긴이가 가려뽑은 것을 우리말로 옮긴 것이다."

옮긴이의 말

지금은 아무 때나 마음먹으면 갈 수 있는 북한산이 되었지만, 전차 종점이 돈암동이었던 시절에는 걸어서 미아리고개를 넘어 일박을 한 뒤에야 북한산을 오를 수 있었다. 마찬가지 상황이 베이징에도 그대로 적용된다. 베이징 관광의 필수 코스 가운데 하나인 바다링八達嶺 장성의 경우가 그렇다. 지금이야 바다링 장성을 비롯해 인근의 명 13릉까지 당일로 돌아볼 수 있지만, 예전에는 기차를 타고 가서 일박을 하고 나서야 돌아볼 수 있었던 것이다. 옹근 2박 3일의 일정을 당일로 소화할 수 있게 된 것은 과학 기술의 발달로 말미암은 것이라 치부할 수 있지만, 장성을 돌아보며 느끼는 감흥은 그때나 지금이나 별반 다르지 않다.

이 책에 실린 글들은 1910년대 말부터 1940년대 말까지의 베이징을 소묘한 것이다. 당시 문인들의 눈에 비춰진 베이징의 모습은 현재의 그것과는 사뭇 다르다. 꿈 많던 여대생은 다음 날 떠날 명릉明陵과 장성 나들이에 대한 기대로 가슴 설레며 잠을 못 이루지만 막상 도착한 뒤에는 강풍으로 인해 정작 장성 구경은 하지도 못한 채 아쉬운 발걸음을 돌려야 했다. 하지만 요즘의 관광객들은 버스를 타고 도착해 케이블카로 너무도 쉽게 장성을 오를 수 있게 되었다. 사상가이자 문인이었던 천두슈陳獨秀가 '천하제일'의 고약한 냄새를 풍겼다고 개탄한 '안딩먼安定門' 밖 분뇨더미의 냄새도 사라진 지 오래다.

어디 그뿐이랴. 시간의 흐름 속에 베이징은 옛 모습을 잃고 예전과는 전혀 다른 도시가 되어버렸다. 웅장했던 성벽은 허물어져 자취를 찾을 길 없고, 도성의 성문들도 단 두 개만 남겨둔 채 모두 철거되었다. 중국인들이 세계 최대의 광장이라고 자랑하는 톈안먼天安門 광장은 예전에는 육조六曹의 관아가 즐비하게 늘어서 있던 곳이었고, 마오쩌둥毛澤東의 시신이 안치되어 있는 마오쩌둥기념관 자리에는 시대에 따라 다밍먼大明門, 다칭먼大淸門, 중화먼中華門으로 이름이 바뀌었던 '문'이 서 있었다. 이러한 베이징의 변화는 세월의 흐름 속에 자연스럽게 일어난 것이 아니라, 짧은 시간 동안 급격하게 이루어졌다.

1931년부터 본격적으로 시작된 일본의 대륙 침략은 중일전쟁으로 이어졌고, 1945년 전쟁이 끝난 뒤에는 국민당 군과 공산당 군 사이에 벌어진 내전이 이어졌다. 1949년 중국 공산당이 최후의 승리를 거둔 뒤 '신중국'의 수립을 선포한 공산당 정권은 수도 베이징에 대한 대대적인 개조 작업에 착수했다. 애초에는 베이징 성을 그대로 보존하고 그 외곽 지역에 새로운 도심을 만들려는 기획안이 제출되었으나, 봉건적인 잔재를 일소하고 그 위에 새로운 역사를 세우고자 하는 공산당 지도부의 강력한 의지에 의해 베이징 성은 처참할 정도로 원래의 모습을 잃어버렸다. 가장 먼저 성벽이 무너지고, 교통의 흐름을 방해한다는 이유로 성문이 철거되었다. 톈안먼天安門 앞은 모든 건물들이 사라지고 그저 텅 빈 광장만이 그 자리를 대신했다. 그 광장에 서서 그 옛날 화려했던 제국의 위용을 상상하는 것은 더 이상 가능하지 않다.

그래서일까? 그러한 변화를 겪지 않고 원래 모습을 그대로 간직한 시절에 베이징을 묘사한 글들은 묘한 향수와 함께 다시는 되돌아갈 수 없는 과거의 그 어떤 시점에 대한 그리움을 불러일으킨다. 따지고 보면 우리의 서울도 베이징과 비슷한 역사를 겪었다. 오래되고 낡은 것을 파괴하는 것이 근대화의 상징인 양 미화되었던 과거 어느 시절의 모습들이 베이징 성의 변화 과정 속에서 묘한 기시감을 불러일으키는 것이다. 그리고 뒤늦게 그 가치를 깨닫고 잃어버린 과거를 복구하려는 몸부림 또한 쌍둥이처럼 닮아 있다. 그런 의미에서 이 책에 실린 글들은 잃어버린 한 시대의 역사에 대한 회고일 뿐 아니라 그동안 우리가 저질러 왔던 어리석은 행동들을 돌아보는 한 계기가 될 수 있다.

한 나라의 수도로서 베이징에는 여러 가지 다양한 얼굴들이 중첩되어 있다. 근대 이후 중국은 서구 제국주의 세력의 침탈 아래 갖은 고난을 겪어 왔다. 전란이 끝난 뒤에는 죽의 장막 속에 스스로 유폐되어 유토피아적인 이상 사회를 꿈꾸다 처절한 실패를 맛보았다. 그리고 냉전이 끝난 뒤에는 세계 최강대국으로 자리 잡은 미국에 맞설 수 있는 유일한 나라로 면모를 일신하였다. 그러한 위상에 걸맞게 21세기의 베이징은 온갖 화려함과 위엄을 갖추고 있다. 그러나 대로를 벗어나 그들이 후통이라고 부르는 좁장한 골목으로 들어서면 800여 년이라는 긴 세월의 두께가 오롯이 내려앉은 수수하고 소박한 사람들의 일상이 펼쳐지고 있다. 지붕에는 풀이 자라고 퇴락한 담장은 금방이라도 넘어질 듯 위태로운데, 사람들은 심상한 듯 잠옷 바람으로 삼삼오오 모여 앉아 한담을 나누고 있다.

이 공간에서는 시간이 흐르지 않고 뒷짐 진 노인의 느릿한 걸음처럼 허공을 떠도는 듯하다. 분명 처음 온 곳인데 낯설지 않은 느낌. 그렇게 익숙한 기시감은 오랜 세월 동안 사람들에 의해 쌓여진 기억으로 말미암은 것일까? 여기에 실린 글들은 약 100여 전 베이징 사람들이 남긴 기억의 편린이라 할 수 있다. 이제 그 기억의 페이지를 들추어 베이징의 또 다른 면모를 만나는 길을 떠나보도록 하자.

2020년 여름

옮긴이

아! 베이징

쑨푸시孫福熙

아! 베이징. 헤어진 지 벌써 5년이 되었구나.

펑타이豐台를 지난 뒤 기차는 허둥대며, 불꽃을 좇는 뱀처럼 다급하게 달려갔다. 나는 호흡을 멈추었다. 주체할 수 없이, 베이징이라는 무형의 힘에 이끌렸다.

한 무더기 녹색 가운데 멀리 벽돌로 쌓은 성벽이 은은하게 드러났다. 황금색 기와와 붉은 성벽의 성루가 녹음의 파도 속에 우뚝 솟았다. 나는 정양먼正陽門과 쯔진청紫禁城, 그리고 다른 모든 것들을 알아볼 수 있었다.

베이징을 떠나올 때를 돌아보니 둥화먼東華門에 가서 둘째 형에게 베이징의 위대함과 헤어지기 아쉽다고 말했다. 5년 간 상념을 억제할 수 없다가 이제 요행히도 다시 그를 우러르고 그 안에 녹아들 수 있게 되었다.

사오싱회관紹興會館에서 아침 일찍 깨어나니, 까마귀가 우는 가운데 홰나무 꽃이 눈처럼 날리고, 커다란 두 그루의 홰나무가 정원을 뒤덮었다. 싱그런 아침 햇살이 무성한 나뭇가지와 이파리 사이로 쏟아져 내려 가벼운 연기 색깔의 사선을 그려내며 홰나무 꽃으로 덮여 있는 약간 습한 땅위에 떨어졌다. 그리고는 계란이나 그와 다른 모양의 얼룩을 남겨 놓았다. 초가을의 상쾌함이 이렇듯 옅은 햇살 속에 비추는 가운데 나는 내가 사랑해 마지않는 베이징에 안기게 된 것이다.

이별 이후 나는 알프스의 고산을 몇 차례 올랐고, 망망한 인도양 한 가운데를 떠다녔다. 그럼에도 나는 그런 곳이 뭐가 좋은지 알 수가 없었다. 물론 의심할 바 없이 알프스의 숭고함과 인도양의 광대함은 베이징 성을 훨씬 능가한다. 그렇다고 해서 베이징 성의 숭고함과 광대함에 대한 나의 사랑이 덜어지지는 않았다.

베이징에 처음 왔을 때를 돌이켜본다. 둥처잔東車站의 문을 나서 정양먼正陽門의 누각을 바라보니 등불이 잔뜩 켜 있는 광장 가운데 우뚝 서 있다. 그 뒤로 별이 가득한 시커먼 하늘이 저 멀리에 배경처럼 걸려 있다. 작은 도시에서만 살아 왔던 나는 그 광경에 깊은 감동을 받았다!

베이징대학에서는 학문의 담벼락을 보았다면, 나를 큰 사람으로 만들어 준 것은 저 광대하고 장엄한 베이징 성이다.

예전에 나는 베이징 같이 긴 거리를 본 적이 없었다. 작은 도시에서 대가大街라 부르는 것이라야 이쪽 끝에서 저쪽 끝이 보이는 정도니, 이른바 "크다"는 것은 그저 왕래하는 사람이 서로 비껴 다니면서 어깨를 부딪히지 않고 상대방 발뒤꿈치를 밟지 않는 정도일 따름이다. 베이징의 긴 거리는 바라보매 끝이 없는 듯, 저 멀리서 아득하게 사라져 버려 자신의 시력이 미치지 못한 것을 한탄하게 된다. 좌우로도 넓으니, 우물 안처럼 작은 도시에 갇혀 제대로 숨도 못 쉬고 살았던 나로서는 가슴이 탁 트일 밖에. 여기에 그토록 높은 베이징의 하늘은 길고 넓은 베이징의 길거리와 길이길이 궁합이 맞는다.

내가 베이징을 사랑하는 까닭은 이뿐이 아니다. 저녁 무렵 베이허옌北河沿의 홰나무와 버드나무 사이로 산보를 나가면 가지들이 내 정수리에 부딪히고, 붉은 노을이 둥안먼東安門 일대의 담장 위를 비춘다. 나는 내 자신이 보잘 것 없는 존재라는 걸 느끼며, 비열한 사회에서 형성된 오만함은 완전히 소멸된다. 하지만 정신적으로는 훨씬 강해지게 되니, 여전히 내 자신이 고매하다는 생각이 든다.

[그림 1] 지금은 철거되어 사라진 둥안먼東安門의 옛 모습

당시 매주 일요일 아침이면 둘째 형[1]과 같이 교육부 회의장에 가서 듀이 선생의 교육철학 강연을 들었다. 겨울의 차가운 바람은 모래가 섞여 불어왔다. 우리는 걸어서 베이상먼北上門[2]을 거쳐 세 개의

1) 당시 베이징에서 여러 신문의 부간副刊을 편집했던 쑨푸위안孙伏园을 가리킨다.

호수[3]를 지나며 베이하이北海에 얼어 있는 눈처럼 흰 얼음을 바라본다. 거리의 수차水車에서 흘러나온 물도 옥구슬같이 얼어 있다. 이 모든 것이 나에게는 경이로울 따름이다.

예전에 청난 공원城南公園에서 책을 읽었던 적이 있다. 여름휴가 기간 동안 나는 둘째 형과 책을 끼고 같이 갔다. 아침의 태양은 이미 맹렬한데, 우리는 보라색 등나무 시렁 아래 자리를 잡았다. 베이징의 특징은 일단 그늘 속에 들어가면 시원한 바람이 분다는 것이다. 그 꽃그늘이 책을 읽는 우리를 저녁때까지 보호해 준다.

나는 지금 옛 꿈을 되씹고 있다. 그리고 미력하나마 그것을 표현하고 더 아름답게 만들어 나와 모든 시민들의 베이징에 대한 호감을 배가시키려 한다.

아! 베이징이여. 나는 내가 사랑하는 베이징에 안겼다.

1925년 8월 13일
(쑨푸시 저 『아! 베이징北京乎』 1927년 6월 개명서점開明書店)

[쑨푸시孫福熙 (1898~1962년)]

쑨푸시는 자가 춘타이春苔이고 필명은 딩이丁一, 수밍자이壽明齋이며 저장浙江 사오싱紹興 사람이다. 1915년에 저장 성 성립 제5사범학교를 졸업하고 1919년 베이징에 가서 베이징대학 도서관 관리원이 되었다. 당시 도서관장이었던 리다자오李大釗 밑에서 근무하

---

2) 베이상먼北上門은 황궁과 금원禁苑 사이의 중축선 상에 있는 문이다.
3) 베이징 시내에 있는 베이하이北海, 중하이中海, 난하이南海를 가리킨다.

며 여러 가지 수업을 방청했다. 그 형인 쑨푸위안孫伏園과 함께 루쉰魯迅 등 수많은 학자들과 교유하며 "5 · 4운동"에도 참여했다.

〔그림 2〕 쑨푸시

그 다음해인 1920년 당시 베이징대학 총장이었던 차이위안페이蔡元培의 주선으로 프랑스에 유학을 가서 그때부터 산문을 쓰기 시작했다. 1925년 귀국한 뒤 루쉰의 도움으로 산문집 『산야철습山野掇拾』을 내고 잇달아 산문집 『귀항歸航』과 『대서양의 해변大西洋之濱』과, 소설집 『봄의 도시春城』를 냈다. 1928년 항저우杭州 국립 시후 예술학원西湖藝術學院의 교수가 되었다. 1930년 다시 프랑스로 건너가 파리대학에서 문학과 예술이론 강의를 들었다. 1931년 귀국한 뒤 항저우예술전문학교杭州艺术专科学校의 교수가 되었다. 해방 후에는 상하이중학교 교장과 상하이 시 교육연구회 주석 등의 직책을 맡아보았다.

〔그림 3〕 앞줄 왼쪽부터 시계반대방향으로 저우젠런, 쉬광핑, 루쉰, 쑨푸위안, 린위탕, 쑨푸시.

베이징의 열 가지 특색

천두슈陳獨秀

한 친구가 최근에 유럽에서 돌아왔다. 그는 베이징에서 어느 나라에도 없는 열 가지 특색을 보았다고 말했다.

첫째, 계엄 시기가 아닌데도 거리마다 총을 멘 순경들이 시민들을 위협하고 있다.

둘째, 아주 훌륭한 신화가新華街의 신작로가 황성 부근까지만 닦이고 멈춰버렸다.

셋째, 자동차가 아주 좁은 골목길에서 사람들 사이로 멋대로 달리는 데도 순경은 제지를 하지 않는다.

넷째, 고급 장교가 말을 타지 않고 오히려 자동차를 타고 질주하는 것이 마치 적진을 향해 달리는 듯하다.

다섯째, 열두서너 살 먹은 어린 아이와 예순이 넘은 늙은이가 거리에서 인력거를 끄는 데도 경찰은 뭐라 하지 않는다.

여섯째, 바람이 불면 먼지가 하늘을 뒤덮는 데도 사람이 물을 뿌릴

뿐, 살수차는 쓰지 않는다.

일곱째, 성 안팎으로 모두 신작로라 할 수 있는데, 다만 사람들이 오가는 주요 도로인 쳰먼 교前門橋[1]에는 아직도 높이가 들쭉날쭉한 돌길이 남아 있다.

여덟째, 언필칭 공원이라 해놓고는 입장권을 사야만 들어갈 수 있다.

아홉째, 총통부總統府[2] 앞도 통행금지이고, 펑톈奉天[3] 계 군벌 사령부 앞도 통행금지다.

열째, 안딩먼安定門[4] 밖 분뇨더미의 냄새는 천하제일이다.

1919년 6월 1일
(아동도서관亞東圖書館 판『독수문존獨秀文存』2권)

[천두슈陳獨秀 (1879~1942년)]

천두슈는 원래 이름이 칭퉁慶同이고 자는 중푸仲甫이며 호는 스안實庵으로, 안후이安徽 화이닝懷寧(지금의 안칭安慶) 사람이다. 중국 신문화운동의 발기인이자, 5·4시기 사상적인 지도자로서 중국공

---

1) 쳰먼前門의 정식 명칭은 정양먼正陽門으로 베이징 성 남쪽에 있다. 쳰먼 교前門橋는 그 인근에 있는 다리로 현재는 남아 있지 않다.
2) 총통부總統府는 총통의 관저를 말한다. '부府'는 집의 높임말로 근대 이전 왕王이나 귀족의 집을 가리키는 말로 쓰였다.
3) 펑톈奉天은 현재의 선양沈陽을 가리킨다. 당시 중국은 각지에 할거한 군벌들이 세력을 잡고 있었는데, 펑톈 계 군벌은 장쭤린張作霖이 장학하고 있었다.
4) 베이징 성의 북쪽에 있는 성문으로 예전에는 그 바깥에 베이징 성내의 분뇨를 모아두는 곳이 있었다.

산당 창당에서도 중요한 역할을 한 바 있다.

〔그림 4〕 천두슈

일찍이 일본 유학을 통해 새로운 문물에 눈을 뜬 천두슈는 『국민일보』, 『속화보』 등을 발행하며 주로 언론인으로 활동했다. 1913년에는 '제2차 혁명'이라 불리는 반 위안스카이袁世凱 운동에 참여했다가 여의치 못해 잠시 일본으로 망명길을 떠났다. 1915년 귀국 후 20세기 초엽 중국의 젊은이들에게 큰 영향을 끼쳤던 『신청년』 잡지를 발간했다.

1917년에는 차이위안페이蔡元培의 추천으로 베이징대학 문과대학 학장이 되었다. 1919년 '5 · 4 운동'이 일어나자 천두슈는 학생들의 배후가 되었다는 이유로 문과대학 학장직을 사임하고 약 3개월 간 수감되었다. 1920년 천두슈는 중국 공산당의 창당을 주도하고 총서기로 선출되었다. 이후 코민테른의 지시에 따라 '제1차 국공합작'을 주도하기도 했는데, 1927년 이른바 '4 · 12 사태'로 불리는 국민당의 공산당 말살로 인한 책임을 지고 총서기 직에서 사퇴했다. 말년에는 1938년 이후 충칭(重慶)에서 잠시 교직 생활을 하는 등 조용히 여생을 보내다가 1942년 사망했다.

〔그림 5〕 베이징 신문화운동 기념관에 있는 천두슈 입상 ⓒ조관희

명릉과 바다링 유람기

평위안쥔馮沅君

내가 명릉明陵과 바다링八達嶺을 유람하고 싶다는 뜻을 품은 것은 결코 일시적인 것이 아니고, 내가 베이징에 온 이래로 4년 동안 품어 왔던 숙원宿願이라 할 수 있다. 이 두 곳은 베이징 부근의 유명한 고적古迹이기에 멀리서 조망하고 오르기만 해도 우리의 가슴을 탁 트이게 한다. 하지만 이곳은 베이징에서 기차로 네 정거장이나 떨어져 있어, 하루에 갔다 올 수 있는 이허위안頤和園이나 위취안산玉泉山, 비윈쓰碧雲寺, 징이위안靜宜園[1] 등과 같은 곳에 비할 수 없다. 그래서 그곳에 다녀오고 싶다는 열망이 내 가슴 속에 4년씩이나 쌓여 있었음에도 나의 목적을 이루기에 적당한 기회를 얻을 수 없었던 것이다.

1) 이 네 곳은 모두 베이징 서쪽 근교에 있는 명소들로 베이징 중심가에서 하루 정도면 다녀올 수 있는 거리에 있다.

마침 올해 중양절은 쌍십절과 겹쳐 절기로도 아름다운 기념일이 되었던 것[2]이다. 예기치 않게 좋은 날들이 한데 어울려 두 개의 휴일이 이어졌기에 여학계연합회女學界聯合會 회장인 첸錢 군이 교통부와 교섭을 해 무료승차권을 요청하는 바람에 우리 회원들이 두 곳으로 여행을 가게 되었다. 나는 원래부터 이 두 곳에 대해 우러르는 마음을 품고 있었기에 당연하게도 이번 거사에 대해 백번 천번 찬성을 했다. 일이 되느라고 교섭은 성공적으로 이루어져 우리를 위해 특별히 열차 한 량을 내주었다. 나의 열망이 창졸간에 실현된 것이다.

우리 여행은 9일 아침에 시작되었다. 하지만 8일 저녁에 비가 내려 나는 자면서 창밖에 듣는 빗소리와 낙엽 떨어지는 소리가 문득문득 2층으로 전해지는 것을 들었다. 그로 인해 적막하고 처량한 가을비 내리는 밤이 되었다. 그 소리들—바람 소리, 비 소리—은 즉시 내 마음 속에 수많은 실망의 씨앗들을 흩뿌려 놓았다. 심지어 잠결에도 실망에 찬 외침 소리를 낼 정도였다. '아! 우리가 명릉과 바다링에 가려는 계획이 틀어질 지도 모르겠구나.'

날이 밝자 나는 몽롱한 가운데 정신이 들었다. 막 옷을 입고 침상에서 내려오니 동학인 첸융허錢用和[3] 군—여학계연합회 회장—이 그

---

2) 중양절은 음력 9월 9일을 가리킨다. 이 날은 가을을 맞이해 높은 산에 올라 하루를 즐기는 등고登高의 풍속이 있다. 이 글이 쓰여진 것인 1921년인데, 이 해 중양절은 양력으로 10월 9일(일)이라 완전히 겹치지는 않고 하루 차이가 난다. 쌍십절은 신해혁명이 일어난 1911년 10월 10일을 가리키며 예전에는 이 날을 국경일로 삼았다.

3) 첸융허錢用和는 장쑤 성江蘇省 창수常熟 루위안鹿苑(지금의 장자강张家港 루위안鹿苑) 사람으로, 일찍이 쑹칭링宋慶齡의 개인 비서를 지냈다. 베이징여자사범학원北京女子師範學院을 졸업하고 뒤에 미국 시카고대학과 컬럼비아대학으로 유학을 떠났다. 1919년 '5·4 운동' 시기에 베이징北京 여학계연합

새 문을 밀고 들어왔다. 나는 무슨 '굿모닝'이니 하는 인사도 할 틈 없이 불쑥 그녀에게 물었다.

"오늘 우리 계획대로 명릉에 가는 거지?"

그녀가 대답했다.

"가긴 왜 안 가? 비는 이미 멈췄는걸!"

나는 당연하게도 그 말을 듣고 심경 상의 변화가 없을 수 없었다. 황망히 같이 가기로 약속한 톈田, 레이雷, 량梁 군 등을 불러 급히 행장을 꾸리고 간단히 아침을 때운 뒤 앞 다투어 시즈먼西直門 역을 향해 출발했다.

우리의 동행은 모두 열다섯 명이었다. 시즈먼 역에 도착했을 때는 이미 8시에 가까웠는데, 15분 쯤 기다려 우리를 위해 특별히 준비된 객차에 올랐다. 우리는 떠들썩한 승객들과 함께 베이징과 이틀간의 작은 이별을 하게 되었다.

칙칙 하는 기적 소리와 철커덕 하는 바퀴 소리가 어우러져 자아내는 음파가 우리의 귓전에 울려 퍼졌다. 나는 그 소리가 우리를 환송하는 것인지 아니면 이별하는 자의 슬픔을 위로하는 것인지 알 수 없었다. 내가 느꼈던 것은 나의 영혼이 즐거움 속에 완전히 빠져버렸다는 사실이었다. 길가의 풀은 이미 서리를 맞아 옅은 누런색으로 변했고, 버드나무는 바람이 흔들어대는 통에 쉴 새 없이 열차 창 앞

회女學界聯合會 회장이었다. 1922년 장쑤 성립江蘇省立 제3여자사범학원第三女子師範學校 교장을 역임하고 1930년 이후 베이징사대北京師大와 상하이 지난대학上海暨南大學, 진링여대金陵女大, 충칭여자사원重慶女子師院과 교통대학交通大學 교수를 역임하고, 1931년에는 쑹메이링宋美齡의 개인 비서 등의 직책을 수행했다. 나중에 타이완으로 건너가 오랫동안 감찰원監察院 감찰위원 등직을 역임했다.

에서 나부끼고 있는 것이 모든 것이 죽어가는 환경에 개의치 않는 듯했다. 나는 손을 뻗어 가지를 한두 개 꺾어보려 했지만, 열차는 비상하게 빨랐다. 이런 속도로 인해 우리가 보고 있는 버드나무는 한군데 고정되어 있지 않고 끊임없이 뒤로 물러나는 듯이 보였다. 결국 나는 가지를 잡지 못했다.

들판에 끝없이 펼쳐져 있는 모든 곡식들은 절기가 바뀌어감에 따라 이미 대부분 수확을 끝냈고, 남아 있는 것이라야 늦게 사위어 가는 식물들에 불과했다. 심지어 길가와 밭 주변에 무성하게 자란 들풀들 역시 여리고 푸릇푸릇한 것이 봄, 여름 때와 같은 모습이 없었다. 하지만 널다리와 맑은 시내, 초가집, 대나무 울타리, 푸르고 누른 마을 나무들이 이 쓸쓸한 들판과 어우러져 니짠倪瓚[4]의 추경도秋景圖와 다를 바 없었다.

〔그림 6〕 니짠倪瓚의 추정가수도秋亭嘉樹圖 복제화

4) 니짠倪瓚(1301-1374년) 원말명초의 유명한 화가로 자는 위안전元稹이고, 호는 윈린쥐스雲林居士이다. 시와 산수화에 뛰어났는데, 처음에는 董源에게 사사했으나 만년에 고법古法을 일변하여 문하생이 많았다.

하늘의 날씨는 원래는 그리 맑다고 볼 수 없어서 엷은 구름이 끼어 있고, 먼 곳의 봉우리는 흐릿하니 분명하지 않았다. 여기에 이르러서야 나는 비로소 옛사람들이 구름과 산을 이어서 쓴 오묘한 뜻을 깨닫게 되었다. 바깥의 경치가 이렇듯 감정을 북돋우고 눈을 즐겁게 하는 사이 열차 안의 나들이 친구들은 감정이 극히 고조되어 시즈먼에서 난커우南口에 이르는 서너 개나 되는 정거장이 언제 지나갔는지 모를 지경이었다. 이 찰나의 순간에 연도의 풍광은 너나 할 것 없이 뇌리 속에 커다란 파도를 일으켰다. 곧 우리는 칭화학교清華學校의 교사校舍가 산수가 빼어난 곳에 있는 것을 보고 다 같이 말했다.

"우리 학교도 이런 곳으로 이사오면 좋을 텐데."

먼 산 아래 오목한 곳에 마을 하나가 아련하게 나타났는데, 서양식 주택 몇 채가 그 사이에 섞여 있었다. 사람들 소리가 점점 시끄러워지는 것으로 난커우에 도착했음을 알 수 있었다. 열차가 멈춘 뒤 우리는 곧 앞서거니 뒤서거니 칭얼淸爾호텔로 갔다. 이 호텔은 앞뒤로 모두 세 개의 정원이 있지만, 앞에 있는 정원은 유명무실해서 정원이라기보다는 골목이라 하는 게 나았다. 뒤에 있는 하나만 비교적 넓직한데, 중간에는 연못이 하나 있고, 포도 시렁도 있었다.

우리가 호텔 문으로 들어서니 호텔 주인은 응당 취해야 할 태도로 우리를 맞이하였다. 그것은 곧 우리를 로비로 안내한 뒤 숙박비를 흥정하는 것이었다. 나는 평소 이런 일과 거리를 두고 있었고 그래서 제대로 처리하는 법을 몰라 그저 한 마디도 보태지 않은 채 한쪽 귀퉁이에서 친구들과 담소를 나누며 조용히 문제 해결을 기다렸다. 흥정한 결과 이틀 동안 방 두 칸에 4위안으로 하고 매 끼 밥은 1인당 2마오毛 5펀分으로 정했다. 우리는 학생 신분이라 부귀와는 거리가 멀었기에 조금도 난색을 표하지 않고 받아들였다.

그때는 막 10시가 되었는데, 우리는 시간을 절약하고, 자연의 아름다움을 조금이라도 더 음미하기 위해 호텔에 밥을 준비시키지 않고 각자 싸가지고 온 간식을 내어 서로 바꿔먹음으로써 허기를 달랬다. 이런 모습은 온실 속 화초처럼 살아온 사람이 볼 때는 누추하게 느껴지겠지만, 나는 오히려 감정이 통하는 가까운 사람들과 자유롭게 웃고 떠들며 거친 음식을 먹는 것이 정신적으로 자유스럽지 못하고 불안한 환경 속에서 산해진미를 먹는 것보다 통쾌하고 흔연하며 즐거운 것이라고 생각했다. 이런 정신 상태야말로 우리 청년들의 단체생활 속에서 가장 소중한 것이다. 먹을 것을 다 먹은 뒤 사람을 불러 나귀를 세내어 명릉 구경을 나섰다.

우리가 간식을 먹고 있을 때는 11시밖에 되지 않았다. 이곳에서는 나귀를 구하기가 쉽지 않은 데다 한꺼번에 많이 구하려니 한 번에 다 구할 수가 없어 오후 1시까지 지체한 끝에 동원령을 내려 명릉으로 진격을 개시했다. 나는 평소 말과 같이 큰 동물을 무서워했었는데, 나귀 역시 그러했다. 그래서 친구들이 나귀를 타고 명릉에 가야 한다는 말을 듣고 마음속으로 잔뜩 겁을 먹었지만, 나귀에 대한 두려움과 명릉에 가보고 싶다는 소망이 서로 착종된 결과 두려움에게서 항복을 받아냈다. 그러나 두려움이 끝없이 밀려와 비록 억지로 떠밀려 다른 사람들과 같이 가긴 하지만 가다가 몇 번이나 넘어질지도 모른다고 생각했다.

나들이를 나서게 한 충동심이 나의 용기를 북돋웠지만 나귀 등에 타고 보니 과연 두려움이 밀려왔다. 나귀가 한번 흔들릴 때마다 내 마음도 흔들려 진땀이 흘렀다. 어쩔 수 없었다. 그저 공손한 자세로 몸을 구부리고 지탱할 밖에. '궁즉통窮則通'이라는 말 그대로 나귀를 타고 2리 남짓 가노라니 과연 담이 커졌다. 그때부터 머리를 쳐들고 주변 풍경을 감상하거나 친구들과 이야기를 나누었고, 심지어는 고삐도 잡지 않고 멋대로 가게 내버려두었다. 하지만 방심의 결과에는 실패나 좌절이 뒤따르는 법. 그 자체가 교훈이 된다. 과연 남쪽으로 10여 리 정도 갔을 때 나귀가 길가의 마른 풀을 먹으려고 했는데, 자유롭지 않은 형세 하에 앞발을 땅바닥에 꿇는 통에 나 역시도 이제까지의 자세를 유지할 수 없었다. 그 결과 신발에 극히 미미한 손상을 입었는데, 친구들이 모두들 와서 말하기를 그나마 불행 중 다행이라고 했다.

우리가 호텔을 나선 시간은 그리 이르다고 할 수 없었으니 그때는 해가 이미 서쪽으로 기울었다. 햇빛이 반대편을 비추어 동쪽 봉우리에 옅은 황색 빛을 띤 형상이 나타났다. 햇빛이 비추지 않은 곳은 오히려 검푸른 잿빛을 띠고 있었다.…… 서리 맞고 잎이 떨어지지 않은 수목들이 산비탈에 일렬로 늘어서 있는데, 멀리서 보니 미푸米芾[5]가 돌을 그릴 때 점묘한 것을 방불케 했고, 또 태호석太湖石[6] 위

---

5) 미푸米芾(1051-1107년)는 자가 위안장元章이고 호는 난궁南宮 또는 하이웨海岳이다. 후베이 성湖北省 샹양襄陽 출신으로, 관직은 예부원외랑禮部員外郞에 이르렀고 궁정의 서화박사書畫博士에 임명되기도 하였다. 규범에 얽매이는 것을 싫어하고 기행이 심했다. 수묵화뿐만 아니라 문장 · 서書 · 시詩 · 고미술 일반에 대하여도 조예가 깊었고, 쑤스蘇軾 · 황팅젠黃庭堅 등과 친교가 있었다.
글씨로는 차이샹蔡襄 · 쑤스 · 황팅젠 등과 더불어 송4대가로 불리며, 왕시즈王羲之의 서풍을 이었다. 그림은 둥위안董源 · 쥐란巨然 등의 화풍을 배웠으며, 강남의 아름다운 자연을 묘사하기 위하여 미점법米點法이라는 독자적인 점묘법點描法을 창시하여 우전吳鎭 · 황궁왕黃公望 · 니짠倪瓚 · 왕멍王蒙 등 원말 4대가와 명나라의 오파吳派에게 그 수법을 전했다. 아들 미유런米友仁에 이르러 성립된 이 일파의 화풍을 '미법산수米法山水'라고 한다.

6) 중국의 대표적인 기석奇石으로 장쑤江蘇와 저장浙江에 걸쳐 있는 타이후太

에 검푸른 이끼가 낀 듯했다. 마른 풀로 뒤덮인 오솔길이 구불구불 산 아래까지 이어져 마을을 관통하고 다리를 건너는 우리의 앞길을 인도했다. '사방이 산색으로 둘러싸인 가운데 한 줄기 석양이 비추고 四圍山色中, 一鞭殘照裏'라는 말은 가을 나들이 길의 풍광을 적절하게 묘사한 것이라 하겠다. 우리 친구들은 모두 내면에 응어리져 있는 즐거운 감정을 바깥으로 분출하느라 나귀 등 위에서 노래를 불렀다. 지나가는 마을의 꼬마 아이들은 우리가 오는 것을 보고 하나, 둘, 셋, 넷 수를 세다가 급기야는 우리를 따라서 자기들의 산가山歌를 부르기 시작했다. 아마도 자기 마을 사람들 말고는 낯선 사람들을 자주 보지 못했을 터인데, 우리 같은 여학생 무리는 더더군다나 본 적이 없었을 것이다.

16, 7리 정도를 돌아돌아 도착한 곳은 커다란 석비방石碑坊이었다. 우리는 모두 그 아래서 한번 우러르고는 다시 앞으로 나아가 대영문大營門을 지나갔다. 전하는 말로는 명나라가 성세盛世를 이루었을 때 백관들이 능을 참배하러 와서는 여기서 모두 말에서 내렸다고 한다. 하지만 지금은 두 칸짜리 허물어진 집만 남아 있을 뿐인데, 지붕의 깨진 황금색 기와와 이미 색이 바래고 벗겨진 붉은 담벼락만이 이곳이 그 옛날 황제의 은택을 입었던 곳이었다는 사실을 말해주고 있다. 대궁문大宮門을 지나면 비루碑樓다. 명칭 그 대로 그 안에 커다란 비가 있는데, 건륭乾隆 어제御製의 명 13릉을 애도하는 시가 새겨져 있다. 시간이 없는 관계로 그 위에 새겨져 있는 문장은 자세히 볼 수

湖에서 채집한 것을 최고로 치기에 붙여진 이름이다. 궁정이나 저택의 정원에 가산假山이라 하여 널리 보급되었다. 회화의 그림 중에도 점경点景으로 등장하였을 뿐만 아니라 단독의 화제로도 그렸다.

없었다. 하지만 그로 인해 받은 나의 감상은 흥망성쇠는 거스를 수 없다는 사실이었다. 건륭이 이 시를 지었을 때만 해도 어찌 알았겠는가? 명릉을 애도했던 자 역시 2백 년 뒤의 자신을 애도하게 될 줄.

비루에서 동북쪽으로 연도에는 석수石獸가 16개 있고, 석인石人이 12개 있으며, 화표華表 두 개도 무성한 풀숲 사이에 우뚝 서 있었다. 조각은 아주 정교했다. 석수는 흉악하게 생겼고, 석인의 경우 무신은 늠름한 자태를 뽐내고 있고 문신은 [송대의 문장가인] 어우양슈歐陽修가 의대衣帶를 늘어뜨리고 홀笏을 잡은 채 침착한 태도를 취했다는 말과 부합했다. 확실히 침착해 보였다. 애석한 것은 내려서 구리 낙타를 어루만지면서 그 위에 새겨진 세월의 흔적을 자세히 음미해 보지 못했다는 사실이다. 여기서 동북쪽으로 5공교와 7공교—이 두 개의 다리도 지금은 이미 퇴락해 부서졌다—를 지나 돌길을 따라 장릉長陵[7]에 이르렀다. 연도의 풍광을 보면서 '정원의 홍시 나뭇잎 드문드문園紅柿葉稀'이라는 구절을 큰 소리로 낭송했다.

장릉은 명 성조成祖 영락제永樂帝의 능묘이다. 이 능의 전면은 궁전 식의 건축으로 2층의 정원과 절반 쯤 부서진 돌계단과 섬돌이 있었는데, 그 위에 새겨진 용 무늬를 희미하나마 알아볼 수 있었다. 대전의 누런 기와는 이미 온 데 간 데 없이 사라졌고, 그 안에는 붉은색의 굵은 기둥이 있는데, 네 벽과 처참하면서도 음침한 어둠 속에 보좌 등 조전朝殿에 마땅히 있어야 할 집기에 먼지가 가득 쌓여 있었다. 보좌 중간에 영락 황제의 패위가 하나 더 있는 것 말고는 삼전三

7) 장릉은 명 성조成祖 영락제永樂帝 주두이朱棣와 황후 쉬 씨徐氏의 합장묘이다. 명 13릉 가운데 으뜸으로 규모가 가장 크고 조성된 시간 역시 가장 이르다. 보존도 가장 잘 되어 있어 배전配殿과 명루明樓 보정寶顶 등이 모두 남아 있다. 2003년 세계문화유산으로 등록되었다.

殿과 큰 차이는 없다고 말할 수 있다. 죽은 자에 대해 살아 있는 사람을 이용하는 식의 이런 건축 의식은 아마도 공자 선생의 "죽은 이 섬기기를 살아있는 듯 섬기며, 없는 이 섬기기를 있는 이 섬기 듯事死如事生, 事亡如事存"[8]한다는 예교의 영향을 받은 듯하다. 전의 뒷면은 영락제의 능묘로 바라보니 작은 산과 같은데 그 작은 산 위에는 가지가 서로 교차되어 있는 나무들이 자라고 있고, 나무의 뿌리 부근에는 까마귀와 참새 등의 배설물과 낙엽으로 뒤덮여 있었다. 아! 사람이 한번 죽으면 그만인 것을, 하필이면 이렇듯 수많은 인력을 들이고 유용한 땅을 점거한단 말인가.……중략.

〔그림 7〕 장릉 ⓒ조관희

8) 이 구절은 『중용』장구 제19절에 나오는 말이다.

우리가 장릉에 도착했을 때는 이미 3시 반이 된 시점이었다. 나귀몰이꾼은 우리에게 여기서는 30분 정도만 머무를 수 있다고 말했다. 이른 시간이 아니었고 다시 사릉思陵에 갔다 오면 우리가 여관에 도착하기도 전에 밤이 우리보다 앞서 찾아올 것이었다. 어둠 속에 나귀를 타고 산길을 가는 것은 아주 위험했다. 하지만 우리가 나귀를 타고 길을 가는 수준도 제각각이었기에 능에 도착하는 시간도 앞서거니 뒤서거니 했다. 우리 가운데 먼저 도착한 사람이 이미 다 돌아본 뒤에도 나머지 사람들을 15분 정도 기다려야 했기에 4시 반이 되어서야 우리는 장릉을 떠날 수 있었다.

음력 9월 초라 해가 이미 점점 짧아진데다 날씨마저 음울한데 하늘엔 회색 구름이 가득 드리워 있었다. 그래서 시간이 네 시 남짓 되었음에도 이미 황혼이 내려앉았고, 멀리서 다가선 숲도 차츰차츰 또렷한 모습에서 어둡고 담담한 색깔로 변해갔다. 나귀가 길을 가며 뚜벅

〔그림 8〕 사릉은 현재도 외부에 공개되고 있지 않다. ⓒ조관희

뚜벅 걷는 발굽 소리도 올 때보다 촉급하게 들렸다. 여기에 더해 사방의 황량한 풍경—사릉은 현재는 지키는 사람도 없이 전각의 문이 잠겨져 있어 오랫동안 찾아오는 사람의 자취가 끊어진 게 장릉과 비교할 수 없었다—은 우리에게 더욱 쓸쓸한 인상을 남겼다. 하늬바람 옛 길에 불어와 나그네 애간장을 끊노니 사릉을 나온 뒤 하늘은 갈수록 어두워졌다.

[그림 9] 사릉은 황제의 묘라고 하기엔 규모가 작다.
아마도 멸망한 왕조의 마지막 황제의 능묘라 그런 듯하다. ⓒ조관희

원근의 숲은 이미 깊은 어둠 속에 잠겨 모습을 감추었고, 우리와 같이 온 동행들 역시 점점 그 모습들이 흐릿해졌다. 거리가 조금 먼 곳은 서로 보이지 않게 되어 노래를 불러 피차간에 호응을 했다. 하지만 조금 멀리 떨어진 경우는 말은 들리지만 그 사람은 보이지 않았

고, 앞선 이는 멀리 가버렸다. 뒤에 처진 이들은 아직 도착하지 않은 가운데 '앞에 있는 옛 사람 보이지 않고 뒤에 오고 있는 이도 보이지 않는' 형국이 되어버렸다. 어둠 속에서 암중모색하면서 때로는 높고 때로는 낮게 등불 빛이 있는 난커우를 향해 다가갔다. 불빛이 환해지더니 기차가 증기를 내뿜는 소리가 은은히 들려왔다. 인생의 종결도 빛을 향해 나아가는 것에 불과하거늘 하물며 길 가는 것임에랴!

난커우로 돌아왔을 때는 이미 9시가 가까웠다. 모든 상점들은 대부분 팔려고 내놓은 물품들을 모두 거두어들였고, 문도 굳게 잠겨 있었다. 그저 꺼질 듯 말 듯 한 등불을 문 밖이나 실내에 걸어놓거나 창문 위로 창백한 불빛이 새어나오는 것이 깊은 밤 아직 돌아오지 않은 나그네를 기다리는 듯했다. 여관에 도착한 뒤 우리를 위해 준비해둔 2마오 5펀짜리 한 끼 밥을 먹었다. 그리고 침구를 정리하고는 잠이 들었다.

……중략

10일 8시에 일어나 소세를 마치고 나니 바람이 여전히 그치지 않고 있다. 우리는 유람하고 싶은 마음이 너무 컸기에 바깥에 찬바람이 쌩쌩 불건 말건 원래 정해 놓은 계획을 뒤집을 마음이 일지 않았다. 그래서 아침을 먹고 15분 쯤 뒤에 우리는 10시 12분에 출발하는 칭룽챠오靑龍橋(바다링八達嶺에 가려면 여기서 내려야 한다) 행 열차에 앉아 있었다. 징쑤이루京綏路[9]는 난커우에서 북쪽을 향하기에 이미 산길로 접어들어 길가의 풍경은 밝고 빼어나기보다는 웅장함이 두드러졌다.

---

9) 징쑤이루京綏路는 징쑤 철로京綏鐵路라고도 한다. 베이징에서 지금의 쑤이위안綏遠 성(현재의 네이멍구內蒙古 성) 구이쑤이歸綏 현(현재의 후허하오터呼和浩特)까지 이어진다.

철로는 구불구불 산자락을 휘돌아 가며 어떤 때는 산마루에 끊겨 길이 없는 듯 보이다가도 봉우리를 돌아서면 갑자기 별천지가 펼쳐졌다. 쥐융관居庸關과 우구이터우五桂頭, 스포쓰石佛寺 이렇게 세 개의 산굴이 극히 험준한 산 고개를 뚫고 그 뱃속에서 나왔으니, 산골짜기 오목한 곳이나 깎아지른 협곡 위에 몇 개의 마을이 점점이 놓여 있었다. 나무에는 낙엽이 밭에는 시든 채소가 그리고 초가집 대나무 울타리 등이 엇섞여 있으면서 푸른 것은 푸르고 누런 것은 누렇고, 붉은 것은 붉은 대로 여기에 한 줄기 맑고 투명한 시냇물까지 커다란 바위를 때리며 졸졸 소리 내는 것이 옥구슬 같았다. 나는 유명한 화가라도 이렇게 아름다운 풍경을 그려내지 못할 것이라 생각했다.

들쭉날쭉한 산 정상에 몇 천 년 됨직한 옛 장성이 가로질러 있는데, 이미 대부분 무너져 내리고 퇴락했지만, 비교적 완전하게 남아 있는 곳은 그것을 바라보고 있는 우리로 하여금 그 공정의 거대함에 탄복하지 않을 수 없게 했다. 아울러 장성이 지나가는 곳은 산세가 험준한 것이 칼이나 도끼가 늘어서 있는 것 같고, 우뚝 솟은 돌 절벽은 사나운 괴수와 같아 그것을 우러르고 있는 우리는 당시 요역의 괴로움을 생각하지 않을 수 없었다. 이렇게 험준한 절벽 아래서 얼마나 많은 생명이 스러져 후대 사람들의 추모의 대가를 치르게 했는지 모르겠다. 비록 당시에는 호마胡馬의 남하를 막아냈다고는 하지만, 투쟁의 본능이란 게 인류 생존의 필수 요소였던가?

그 날 바람은 거세고 차가웠다. 하지만 나는 열차 안에서 양쪽의 풍경을 볼 수 없는 게 싫어서 몇 명의 학우와 함께 스카프를 하고 열차 사이의 문밖에 서 있었다. 밀려오는 바람에 우리는 서 있을 수 없을 지경이었는데, 난간을 꽉 잡지 않으면 바람에 날려가 버릴 것 같았다.

우리가 열차에서 한 시간 남짓 주변 경치를 실컷 보고 난 뒤 칭룽챠오에 도착했다. 예전에 나는 이 곳이 바다링에 인접한 고적古迹이라 규모가 큰 정거장이고 사람들로 북적일 거라 생각했었다. 하지만 누가 알았겠는가? 그 반대였다. 그저 산 아래 작은 정거장으로 매표소와 철도 건설 인부가 덮어놓은 차일 말고는 건물이 하나도 없었다. 사방을 둘러보아도 동서남북이 모두 산인데, 황량한 것도 황량한 데다, 형세 역시 험준했다. 열차가 멈춰 선 뒤 우리 모두는 바다링을 유람한다는 열광에 빠져 미친 듯이 열차에서 뛰어내렸다. 하지만 누가 알았겠는가? 저 무정한 풍백風伯은 여기서도 엄청난 바람을 보내 우리로 하여금 앞으로 나아가지 못하고 거의 서 있을 수도 없게 했다. 길가의 모래 먼지 역시 호가호위狐假虎威 하듯이 우리를 향해 몰려들었다.

〔그림 10〕 현재의 칭룽챠오 역 ⓒ조관희

이에 쳰융허 군은 우리에게 이렇게 말했다.

"추운 게 무섭지 않다면 바다링까지 갈 것이고, 추운 게 두렵다면 여기에 있거나 인근에서 시간을 보낼 것이야."

그녀가 이렇게 말한 저의는 당연히 길이 험하고 바람이 거셌기 때문이었다. 몸이 약한 이라면 어쩌다 조심하지 않아 어떤 위험에 빠질지 알 수 없다. 그러나 우리 내면의 산에서 노닐고자 하는 열광과 외부의 바람, 모래와의 싸움이 서로 대치하는 형국 하에서 외부 인사가 이 일에 대해 하는 한 마디 말은 모두 일거수일투족이 영향을 주어 좌우 쌍방 간의 승부에 영향을 줄 수 있었다. 아! 우리가 산에서 노닐고자 하는 열광은 바람의 위력 앞에 포로가 되었다! 바람의 위력에 대한 나의 공포가 나의 모든 심령을 점령해버렸다! 의지가 박약하고 모험심이 없는 사람은 그 어떤 일도 해낼 수 없고, 단지 원래 자리를 지키고 있다가 다른 사람의 성공을 보고만 있어야 한다! 웅장하고 험준한 걸로 온천지에 유명한 저것이야말로 내가 4년 동안 마음속에 놀러가고 싶어했던 고적古迹이거늘, 지금 그 아래에서 배회하는 것 역시 유람 중의 좋은 기회가 아닐쏘냐? 하지만 결국 내 눈앞에서 그것이 안온하게 지나가버리는 걸 바라만 보는 것은 내 성격이 유약한 탓이 아닐는지. 이제껏 살아오며 잃어버린 기회는 또 얼마나 많은가? 앞으로 살아가면서 잃어버릴 기회는 또 얼마나 많을까? 이 순간 산수 유람에서 비롯된 감상이 인생의 문제로까지 확대되어 만감이 교차하는 중에 내 마음은 이런 감상에 의해 난마와 같이 얽혀, 어떤 불만족이 내 자신이 잘못한 일과 함께 내 심령을 향해 총공격을 가했다.

오후 1가 되어서 산에 올랐던 학우들 10여 명—나와 같은 태도를 취했던 것은 너댓 명이었기에—이 앞뒤로 속속 정거장으로 돌아왔다. 그네들의 말에 의하면, 바다링으로 가는 길은 확실히 난코스라 어떤 곳은 높은 산이고 어떤 곳은 깊은 골짜기인데, 다리도 무척 적어서 대부분 철도 위 열차가 달리는 다리인데, 중간에는 철판이 덮이지 않은 곳도 있어 지나갈 때는 한 걸음 한 걸음 이 침목에서 저 침목으로 건너가야 하며 산 위에서 부는 바람은 지상의 바람보다 훨씬 세차다고 했다. 그네들은 바람이 불면 땅 위에 쪼그려 앉아 바람이 지나가길 기다렸다가 억지로 몇 걸음 가야만 하는데, 바람이 다시 불면 그대로 쪼그려 앉아 있어야 했다. 그런 이야기를 들으며 나는 후회의 정도가 감소되기는 했지만, 다른 한편으로 호기심이 증폭되어 이런 우주의 장관을 체험해 보지 않으면 안 된다는 생각이 들었다. 그래서 아직 가보지 못한 학우들에게 그네들의 족적을 이어갈 두 번째 조의 탐험을 해보자고 요구했다. 하지만 그네들은 모두 나의 제안을 허락하지 않았다. 그 결과 나는 회한을 안고 굴복해 그네들의 판결을 받아들였다! 산에 갔다 온 학우들은 내가 산에 오르지 못해 후회하는 걸 보고 자기들이 산 위에서 주워온 기암괴석의 일부를 나누어 주었다. 하지만 이걸로 어찌 나의 회한을 위로할 수 있으리. 그저 회한의 마음에 부끄러움이 더해졌을 따름이다.

3시를 전후해 기차가 베이징을 향해 출발했다. 연도의 풍경을 다시 한 번 되짚어간 것은 다시 말할 필요가 없다. 하지만 하루 사이에 아침 저녁의 광선이 다르고 이에 따라 경물도 차이가 있었다. 내가 가장 사랑해 마지 않았던 것은 석양이 언덕 위에 비추는 가운데 무리를 이룬 눈같이 희거나 칠흑 같은 황갈색 소와 양들이 혹은 일어나 있고 혹은 누워 있거나 종횡으로 오가는 모습과 그것들을 관리하는 책임을 진 이들이 돌산 위에 편히 앉아 산림의 아름다운 경치를 음미하거나 산가山歌를 부르는 것이었는데, 일거수일투족이 모두 진정이 우러났다. 그들의 정신에는 간교한 마음이란 조금도 섞여 있지 않았으니 그 얼마나 고귀하고 사랑스러운가! 평화의 원천이 여기가 아니면 어디에 있단 말인가.

연도의 산은 때로는 비껴드는 태양에 가려졌다가 때로는 드러났다가 하면서 신출귀몰하는 가운데 나의 정신은 점차 현실감을 잃고 공허한 환상 속에 고요 속에 빠져들었다. 마음속으로 내년 봄에 유람할 생각을 떠올렸다. 시후西湖를 어떻게 노닐 것이며, 황허러우黃鶴樓를 어떻게 올라 창장長江을 바라볼 것인가……마침내 회한의 어두운 구름들은 이런 환상 속에 흔적도 남기지 않고 사라져 버렸다. 난커우를 지나자 날이 더 어두워졌다. 싸늘한 한기가 들어 나는 내가 갖고 있는 스카프를 량梁 군에게 주고 나는 똑같은 걸 하고 있는 급우와 서로 의지한 채 창에 기대어 창밖의 저녁 풍경을 바라보았다. 태양은 이미 우리의 시선 밖으로 사라졌고, 그저 남아 있는 빛줄기만이 핏빛으로 물든 저녁노을로 변해 담담하고 맑은 하늘가에 걸렸다. 먼 산은 검푸른 보라색에서 어두운 회색으로 변했다가 결국 우리의 시선에서 사라졌다.

나의 환상이 이렇듯 기이한 풍경의 자극을 거치고 나니, 왕보王勃의 "노을빛 엉기니 저녁 산은 자줏빛烟光凝而暮色紫"[10]이라는 구절이 진정 허튼 소리가 아니라는 생각이 들었다. 하지만 이와 동시에 리바

---

10) 이것은 당대의 유명한 문장가인 왕보王勃(649~676년)가 지은 『등왕각서滕王閣序』의 한 구절이다. 왕보는 당唐 초기의 문인으로 자는 쯔안子安이다. 『문중자文中子』를 지은 왕통王通의 손자로, 6세 때 이미 문장을 잘 지었고 17세에 유소과幽素科에 급제하였으나 자신의 재능을 믿고 오만하여 사람들의 질시를 받았다. 뒤에 관노官奴를 죽인 죄로 관직에서 물러났는데, 이 일로 교지交趾의 현령縣令으로 좌천되어 있던 아버지 푸즈福畤를 만나러갔다가 돌아오던 중에 배에서 떨어져 죽었다. 양즁楊炯, 루자오린盧照鄰, 뤄빈왕駱賓王 등과 함께 '초당사걸初唐四傑'로 불린다.

이李白의 "한산 일대는 상심으로 푸르다寒山一帶傷心碧"11) 역시 천고의 절창이라는 생각이 든 것은 왜일까? 중국의 고대문학에서 쓰이는 문자들은 실제 경치나 감정과 부합하지 않는 곳이 많기는 하나, 천재적인 문학가들이 그 정감에 의해 자극을 받게 되면 그들이 빚어내는 문장들은 실제 경물을 묘사할 수 있게 된다. 하지만 후대 사람—꼭 나중에 나오는 사람이 아니라 창작상의 천부적 재주가 없는 사람—은 경물이 실재하는 상태나 상황을 체득하지 못하고 그저 선인先人들을 답습하는 상투적인 구절을 이해하는 정도에 그치게 되니, 문장이라는 두 글자는 끝내 그 진정한 가치를 잃게 된다. 나의 뇌리 속에서 어지러운 상념들이 오가는 사이 기차는 이미 창핑昌平과 칭허淸河의 여러 정거장을 지나 시즈먼西直門에 도착했다.

우리가 밖으로 나올 때는 원래 시즈먼에서 하차한 뒤 인력거를 타고 학교로 돌아가려고 했다. 하지만 시간이 늦어 인력거를 부르기 어려운 상황이 되어 결국 환성環城 지선 표를 끊고 바삐 열차에 올라 첸먼前門으로 갔다. 우리가 돌아온 날은 국경일이라 놀러 나온 사람들이 평소보다 많아 3등칸에는 앉을 자리가 전혀 없어 우리는 줄곧 서서 가야 했다. 다행히도 그리 오래지 않아 첸먼에 도착했다. 그때도 바람은 그치지 않았고, 반달이 중천에 떴다. 그날은 쌍십절 저녁이라 늘 그렇듯 화려하게 장식이 된 패루牌樓에 밝게 빛나는 전등을 수없이 달아놓아 대낮같이 환하게 밝았다. 등불과 달빛을 분간할 수 없는 가운데 밝고 투명한 신월新月이 더욱 다정하게 다가왔다. 달은 우리가 학교에 돌아올 때까지 맑고 아리따운 면모를 드러내더

11) 리바이李白는 별도의 설명이 필요 없는 당대 최고의 시인이고, 이 구절의 그의 「보살만菩薩蠻」이라는 사詞의 한 구절이다.

니 창 앞에서 우리의 안면安眠을 지켜주었다.

1921년 10월 13일 밤
(1921년 10월 24일~30일 베이징 『신보부간晨報副刊』)

[펑위안쥔馮沅君 (1900~1974년)]

〔그림 11〕 펑위안쥔과 루칸루

펑위안쥔은 허난 성河南省 탕허 현唐河縣 사람으로 원래 이름은 궁란恭蘭이었으나 나중에 수란淑蘭으로 개명했다. 위안쥔沅君은 필명으로 그밖에도 간뉘스淦女士, 이안易安 다치大琦, 우이吴儀 등의 필명을 썼다. 어려서부터 사서오경과 고전문학 및 시사詩詞를 공부했으며, 저명한 철학자 펑유란馮友蘭이 오빠이고, 지질학자 펑징란馮景蘭이 동생이며, 고전문학 연구가 루칸루陸侃如가 남편이다. 일찍이 진링여자대학金陵女子大學과 푸단대학復旦大學, 중산대학中山大學 우한대학武汉大學, 산둥대학山東大學 등을 거쳐 산둥대학 부교장副校長을 역임했다.

소심한 이의 기록

선충원沈從文

닭 소리

비 그친 뒤 한여름 백주대낮에 참새가 짹짹거리는 소리는 단조롭고 적막한 느낌을 준다. 하지만 모래조차 바람에 날리지 않는 가운데 한 권의 책을 들고 홰나무 아래 앉아 읽노라면 그래도 아직은 무미건조한 맛은 없다.

하루 종일 길거리에서 전차가 내는 덜커덩거리는 소리가 귀에 울리는 가운데 갑자기 반쯤은 시골풍인 이 학교에 왔다. 이곳 이름은 뤄퉈좡駱駝莊인데, 오히려 석회 포대기를 지고 있는 낙타는 한 필도 보이지 않았다. 아마도 그 놈들은 모두 쉬고 있는 모양이었다. 여기서는 생기발랄한 닭 울음소리를 들을 수 있었다. 내가 베이징에 온 이래로 새로 발견한 것이라 할 만했다. 이렇게 목울대를 울리는 소리는 농장의 어미 소가 송아지를 부르는 온화하기 그지없는 소리와 어우러졌다. 여기에 인간의 통제에서 벗어나 느릅나무 숲에 숨어있는 자고새가 이런 소리들과 화답했다.

나는 최소 2년 이상 닭 울음소리를 들어보지 못했다. 시골의 닭 울음소리는 민국 10년(역자 주 1921년)에 위안저우沅州의 싼리핑三里坪 농장에서 들어본 적이 있다. 아마도 모종의 다른 이유가 있겠지만, 한밤중이건 청량한 나무 그늘이 드리운 백주대낮이건 황량한 마을의 그 어떤 닭 울음소리에도 나는 깊은 감동을 받는다. 여름날 그 누가 들더라도 졸릴 수밖에 없는 길고 단조로운 소리에서조차 나는 과거의 간절한 사랑과 내 마음 속에 오래 간직했던 연모의 정을 찾을 수 있는 것이다.

내가 처음 베이징에 왔을 때 기차의 기적 소리가 길게 울리는 것을 좋아했다. 그 소리에서 나는 어떤 위대함을 발견했다. 나의 길들여지지 않은 거친 마음은 늘상 부우 하는 소리를 따라 하늘 가 그 끝을 알 수 없는 망망함 속으로 달려갔다. 하지만 이것은 공허하고 적막한 나그네살이 가운데 의탁을 한 것에 불과하다. 시골 한낮에 서로 화답하는 닭 울음소리에 비하면, 사람이 받는 흥취가 완전히 달라진다.

이제껏 객지살이 하면서 한밤중에 닭 울음소리에 깨본 적이 없었다. 암탉이 알을 낳을 때 '꼬꼬꼬' 하는 소리도 들어본 적이 없다. 대낮이라면 전차가 땅땅거리는 소리 말고도 갖가지 음이 원근에서 합주를 하는 저잣거리 소리가 있다. 그래서 베이징 성 안에 사는 사람들은 닭을 기르지 않나 하는 의심도 들었다. 그런데 이런 추측이 틀렸다는 걸 알게 되었다. 매번 지인들에 이끌려 식당에 갈 때마다 '라쯔지辣子鷄'니 '쉰지熏鷄'니 하는 류의 이름을 듣게 되니 말이다. 시장에 놀러갈 때도 작은 매대 아래 대나무 우리 안에는 살아 움직이는 (날개도 펼치고, 뛰어다니기도 하고, 고개를 숙이고 부리로 날개를 정리하지만 소리는 내지 않는) 닭이 있었다. 이 놈들은 벙어리같이 서로 부대끼며 서 있으면서도 소리를 내지 않았다. 이 놈들이라고 소리를 지를 수 없는 것은 아닐 텐데 소리를 지를 수 없는 까닭은 이런 이유 때문이 아닐까? 그러니까 모든 닭은 소리를 지르는데, 심지어 늙은 암탉도 '꼬꼬꼬' 소리를 낼 줄 아는데, 혹시 놀라서 겁을 먹어서 그런 것일 게다. 날카로운 칼과 펄펄 끓는 물을 생각하면 두려운 마음에 소리 지르는 것도 잊어버린 것은 아닐까? 우리 같은 인간들도 걱정거리가 있으면 말도 하기 싫게 되지 않는가?

하지만 또 한 가지 이해가 가지 않는 것이 있다. 베이징의 닭은 당일 도축되는 두려움 속에 빠져 있다지만 다른 곳의 닭은 가져와서 사람들이 도축하지 않는가? 왜 다른 곳의 닭은 흥이 나서 목청껏 울어 제끼는가? 여기서 나는 베이징의 괴이함을 느낀다.

말없이 침잠해 있는 짙푸른 하늘을 보면서 베이징 성의 괴이함을 생각할 제, 한 번씩 번갈아 들리는 닭 울음소리에 피곤해졌다. 햇빛 아래 작은 생물, 제멋대로 행동하는 것이 고약하기도 하고 사랑스럽기도 한 모기가 허공의 별똥별처럼 오가는 것이 더욱 유쾌하고 발랄한 듯 보인다. 갑자기 "놀란 기러기같이 하늘하늘하고, 노니는 용처럼 나긋나긋하다翩若惊鸿, 宛若游龍"[1]라는 고전 문장이 떠올랐다.

1925년 6월 14일 지음

---

1) 이것은 한대漢代의 유명한 문장가인 차오즈曹植의 「낙신부洛神賦」에 나오는 구절이다. 이 글의 원문에는 "飄若驚鴻, 宛若游龍"으로 되어 있는데, 이는 필자인 선충원沈從文의 잘못이다.

[선충원沈從文(1902~1988年)]

〔그림 12〕 선충원

선충원은 원래 이름이 선웨환沈岳煥으로 자는 충원崇文이며, 필명으로 슈윈윈休芸芸, 쟈천甲辰, 상관비上官碧, 쉬안뤄璇若 등이 있다. 후난 성湖南省 펑황 현鳳凰縣 사람이다. 14살에 군에 입대해 후난과 쓰촨四川, 구이저우貴州 등지를 떠돌았다. 1924년부터 문학창작을 시작해 『장하長河』, 『변성邊城』등의 소설을 남겼다. 1931년부터 933년 사이에는 칭다오대학青島大學에서 교편을 잡았다가 중일전쟁 이후에는 생활비를 벌기 위해 서남연합대학西南聯大 등에서 근무했다. 1946년 베이징대학으로 돌아왔지만 사상이 투철하지 못하다는 이유로 비판을 받았다. 그로 인해 신경쇠약에 걸려 이후로는 중국역사박물관中国歷史博物館과 중국사회과학원中國社會科学院 역사연구소歷史研究所에서 근무하면서 사회적인 현안과는 무관한 중국의 고대 역사와 문물에 관한 연구를 진행했다. 저서로 『중국고대복식연구中国古代服飾研究』가 있다.

베이징을 추억하며

천쉐자오陳學昭

어제는 밤새도록 바람이 거세게 불어 자다가 몇 번이나 깼다. 마치 낮 동안 뭔가 해야 할 일을 까맣게 잊어먹고 하지 않은 듯 마음이 불안했다. 오늘 아침 6시도 안 되어 일어나니 하늘은 어둑신하고 아침노을도 일지 않았다. 북풍이 휘이익 소리를 내며 세차게 불어대 나는 책상머리에 엎드려 『실러 운문집』을 뒤적였는데, 이것은 이미 친제琴姐가 나에게 몇 차례나 돌려달라고 독촉을 한 책이었다.

나는 밖으로 뛰쳐나와 우물쭈물 어찌 할 바를 모르고 있다가 용기를 내어 대문을 나섰다. 윈芸 형은 항상 내가 튀는 행동을 한다고 비웃었는데, 나 역시 인정한다. 나는 무력한 인간으로, 저 위대한 인물들처럼 모든 일들을 파악할 능력이 없다는 것을 잘 알고 있다. 우리는 그들이 얼마나 위대한 지 들은 바 있기에, 이렇게 기다리고 있는 것이다. 나로 말하자면, 내게 호의를 갖고 기대하는 사람들이 많이 있기는 해도, 실제로 나라는 인간은 보잘 것 없어 우물쭈물 어찌

할 바를 모르는 채 길을 걷는 주제인지라, 나에게 기대를 걸고 있는 사람들이 실망하지 않기를 바라고 있으며, 뜻밖의 작은 성취라도 이루게 되면 적지 않은 기쁨을 얻게 된다.

시즈먼西直門을 나서니 내가 처음 베이징에 왔을 때가 생각났다. 그날 저녁 비가 부슬부슬 내리는 진흙땅 위에, 시원한 바람이 후덥지근한 더위를 날려버렸다. 내가 최초로 만난 베이징은 이른 봄비가 내린 뒤의 멀끔하고 고요하며 가슴이 탁 트이는 곳이었다. 이렇듯 새로운 경지를 만나게 되다니 나는 얼마나 행운아인가! 하지만 지금은 하루에도 몇 번씩 이리저리 뛰어다니며 먼지를 뒤집어쓰고 있다. 내 눈에 들어오는 것은 거리로 들어가는 분뇨차와 양의 등뼈를 싣고 거리를 오가는 커다란 짐차로 이것들은 하나도 아름다울 게 없는 것들이다. 하지만 내가 최초로 느꼈던 희열은 내 마음 깊은 곳에 자리잡고 오래된 의식이 되어버렸다. 모든 것이 항상 그런 식으로 모순적이고 통일이 안 되어 있으며, 조화롭지 못하고 고르지 못하며 적당히

[그림 13] 베이징 성에서 서북쪽으로 나가는 관문 역할을 하던 시즈먼은 현재는 철거되어 자취를 찾아볼 수 없다.

층차가 있다.

시즈먼을 나온 뒤 인력거를 타고 칭화위안淸華園으로 갔다. 이곳의 경관은 내가 일찍이 상상해보지 못한 것이었다. 가는 길에 가을 들녘은 황량했고, 보리 밭 이랑이 종횡으로 나 있었으며, 듬성듬성한 숲저 너머에는 희멀건한 태양이 비추고 있는 가운데 한 줄기 북풍이 불어와 견딜 수 없는 차가운 기운이 느껴졌다. 거기에 더해 낙엽이 날리고 백양나무에 소슬바람 불어오니 가을은 이미 깊어, 초겨울의 근엄함과 차가운 냉기가 비감한 느낌을 더해주었다.

보리 밭 이랑 사이에 섞여 있는 만터우饅頭 모양의 흙 봉분은 새로 만들어졌거나 전부터 있던 묘들인데, 삶이란 게 얼마나 짧고 보잘 것 없는 것인가 하는 생각이 들었다. 우리는 하루 종일 무엇을 찾아 헤매고 추구하느라 바쁜 것인가? 자기 주제를 너무 모르고 있지 않은가? 좁고 야트막한 밭이랑 위를 인력거가 갈 수 없어 내려서 걸었다. 나는 차가운 바람을 맞으며 앞으로 걸어갔다. 발밑은 누런 모래 같은 진흙이었다. 인력거는 뒤에서 따라왔다. 거의 1리 남짓 되는 길이었다.……

……중략

인력거가 칭화위안 밖에 멈췄다. 안에 들어가니 건물들이 흩어져 있는데, 칭화학교의 교사校舍들로 부지가 정말 넓었다. 내가 알기로 베이징에서 가장 큰 싼베이쯔 화원三貝子花園은 비교도 할 수 없었다. 동원東園에서 국화꽃이 피어있는 온실로 에둘러 갔다. 아! 진정 형언할 길 없는 놀라움이라니! 나는 이제껏 이렇게 많은 종류의 서로 다른 모습의 국화를 본 적이 없다. 길게 곧추선 줄기에 엄청 큰 꽃이 피었는데, 종려포단棕梠蒲團이라는 이름이 붙어 있는 것은 옅은 황색의 꽃받침이 하나씩 세세하게 옆에 붙어 있었다. 이른바 대부귀大富

〔그림 14〕 중국의 명문대학인 청화대학 교정에 남아 있는 청화위안의 흔적 ⓒ조관희

貴라는 말대로 모란과 같이 산뜻하고 아름답고, 소세梳洗에 게으른 것이 봉두난발한 듯하고, 서설이 내린 듯 하얗고 끼끔한 꽃잎은 크기가 연꽃만 하다. 차가운 겨울 산에서 비취를 줍듯, 순록의 가지와 순록의 잎, 순록의 꽃은 진정 영험한 봉우리의 녹매綠梅를 떠올리게 했다. 얼마나 그윽하고 우아하며, 얼마나 맑고 수려한가! 각양각색의 서로 다른 자태는 그 나름의 독특한 아름다움을 지니고 있다. 어떤 것은 새색시의 단아함이 있고, 어떤 것은 소녀 같은 풋풋함이 있으며, 어떤 것은 낭만 시인 문학가의 소탈함이 있다. 또 어떤 것은 은자隱者 같이 고결하고 탈속하고, 어린애 같이 활발하고 귀여우며, 대인같이 단정하고 온화하다. 벗들이여, 이것들과 비교할 때 우리 학교의 2백 여 명의 학우들을 내 어찌 문면으로 묘사하고 서술해 소개할 수

있을까?

시간적인 제약 때문에 나는 좀 더 머물고 감상할 수 없어 하릴없이 돌아와야 했다. 인력거에 앉으니, 거기서 무언가를 잃어버린 듯했다. 한 사람의 심경은 그 사람의 신체와 같은 것이라, 만약 강건하고 튼실하다면, 외부로부터의 질병의 침입에 대적할 수 있을 것이고, 쇠약한 신체라면 곳곳이 병들 것이다.

이번 나들이는 촉박한 것이라 내 마음 한 구석도 공허했다. 하지만 나는 즉시 내 자신을 납득시켰다.

"이 정도면 됐다!"

"이 정도면 됐어, 다음에 다시 오면 돼지!"

내가 '다음'이라고 생각한 것은 결국 내 자신을 위한 희망일 따름이었다. 어찌 '다음'을 알 수 있겠나? 내 마음 한 구석이 다시 공허해졌다. 누런색 인력거는 "가자!, 가자!" 하면서 갈 길을 재촉했다. '다음'이라고 생각한 늦가을에 나는 여기에 있을까? 여기에 있다면 '다음'번의 국화를 보러 가게 될까? 나는 망연히 먼 곳에 있는 꽃과 나들이를 사랑하는 친구들을 떠올렸다.

1929년 1월 26일

(1929년 1월 26일 자 톈진天津『대공보大公報 · 소공원小公園』)

[천쉐자오陳學昭 (1906~1991년)]

〔그림 15〕 젊은 시절의 천쉐자오

천쉐자오의 본명은 천수잉陳淑英으로, 저장浙江 하이닝海寧 사람이다. 쉐자오學昭는 필명으로, 다른 필명으로는 예취野渠, 스웨이式徽, 후이惠, 죾玖 등이 있다. 작가이자 번역가로 활동했으며, 일찍이 천초사浅草社와 어사사語絲社 등의 문학단체에서 활동했다. 1935년에 프랑스로 유학을 떠났다가 귀국 후에는 옌안延安에서 『해방일보解放日報』 부간副刊 편집과 『동북일보』 부간副刊 편집 등의 직책을 맡아 보았다. 뒤에 저장대학浙江大學 교수, 저장성 문련文聯 부주석, 중국작가협회中国作家協會 저장 분회浙江分會 명예주석 등을 역임했다. 1921년부터 작품을 발표했으며, 다수의 소설집과 산문집을 펴냈다.

후통

주샹朱湘

일찍이 쯔후이子惠에게 말한 적이 있었다. 사詞[1]라고 하는 것은 그 자체로도 고도의 아름다움이 있지만, 그 사패詞牌 역시도 지극히 정교하다. 「도강운渡江雲」, 「모어아摸魚兒」, 「진주렴眞珠簾」, 「안아미眼兒媚」, 「호사근好事近」 등과 같은 사패는 그 하나하나가 한 수의 훌륭한 사이다. 나는 평소 사집詞集을 뒤적일 때마다 정작 그 내용은 읽지 않고 사패만 천천히 음미한다. 그럴 때마다 얻는 즐거움은 절구를 읽거나 감람을 씹는 맛에 못지않다.

베이징의 후통 이름 가운데에도 사패와 같은 것들이 있는데, 그 별 거 아닌 두 세 글자에는 그 나름의 색채와 암시가 충만해 있다.

---

1) 문체의 일종으로 '전사填词', '장단구長短句' 등의 다른 명칭이 있다. 당대唐代의 근체시와 유사하지만, 형식적으로 자유롭다. 송대에 유행했던 사는 본래 음악적인 요소가 중시되기 때문에 정해진 악곡에 맞춰 가사를 채워 넣는 경우('전사填词')가 많았다. 이렇게 정해진 악곡이 '사패詞牌이다.

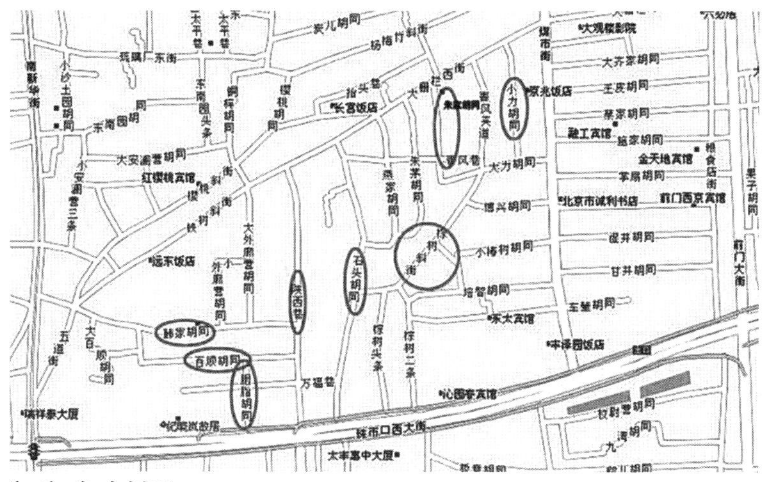

〔그림 16〕 바다후통

이를테면 룽터우징龍頭井이나 치허러우騎河樓 등과 같은 이름은 그 아름다움이 「야행선夜行船」이나 「련수금戀綉衾」 등과 같은 사패에 전혀 꿀리지 않는다.

후통胡同은 후통衚衕이라는 글자를 줄여 쓴 것이다. 문자학자의 말에 의하면 상하이의 '룽弄'과 마찬가지로 '항巷' 자에서 근원한 것이라 한다. 원나라 사람 리하오구李好古가 지은 『장생자매張生煮梅』라는 곡에는 '양시각두전탑아호동羊市角頭磚塔兒衚衕'이라는 대목에서 이것을 언급하고 있는데, 아마도 이것이 가장 이른 용례인 듯하다. 각각의 후통 가운데 사람들에게 가장 잘 알려진 것은 바다후통八大胡同[2]이 아닐까 하는데, 이것은 당대唐代 창안長安의 베이리北里와 청

---

2) '바다후통八大胡同'은 베이징 도심의 시주스커우다제西珠市口大街 이북, 톄수세제鐵樹斜街 이남에 위치해 있으며, 서쪽에서 동쪽으로 바이순후통百顺

말 상하이의 쓰마루四馬路가 유명한 거나 마찬가지다.

베이징 후통이 주의를 끄는 점은 명칭이 중복된다는 것이다. 이를테면, 커우다이후통口袋胡同, 쑤저우후통蘇州胡同, 티쯔후통梯子胡同, 마선먀오馬神廟, 궁셴후통弓弦胡同은 도처에 있는데, 왕마쯔王麻子, 러쟈라오푸樂家老舖 같은 것들이 많은 거나 마찬가지로 베이징에 처음 온 사람들을 불편하게 한다. 하지만 커우타이후통口袋胡同이 막다른 골목이라는 걸 알게 되면 '먼후루과얼悶葫蘆瓜兒'이나 '멍푸루관蒙福祿館'도 매 한 가지다. 쑤저우후통의 경우는 그들의 관적이 항저우杭州든 우시無錫든 상관없이 남쪽 지방 출신의 사람들이 살고 있는 골목에서 취한 이름이다. 궁셴후통은 그 모양이 궁베이후통弓背胡同[3]과 상대적인 데서 취한 이름이다. 나중에야 우리는 이런 이름들이 얼마나 그 나름의 색깔을 갖고 있는지 알게 되었다. 이를테면, 미국의 5번가, 14번가 하는 식의 단조로운 이름이나 [서구의 중국 침략 이후 생긴] 다섯 개의 개항장에서 이름을 딴 상하이의 난징루南京路, 쥬쟝루九江路 등과 같이 중국을 모욕하는 이름보다 얼마나 훌륭한가. 그 당시 전국에서 가장 안정감 있고 빠르게 달리는 인력거꾼이 "나리, 두 푼만 더 줍쇼" 라고 했던 말 역시 일찍이 사라져버렸다.

胡同, 옌즈후통胭脂胡同, 한쟈후통韓家胡同, 산시샹陝西巷, 스터우후통石頭胡同, 왕광푸셰졔王廣福斜街(현재의 쭝수셰졔棕樹斜街), 주쟈후통朱家胡同, 리사마오후통李紗帽胡同(현재의 샤오리후통小力胡同)의 순서로 늘어서 있다. 하지만 베이징 사람들이 말하는 '바다후통'은 이 여덟 개의 후통만 가리키는 것은 아니고, 첸먼(前門, 정식 명칭은 정양먼正陽門) 밖 다스라大柵欄 일대를 두루 가리킨다. 이 근방에는 크고 작은 기원妓院들이 많았는데, 그 중에서도 '바다후통'의 기녀들의 수준이 비교적 높았기에 유명세를 탔던 것이다.

3) 궁배弓背는 활등이고, 궁현弓弦은 활시위이다.

그 중에서도 특히 쑤저우후통이란 이름은 그 암시하는 바가 아주 크다. 당시에는 교통이 불편했던 때라 남쪽 사람이 베이징에 오는 경우는 과거시험 보러 오는 이를 제외하면 아주 드물었고, 베이징에서 벼슬을 하는 경우를 제외하면 베이징에서 거주하는 경우도 적었다. 남쪽 지방의 방언 역시 베이징의 백화와 큰 차이가 있었기에, 이곳에서 태어나 이곳에서 죽되, 눈에 들어오는 것은 베이징뿐이고, 귀에 들리는 것은 베이징 사람들의 말뿐이었으니, 그들이 모여 사는 후통을 쑤저우후통이라 이름붙인 것은 당연한 것이었다(쑤저우의 토박이말은 남쪽 지방 방언 가운데서도 가장 특색이 있고, 여자는 전국에서 가장 여리여리하고 아리땁다.).

티쯔후통梯子胡同[4]이 많은 것은 당시 많은 집들이 언덕에 의지해 지어졌기 때문인데, 길거리에서 보면 마치 사다리 같았다. 베이징에 마선먀오馬神廟가 많은 것도 깊이 생각해 볼 만하다. 왜 용왕묘龍王廟는 많지 않은데 유독 마선먀오만 많은 것일까? 어째서 베이징에 이토록 많은 마선먀오가 난징南京에는 하나도 보이지 않는 걸까? 남쪽 사람들은 배를 타고 북쪽 사람들은 말을 탄다. 우리는 베이징이 원나라 수도였다는 사실을 기억하고 있다. 바로 그 쇠 말굽으로 중부 유럽까지 쳐들어갔던 타타르족이야말로 이 마선먀오를 지었던 이들이 아니었던가! [전국시대] 연燕나라의 소왕昭王이 현재賢才들을 위해 황금대黃金臺를 지었으니, 이것이 바로 베이징 최초의 마선먀오인 것이다.

베이징 후통의 이름은 우물에서 이름을 취한 것이 많다. 앞서 말한

4) 여기서 '티쯔梯子'라는 것을 사다리를 의미한다. 곧 티쯔후통梯子胡同은 '사다리후통'이라는 뜻이다.

룽터우징龍頭井말고도 톈수이징甛水井, 쿠수이징苦水井, 얼옌징二眼井, 싼옌징三眼井, 쓰옌징四眼井, 징얼후통井兒胡同, 난징후통南井胡同, 베이징후통北井胡同, 가오징후통高井胡同, 왕푸징王府井 등등이 있는데, 이것은 북방에 물이 희소했기 때문이다. 밥을 짓고, 차를 끓이고, 세탁을 하고 목욕을 하는 등 물의 용도는 아주 많았기에 당시 사람들은 아주 서툴고 느린 방법으로 우물 하나를 판 뒤에 그 기쁨을 말로 형언할 수 없어 우물로 거리 이름을 지어 자신들의 성공을 기념했던 것이다.

후통의 이름은 베이징 사람들의 생활과 상상을 암시해 주는데, 취덩후통取燈胡同, 뉴뉴팡妞妞房 등과 같은 류의 후통도 있다. 베이징 토박이말을 모르는 사람은 어디서 뜻을 취했는지 모르는 것들도 있다. 아울러 경성의 연혁과 구분을 나타내는 것들도 있다. 이를테면, 주스猪市, 뤄마스騾馬市, 뤼스驢市, 리스후통禮士胡同, 차이스菜市, 강와스缸瓦市[5] 등과 같은 거리 이름들의 경우, 주스猪市가 옛날 의미를 여전히 갖고 있는 것 이외에는 그 나머지 것들은 이미 상황이 바뀌어 나중에 이런 이름들을 알게 된 사람들은 그저 허울뿐인 이름만으로 당시 이런 곳들의 상황을 헤아려볼 수 있을 따름이다. 후부제戶部街, 타이푸쓰제太僕寺街, 빙마쓰兵馬司, 돤쓰緞司, 롼위웨이鑾輿衛, 즈지웨이織機衛, 시좐창細磚廠, 젠창箭廠[6]과 같은 이름들은 누가 보더라도

5) 이상의 명칭들은 모두 글자 그대로 '돼지猪', '노새와 말騾馬', '나귀驢' 또는 '푸성귀菜', '질그릇이나 기와缸瓦' 등을 파는 시장을 의미한다. 이 가운데 '리스후통禮士胡同'은 원래는 '뤼스후통驢市胡同'이었는데, 나중에 시장이 없어지면서 발음이 비슷한 '리스후통禮士胡同'으로 바뀐 것이다.

6) 이 명칭들 역시 '호부戶部'나 '태복시太僕寺', '병마사兵馬司', '단사緞司', '난여위鑾輿衛', '직기위織機衛' 등과 같은 관청이나, '벽돌 공장細磚廠', '화살 공장箭廠' 등이 있었다는 걸 암시한다.

찬란했던 과거를 떠올리며 일종의 초현실적인 흥미를 느끼게 된다.

황금색 기와에 붉은 색 담장을 두른 황성皇城은 지금은 이미 모두 훼손되었다. 미래의 사람들이 황청건皇城根과 같은 거리 이름으로 내성의 안쪽, 쯔진청紫禁城의 바깥쪽 사이의 황성의 위치를 헤아릴 수 있을까? 단청이 빛나는 두 곳의 패루牌樓는? 그 자태가 내 유년의 상상 속에 깊이 각인되어 있는 저 장대한 패루 말이다. 이것들은 어디로 가버렸을까? 낙타 등 같고 거북 껍데기 같은 네 패루는 손에 지팡이를 짚고도 몸을 지탱하지 못 하다 조만간 일찍 세상을 뜬 형제를 따라 땅속으로 사라지려니!

파괴적인 모래바람이 고도古都 전체를 말아 올린다. 심지어 사람들과 부대끼지 않고 형체가 없는 거리 이름과 같은 것들도 모두 그런 꼴이 면하기 어려울 것이다. 암시하는 바가 풍부한 피차이후통劈柴胡同은 비차이후통辟才胡同으로 개명이 되었고, 전설이 배경인 란멘후통爛面胡同은 란만후통爛縵胡同으로 바뀌었고, 지방 색채가 농후한 셰쯔먀오蝎子廟는 셰쯔먀오協資廟로 개칭되었다. 그야말로 신기함에서 평범함으로, 우미한 것에서 졸렬한 것으로 개악이 되었다. 거우웨이바후통狗尾巴胡同은 가오이보후통高義伯胡同으로 바뀌었고, 구이먼관鬼門關은 구이런관貴人關으로, 거우란후통勾闌胡同은 거우롄후통鉤簾胡同으로 다쟈오후통大脚胡同은 다쟈오후통達教胡同으로 개명되었다.

이런 것들이 모두 그곳에 살고 있는 사람들이 개명을 요구한 것이라고 단정적으로 말할 수는 없지만, 그렇다고 '통달한 가르침達教'이라고 보기도 어렵다. 롼다청阮大鋮[7]이 난징에서 살았던 쿠당샹袴襠巷

7) 롼다청阮大铖(1587~1646년)은 자가 지즈集之이고, 호는 위안하이圆海, 스차

〔그림 17〕 러서우탕樂壽堂 ⓒ조관희

이나 런던의 Rotten Row[8]는 귀족들이 사는 거리로 그들이 거리 이름의 개명을 요구했다는 말을 들어본 적이 없다. 달관할 수 있는 것은 옛사람들이나 서양 사람들밖에 없는 것일까? 내면이 풍요로운 사람은 외면을 좀 인색하게 표현해도 무방하다. 쓰마샹루司馬相如는 일대를 풍미한 문인이지만, 그의 아명은 '견자犬子' 곧 '개자식'이었다. 『자

오石巢, 바이쯔산챠오百子山樵이며, 안후이 성安徽省 쭝양 현樅陽縣 사람이다. 명말의 병부상서兵部尙書와 우부도어사右副都御史, 동각대학사東閣大學士 등의 직책을 역임했고, 희곡 작가로도 유명하다. 그가 지은 『춘등미春燈謎』, 『연자전燕子箋』, 『쌍금방雙金榜』, 『모니합牟尼合』을 일컬어 "석초사종石巢四種"이라 한다.

8) 중국어로 '쿠당袴襠'은 '바짓가랭이'를 뜻하고, 런던의 Rotten Row는 하이드파크Hyde Park의 승마 도로를 가리키는데, 글자 그대로의 의미는 "썩은 거리"이다.

불어子不語』라는 책에도 당시 거우狗 씨 형제가 과거에 급제한 일이 있었다고 한다. 좡쯔莊子는 스스로 거북이 되고 싶다고 했다. 이허위안頤和園의 츠시 태후慈禧太后[9]가 거주했던 러서우탕樂壽堂 앞에도 거북돌이 있다. 옛사람의 달관은 깊이 새겨볼 만하다.

(『중서집中書集』, 1934년 10월 상하이 생활서점生活書店)

[주샹朱湘 (1904~1933년)]

[그림 18] 주샹

주샹은 자가 쯔위안子沅으로, 후난 성湖南省 위안링沅陵에서 태어났는데, 어린 나이에 부모를 잃었다. 1925년 첫 번째 시집『여름夏天』을 펴내고, 1926년에는『신문新文』이라는 잡지를 펴냈는데, 자신이 짓고 번역한 시문만 실었다. 하지만 재정상의 문제로 2기만에 접었다. 1927년에는 두 번째 시집『초망草莽』을 펴냈다. 1927년 9월부터 1929년 9월에는 미국으로 유학을 떠났다가 귀국한 뒤에는 생계를 위해 여러 가지 일을 알아보다 국립 안후이대학(현재의 안후이사범대학安徽師範大學) 외문계外文系에 자리를 잡았으나, 학교 측과 불화을 일으켰다. 1933년 12월 5일 상하이에서 난징으로 가는 여객선에서 투신자살했다.

---

9) 츠시 태후慈禧太后는 흔히 '서태후西太后'라 불리며, 청말에 정권을 농단하여 나라를 위기에 빠뜨렸던 인물이다. 양무운동의 일환으로 해군의 군함을 건조하기 위해 모금한 돈으로 '이허위안頤和園'을 개축한 일은 두고두고 사람들의 입에 회자되었다.

고성古城

샤오첸蕭乾

초겨울의 하늘은 잿빛으로 낮게 드리운 가운데 그야말로 사람이 숨조차 못 쉬게 짓눌러댔다. 그저께 내린 눈은 한편으로는 주민들에게 약간의 청명함을 가져다주긴 했지만, 눈 온 뒤의 정상은 눈 뜨고 볼 수 없을 지경이었다. 차가운 북풍이 추녀와 기와에 붙어 있는 눈을 한꺼번에 공중으로 말아 올려 둥근 원을 그리며 춤을 추다가 제대로 갈 길을 찾아 길가는 사람들의 목덜미에 내리꽂힌다. 거리는 얄궂은 햇볕에 진흙탕으로 변하고 잔설 위에는 사람들 발자국 흔적이 아로새겨진다.

비행기가 익숙한 방향에서 날아왔다. 웅장한 울림소리에 이곳에 사는 사람들이 흠칫 놀랐다. 그들 얼굴에는 각자 공포스러운 기억이 그려졌다. 자동차 바퀴자국에 기어들어가 진흙덩어리를 갖고 놀던 아이들도 손을 멈추고 하늘을 우러러 저 기괴한 잠자리를 바라보는 것이 짐짓 사태의 심각성을 의식하고 있는 듯했다. 잠자리가 나무

가지에 가려지자 그들은 다시 고개를 숙이고 지저분한 놀음을 이어 나갔다.

이것은 쇠로 만든 회색의 새였다. 이 고성古城에 대하여 완전히 낯선 것은 아니었다. 이것은 정탐꾼이었다. 곧게 뻗은 날개를 펼치고, 오래 묵은 나뭇가지를 스쳐지나가고, 고요한 기와집을 스쳐지나가고, 왕실의 호수를 스쳐지나가고, 찬란한 유리기와를 빙 둘러 날고 날았다. 고성은 뚱뚱한 노인과 같이 움직일 수 없는 다리를 꼬고 앉아 눈을 부릅뜨고 이 모든 것을 지켜보고 있다.

성문의 낮고 어두운 구멍으로는 장사꾼들이 분주하게 지나가고 있다. 모든 사람들이 멍한 눈을 뜨고 유일하게 받은 사회교육이라는 게 '나랏일은 논하지 말라'는 것인지라 그저 입을 꾹 닫고 있다. 다시 한 번 변란이 있어야 한다. 그들도 누구와 누가 올 건지를 알 수 없어서 아마 절인 채소를 많이 준비해야 된다고 생각하고 있는 것이리라. 아울러 손 가는 대로 집안의 부엌 신을 위해 선향線香 몇 가닥을 청하는 것을 잊지 않는데, 일가족의 평안을 지키기 위해서다.

햇빛이 성벽 귀퉁이의 눈을 녹이니 파괴된 흔적인 드러났다. 그것은 역사의 하사품이다! 역사는 그것을 건축한 위인을 낳은 동시에 그것을 파괴한 패자霸者 역시 보내주었다. 몇 차례의 변란 속에서 그것은 거주민들을 대신해 칼을 맞고, 포화를 맞았다. 면전에서 그것이 어떤 운명과 조우했는지 아는 사람은 없다. 어찌 되었든 거주민들이 조수처럼 성안으로 밀려들어갔다. 저것은 아주 훌륭한 기압계이고, 또 다른 정복자 역시 이 고성의 모든 것을 엿보고 있다.

고성 자체는 여전히 뚱뚱한 노인 같이 고개를 숙이고 가늘게 숨을 쉬며 눈물을 글썽이며 슬하의 저 무고한 한 무리 아이들을 지키고 있다.

부기附記) 9 · 18사건[1]이 일어난 다음해에 답답하고 우울한 가운데 당시의 베이징을 소묘한 것이다.

(『소수엽小樹葉』)

[샤오첸蕭乾 (1910~1999년)]

샤오첸은 원래 이름이 빙첸秉乾 또는 빙첸炳乾으로 베이징 태생의 팔기 몽골인이다. 기자이자 문학가, 번역가로 활동했다. 베이징 푸런대학輔仁大學과 옌징대학燕京大學, 영국의 케임브리지대학 등에서 공부하고 중국작가협회의 이사와 고문을 역임했다.

〔그림 19〕 샤오첸

1931년에서 1935년 사이에 미국인 에드가 스노우 등과 『중국간보中國簡報』, 『살아있는 중국』 등의 간행물을 엮어낸 바 있다. 1935년에는 『대공보大公報』의 기자가 되었다. 1939년 이래로 런던대학 동방학원의 강사 생활을 하며, 제2차 세계대전 당시 『대공보』의 주 영국 종군기자로 활동했다. 1949년 이후에는 주로 문학과 번역 작업에 종사했다.

---

1) 1931년 9월 18일 일본 제국주의가 대륙 침략의 교두보로 삼기 위해 만주를 침략한 사건을 말한다. '만주 사변滿洲事變'이라고도 한다. 만주 사변은 1945년까지 계속된 중국과의 15년 전쟁의 시작이며, 제2차 세계 대전의 서막을 이루는 것이었다

한 밤중에 위허챠오御河橋[1]를 지나다

머우충췬繆崇群

나는 노년의 장사꾼처럼 무슨 이록利祿에 마음이 없다. 그렇지 않으면 그저 강호를 떠돌아다니는 장돌뱅이라고나 할까. 이제 이 오래 묵은 도성으로 다시 돌아왔다.

오래전에 나는 햇빛 찬란한 백주대낮을 두려워하고 끝없는 어둠을 가장 좋아했다. 어둠 속에서 나는 비로소 내 씁쓸한 눈을 부릅뜰 힘이 생기는 듯하다.

하지만 이 오래 묵은 도성에 넘쳐나는 것이라곤 바람에 불어 날리는 모래와 먼지 그리고 검은 연기다!

이 밤 나는 갑자기 오랫동안 헤어져 있던 청신한 연꽃 바람을 맞았

---

1) 위허챠오는 원래 명칭이 진하이챠오金海橋로 베이징 중심부에 있는 베이하이北海와 중난하이中南海를 가르는 다리이다. '베이하이다챠오北海大橋' 또는 '진아오위둥챠오金鰲玉蝀橋'라고도 부른다. 원나라 지원至元 원년元年(1264년)에 처음 세워졌으며, 나중에 몇 차례 중건되었다.

다. 그것으로 인해 내 온몸이, 온몸을 뒤덮고 있는 모든 모공들이 싸늘해졌다. 나는 발 앞에서 안간힘을 쓰고 있는 등이 굽은 인력거꾼을 보고 있다. 그는 필사적으로 앞으로 나아가고 있다. 동시에 나는 점점 더 높아가는 돌다리 난간도 보았다.

'진아오金鰲'라는 패방이 배후에 숨겨져 있고, '위둥玉蝀'이라는 패방이 눈앞에 우뚝 서 있다. 왼쪽은 거무스레하고, 오른쪽도 거무스레한데, 거무스레한 도시의 남북의 해海[2]!

〔그림 20〕 위허챠오(진아오위둥챠오) ⓒ 조관희

저 등불, 저 악몽의 흐릿한 눈; 저 거꾸로 선 그림자, 길고 긴 청량한 콧물이 걸려 있다.

---

2) 여기서 '해海'가 가리키는 것은 실제 바다가 아니라 베이징 시내에 있는 큰 호수인 '베이하이北海'와 '난하이南海'를 말한다.

밤은 그늘에서 홀로 흐느끼고, 무늬물대[3]는 있는가? 오히려 거기서 몰래 살고 있는지도 모른다.

위둥의 패방 역시 배후에 숨어 있다.

보물이 수장되어 있는 퇀청團城은 지금은 빗장을 지르지 않은 채 문이 닫혀 있고, 보물은 아마도 일찍이 해마다 불어오는 서풍에 날아가고, 몰래 문틈으로 사라져버렸을 것이다.

〔그림 21〕 퇀청 ⓒ 조관희

3) 원문은 '蘆荻'이다. 벼과 식물로 학명은 Arundo donax Variegata이다. 원산지는 지중해, 동아시아, 아프리카와 남아라비아 반도이지만 현재는 널리 퍼져 온대, 아열대 지역에 분포한다. 왕갈대 속(屬)에 속하는 종류로 키는 2.5~4m 정도로 곧게 뻗는다. 줄기의 지름은 2~3cm정도로 대나무를 닮았으며 아래쪽 줄기 마디에서 다수의 가지가 나온다.

저 노년의 장사꾼, 저 강호의 장돌뱅이는 지금 보따리도 하나 없이 그저 병든 노구만 삐걱대는 인력거 위에 허망하게 실려 있다.

인력거도 한 대뿐. 다시 조심스럽게 휑한 삼좌문三座門[4]을 통과했다.

1932년 9월 8일 밤
(『건강한 사람에게 부침寄健康人』,
상하이양우도서인쇄공사上海良友圖書印刷公司, 1932년 11월 출판)

[머우충췬繆崇群 (1907~1945년)]

머우충췬은 필명이 쭝이終一이며, 쟝쑤江蘇 류허六合 사람이다. 일찍이 일본에 유학을 한 적이 있으며, 1929년부터 산문 창작을 시작했다. 내용은 대부분 소년 시절의 생활을 회고하거나 일본에서의 경험을 서술한 것이었다. 1931년 귀국한 뒤 후난 성湖南省에서 잡지 편집에 종사했고, 1933년에는 산문집 『희로집晞露集』을 출간했다. 1935년에는 상하이에서 창작에 전념했는데, 정밀하고 담담한 필치로 자신의 적막한 심정을 토로한 글들을 주로 썼다. 중일전쟁 이후에는 윈난雲南과 광시廣西, 쓰촨四川 등지를 전전하며 생계를 위해 서점의 편역編譯 일 등을 하면서 지냈다. 그는 평생 곤궁하게 살다가 막 인생의 꽃을 피워볼 나이인 38세에 충칭重慶의 베이안쟝쑤의원北暗江蘇醫院에서 갑자기 병사했다.

---

4) 문이 세 개 달려 있는 성문을 말한다.

베이징

정전둬鄭振鐸

그대가 봄에 베이징에 도착한다면 첫 번째로 받은 인상은 아마도 그다지 유쾌하지 않을 것이다. 첸먼前門 동역이나 서역에서 내려 역을 나서면 베이징의 잿빛 흙을 밟는 순간 큰 바람이 불어와 그대는 뒤로 몇 발자국 물러나지 않을 수 없을 것이다. 그 바람은 한 덩어리의 진흙 모래를 말아 올려 그대가 조심하지 않으면 이내 두 눈이 감겨 참으로 곤란한 지경에 처하게 된다. 아울러 입 안으로도 미세한 모래가 불어 들어와 이빨 사이에서 사각거리는 소리를 낸다. 귓바퀴와 눈시울, 그리고 검은 마고자나 양복 외투 위에 금방 누런 잿빛 모래가 쌓인다. 집에 도착하거나 여관에 도착하면 한 바탕 꼼꼼하게 씻어내야만 개운해진다.

"이 빌어먹을 동네 같으니! 바람이 그렇게 불어대고, 먼지는 또 왜 그리 많은지!"

그대는 아마도 아주 불쾌한 마음에 저주의 말을 쏟아낼 것이다.

바람이 하루 종일 휘휘 불어대는 가운데 난로의 은회색 연통과 창호지는 핑팡 소리를 내며 서로 부딪혀 밤새 잠을 이루지 못할 정도로 시끄러울 것이다. 다음 날 아침 눈을 뜨면 창에 가득한 황금색에 그대는 내심 기뻐하며 이것이 햇빛이라고 생각하고는 오늘 하루는 유쾌한 마음으로 놀러 다닐 수 있을 거라 여길 것이다. 하지만 바람 소리는 여전히 휘휘 소리를 내며 울부짖고 있다. 눈을 비비고 이불을 두른 채 침상에 앉으면 곧 낙담하게 된다. 그 누리끼리한 것을 햇빛으로 오인했다가 이게 온 천지에 불어대는 황사라는 걸 깨닫게 되는 것이다! 바람 소리는 윙윙거리며 여전히 쉬지 않고 있다. 그대는 또 한 번 낙담한다.

하지만 오후가 되거나 이틀 후 정도가 되면 바람은 점차 잦아들기 시작한다. 진짜 햇빛이 담장에 밝은 황색으로 비추고 창안으로 들어온다. 따스하고 평화로운 기운에 그대는 금방이라도 밖으로 달려 나가고 싶은 마음이 들 것이다. 잘게 부서지는 듯한 새소리가 울려 퍼지는데, 작은 참새가 짹짹거리는 소리가 대부분이다.—마침, 정원에는 살구꽃과 복숭아꽃이 한 그루 있어 짙은 붉은 색 봉오리가 맺혀 이제 막 피어나려고 한다. 대추나무 잎은 한참 밖으로 움트려 한다. —베이징에는 대추나무가 아주 많아 거의 집집마다 정원에 한 두 그루씩 있는 거 같다. 버드나무의 부드러운 가지는 이미 여릿한 황색을 띠고 있다. 거대한 느릅나무만큼은 시커먼 마른 가지에 봄소식이라고는 하나도 보이지 않는다.

그대는 방문을 열고 정원에 나와 심호흡을 한번 한다. 아, 그곳에서는 신선한 공기가 생명력을 띠고 있는 듯하다. 그대의 정신과 기운이 절로 맑아지고 상쾌해진다. 햇빛은 얼마나 사랑스러운가. 하늘은 끼끔하니 구름 한 조각 없어, '남방의 가을 하늘'과 같은 모습을 띠고 있다. 그대는 알고 있어야 한다. 베이징이 맑은 하늘을 드러낼 때는 '하늘은 높고 공기는 상쾌한 것이', 봄날뿐 아니라 사계절 모두 저 영원히 청명한 기운으로 충만하다는 사실을.

햇빛은 그대가 당황스러울 정도로 따스하게 비춘다.

"참을 수 없어!"

그대는 틀림없이 마음속으로 몰래 외칠 것이다.

그대는 틀림없이 이 자연의 호소에 응해 거리로 나설 것이다.

하지만 그대가 유념해야 할 것이 있다. 그대가 부자라서 주머니에 충분한 돈을 갖고 있다면 호기를 부리며 자동차를 탈 것이다. 자동차의 유리창 안에 갇히면, 그대는 어항 안에서 사육되는 금붕어와 같이 생기 없는 생물이 될 것이다. 그대는 아무 것도 누리지 못한다. 자동차는 무슨 중요한 회의에라도 가듯이 아주 빠른 속도로 달려간다. 하지만 그대는 놀러 나온 것이지 회의에 가는 것이 아니다. 자동차는 모든 자연적인 풍경들을 그대의 뒤로 밀어낸다. 그대는 음미할 수도, 멈출 수도, 마음껏 감상할 수도 없다. 이거야말로 저팔계가 인삼과를 먹은[1] 격이다. 그대는 이 정도로 어리석지 않다.

베이징은 그렇게 있는 체하는 부자를 받아들이지 않는다. 자동차

---

1) 『서유기』에 나오는 에피소드의 하나이다. 전생에 삼장법사의 친구였던 진원대선이 삼장 일행이 온다는 것을 미리 알았지만, 다른 일이 있어 청풍과 명월이라는 제자들에게 삼장 일행에게 인삼과를 대접하라 이르고 떠난다. 삼장이 도착하자 제자들이 삼장에게 인삼과를 대접하는데 모양이 어린아이처럼 생긴 인삼과를 삼장은 차마 먹지 못하고 제자들에게 양보한다. 손오공과 저팔계, 사오정은 몰래 인삼과를 따먹는데, 저팔계가 너무 급하게 먹은 나머지 맛을 모르겠다고 하나 더 따먹자는 제안을 한다. 나중에 그로 인해 여러 가지 말썽이 일어난다. 여기서는 저팔계가 너무 급히 먹느라 그 맛을 음미할 수 없었다는 것을 비유적으로 끌어다 쓴 것이다.

를 탄 나그네는 영원히 베이징의 진면목을 만날 수 없다. 베이징은 '관광지'이다. 당연하게도 '주차간화走車看花'—'주마간화走馬看花'[2]보다도 살풍경한 짓—하는 인물을 반기지 않는다.

그렇기에 그대는 '양차洋車'[3]를 타야 한다. 주의할 것은 그대가 남쪽 지방 사람이라면 황포차黃包車라 소리를 질러도 인력거꾼들이 그대가 하는 말을 알아듣지 못한다는 사실이다. 그들은 그 말을 모욕으로 받아들인다. '황포黃包'의 북쪽 지방 발음은 '왕팔王八'[4]에 가깝기 때문이다. 그렇지 않으면 진부한 대로 "인력거"라고 불러도 그들은 이해 못 할 것이다. 만약 "고무 바퀴 차膠皮"[5]라 부르면 그들은 그대

[그림 22] 옛 베이징의 인력거꾼

2) 우리 식으로는 '주마간산'이나 중국어 표현은 '주마간화走馬看花'이다.
3) 인력거를 말한다.
4) 본래 '왕팔'은 거북이나 자라를 의미하는데, 일상적으로는 '개자식' 정도의 욕으로 쓰인다.

가 톈진天津에서 온 것을 알고 돈을 더 받을 것이다. 그렇지 않고 아예 서양식으로 "릭샤"라 부르면 그들도 알아는 듣겠지만, '마오毛' 단위로 인력거 값을 주어야 한다.

'양차'는 베이징에서 가장 주요한 교통수단이다. 값은 싸고 편안하다. 빠르지도 느리지도 않은 것이 아주 적당하다. 하지만 대로를 달릴 때, 앞차에 아름다운 아가씨나 서양인이 있고 공교롭게도 그대의 인력거꾼이 젊고 건강한 젊은이라면 그들끼리 경쟁을 하다 위험해질 수도 있다. 아예 걷는 것도 나쁘지 않다. 요 근래 베이징의 도로 정책은 아주 괜찮아서, 한적한 거리나 작은 골목, 중요한 인물이나 외국인이 거주하지 않는 곳, 또는 "바람이 안 불면 먼지가 세 자나 쌓이고, 비가 내리면 진흙탕이 되는 거리"를 제외하면 그 나머지 요충이 되는 구역은 그럭저럭 산보를 할 만하다.

골목 입구를 나와 황성 방면으로 걷다 보면, 점입가경이다. 황금색의 유리기와가 햇빛에 빛을 발하고, 붉은 색 담장은 아주 의미심장하게도 저 '특별구'를 에워싸고 있다. 톈안먼天安門에 들어서면 즉각적으로 휘황한 경치에 눈이 쉴 틈이 없게 된다. 그대가 총명하다면, 여기서는 차에서 뛰어내려 산보하듯 걸어야 한다. 용이 휘감고 올라가는 한백석漢白石[6] 재질의 화표 두 개가 중간에 우뚝 서 있어 길게 늘어선 한백석 난간과 세 개의 한백석 아치 형 다리를 돋보이게 하고 있다. 이것은 부귀와 고아한 기상을 조화롭게 드러내 보여주고 있는데, 덕이 있는 노년의 학사대부가 세상 물정을 두루 경험하고 화기火

---

5) 인력거는 "고무바퀴 차胶皮車"라 불리기도 한다.

6) 한백석은 '한백옥汉白玉'을 말하는데, 베이징 서남쪽에 위치한 팡산 현房山縣에서 나오는 대리석 비슷한 백색의 석재로 탄산칼슘이 주요 성분을 이루고 있으며, 궁전 건축에 많이 쓰인다.

氣가 모두 누그러진 듯한 자태로 불쾌한 얼굴을 한 벼락부자의 혐오스러운 모습은 전혀 찾아볼 수 없다. 봄에 살얼음이 녹게 되면 그리 얕지도 넘치지도 않는 연못의 물이 거울처럼 새파랗게 비춘다. 한가운데 있는 아치형 다리의 세 개의 구멍이 수면에 비치어 완전한 원형을 이루고 있다.

〔그림 23〕 톈안먼 화표 ⓒ조관희

다리를 지나 북으로 걸어간다. 두터운 성문도 아주 사랑스럽다(여름에 바람 쐬기 아주 좋은 곳). 우먼午門 앞에는 잡초들이 우거져 마치 분칠을 하지 않은 촌부와 같이 그 나름의 멋이 있다. 좌우에 두 줄로 늘어선 작은 집들에서는 이제라도 막 문이 열리면서 명·청대에 있었던 몇 차례의 정변政變을 일러주고 대신과 장군들이 웅성거리며 어가御駕를 따라 출입하는 듯하다. 여기에도 백색의 화표가 두 개 있는데, 약간 누런 색을 띤 것이 한층 더 연륜과 고아함을 느낄 수 있다. 그대가 동쪽으로 가든 서쪽으로 가든—잠시 북으로 향해 돤먼端門으로 들어가지 않아도 되는데, 거기는 역사박물관의 입구로 표를 구매해야 한다—아주 유쾌한 경치를 볼 수 있다. 문을 나서 회색의 궁성 담장을 따라 서북쪽이나 동북쪽으로 걸어가면 후청허護城河의 물이 사랑스러울 정도로 푸른 색을 띠고 있다는 것을 볼 수 있다.

태묘太廟나 중산공원中山公園 뒤쪽의 측백나무 숲은 울창한 것이 깊은 산 속의 오래된 묘를 보는 것 같다. 그대와 같은 길을 걷고 있는 이들 가운데에는 아무런 목적도 없이 그대보다 더 느리게 걷는 이들이 있는데, 넓은 소매의 유행이 지난 옷을 입고 구닥다리 신발을 신은 채 손에는 새장을 들거나 어깨 위에 긴 자물쇠가 채워진 새를 올려놓고 느릿느릿 걸어 다닌다. 어떤 때는 작은 발바리들을 이끌고 가는 사람을 만날 수도 있는데, 기세 좋게 길을 가고 있다. 하지만 그대가 둥화먼東華門이나 시화먼西華門까지 갔다가 되돌아 올 때면 그들 역시 앞으로 나아가지 않고 그대와 마찬가지로 되돌아오는 것을 보게 될 것이다. 그들은 유난할 정도로 고요한 물가에서 어슬렁거린다. 어슬렁거리는 것은 베이징 사람들 생활의 주요한 일부분으로, 그들은 그렇게 똑같은 물가나 성벽 아래서 옹근 반나절 동안 어슬렁거린다. 큰 바람이 불거나 큰 눈이 내리거나 아주 추운 날이 아니면 날마다 그리고 매년 늘 똑같다. 그대는 그들이 어떻게 살아가는지 영원히 헤아릴 수 없을 것이다. 아마도 그대는 그들이 몰락한 공자나 왕손이라고 상상한 끝에 그들의 화려했던 과거와 몰락한 오늘을 비통한 마음으로 그리워할 것이다.

[그림 24] 둥화먼 옆 후청허에서 낚시하는 사람 ⓒ조관희

"딱!" 하는 소리에 그대는 크게 놀랄 터인데, 그것은 목동이 한 무리의 양떼를 몰고 가며 긴 채찍으로 땅바닥을 때리는 소리이다. 그 소리에 이어 1934년 식 자동차가 빵빵거리며 달려간다. 그로 인해 그대의 엉크러진 상념들은 갈갈이 찢긴다.—그대의 비통한 심경이란 건 그저 공허한 환상에 지나지 않는다는 것을 알아야 한다. 어깨 위에 새를 올리고 개를 몰고 다니는 이들은 몰락한 왕손이 아니라 대부분 새와 개를 길러 먹고사는 장사치들이다.

그대가 다시 그 문으로 들어가 남쪽으로 걸어가면 톈안먼 안에 도착하게 된다. 이번에는 계속해서 남쪽으로 걸어간다. 커다란 석판이 깔린 길에는 차마가 다니지 않는데, 앞쪽의 높고 장대한 성루가 그대의 목표가 된다. 좌우는 모두 높이가 사람 머리만큼 자란 관목 숲이다. 그 무렵은 노란 개나리가 한 바탕 시끌벅적한 봄기운을 활짝 펼쳐 보이고 있다. 산당화7)도 꽃망울이 맺혀 있다. 늦게 피는 꽃나무는 가지 끝이 모두 녹색이다. 이 관목 숲에서 몇 시간 정도 배회할 수도 있다. 산당화가 만개할 때는 그대의 얼굴과 옷까지도 모두 붉은 색의 웃음기가 어리게 된다. 저 백색의 넓고 긴 돌길에서 산보하노라면 이내 유쾌해진다. 마음이 탁 트이고 아무런 생각도 들지 않는다. 어제의 고민거리는 이미 깡그리 잊어먹었다. 그대는 더 이상 베이징에 대해 어떤 저주의 말도 하지 않고 있다. 그대는 슬슬 [베이징에 대한] 그리움이 일기 시작한다.

남쪽으로 걸어가 첸먼다제前門大街의 가장자리를 걷다 보면 동서쟈오민샹交民巷 입구의 나무 패방을 볼 수 있고, 그대가 기차에서 내린 동역이나 서역을 볼 수 있고, 앞에 우뚝 서 있는 아주 위풍당당한 패루를 볼 수도 있다. 어지럽게 오가는 사람과 차, 말과 화물들, 최신식 자동차도 있고, 아주 오래된 짐차도 있어 그야말로 가장 큰 운수 전람회인 셈이다.

잠시 서 있다 보면 이내 질리고, 두 발 역시 약간 시큰해질 무렵 앞으로 몇 발자국 걸어가 아주 싼 값에 인력거를 타고 중산공원 입구에 내릴 수 있다.

이 공원은 베이징에서 아주 특수한 중심지이다. 베이하이北海가 아직 개방되지 않았던 시기에, 이곳은 베이징 유일의 사교 집중 구역이었다. 거기서 그대는 사회의 각양각색의 인물들을 볼 수 있다.—당연하게도 가난뱅이들은 포함되지 않는데, 그들은 몇 푼 하지 않는

---

7) 원문은 '紅刺梅'인데, 굳이 말하자면 매화는 아니고, 명자나무 일종이다. 우리말로는 '산당화' 또는 그냥 '홍매화'라고도 한다.

문표로 인해 공원 밖으로 쫓겨난 것이다. 그곳에 잠시 앉아 있노라면 수없이 많은 지인들을 금방 불러 모을 수 있다. 그대가 집집마다 찾아다니거나 초청을 하지 않아도 그들 스스로 찾아온다. 해당화가 만개하고, 모란과 작약이 활짝 피고, 국화가 만개한 황혼 무렵이면 그곳은 가장 떠들썩한 시장판이 된다. 찻집은 사람들로 가득 차 빈 자리가 없다. 한 테이블이 일어나면 곧바로 기다리던 사람이 그 자리를 채운다. 주인은 웃음을 띠고, 종업원들도 웃고 있다. 그들의 수입은 봄에 핀 꽃처럼 풍성하다. 국화꽃이 지고나면 서서히 썰렁해진다.

차 테이블에 앉아 편안하게 몸을 등나무 의자에 맡기면 햇볕이 온몸에 쏟아져 내려 솜옷의 등 쪽이 따뜻해진다. 전후좌우로 사람들이 걸어가며 큰소리로 이야기하고, 낮은 목소리로 속삭인다. 단상의 모란꽃은 한 송이 한 송이가 대접만큼 크다. 꽃을 감상한다고는 했지만 사실상 눈길을 그저 여기저기 던지고 있을 뿐이다. 어떤 때는 눈에 아무 것도 들어오지 않고 아무 생각도 없이 그곳에서 나른하게 멍때린 채 반나절쯤 그러고 있을 수도 있다.

한 줄기 훈풍이 불어오면 온천지에 백색의 버들 솜이 제 멋대로 둥글게 돌아다니다 구형球形을 이룬 뒤 담장 모퉁이로 밀려간다. 하늘 가득 날려 다니는 솜 같이 작은 덩어리들은 그대의 얼굴에 부딪히고 콧구멍으로 짓쳐들어온다.

그대가 이른 아침에 이곳에 온다면 몇 무리의 사람들을 보게 될 것이다. 늙은이나 젊은이나, 뚱뚱한 이도 빼빼마른 이도 큰 나무 아래 공터에서 태극권을 연습한다. 이 운동은 폐병에 걸린 사람들도 끌어들여 참가하게 해 그들의 수명을 단축시키기도 한다. 하지만 이 시간, 이 공원이야말로 폐병 환자들이 가장 활동을 많이 하는 때이다. 피골이 상접한 중년의 사람들이 지팡이에 의지해 비틀거리며 걸어오다가—신선한 공기를 호흡하는 것이라지만— 몇 걸음 옮기고는 허리를 펼 수 없을 정도로 기침을 해대다 "캭" 하는 소리와 함께 가래를 땅바닥에 내뱉는다. 그 때문에 그대는 다시는 이 공원에 오려고 하지 않을 수도 있다. 하지만 오후가 되면 공원에는 여전히 사람들로 붐빈다. 아무도 매일 아침마다 벌어지는 저 비극을 떠올리지 않는다.

공원 뒤의 거대한 측백나무 숲도 수난을 당한다. 다연茶煙[8]과 해바라기씨 껍질이 푸르른 측백나무 잎을 누런색으로 바래게 해 숲의 수명도 그리 오래가지 못하게 된다.

중산공원이 시끌벅적한 것과 대조적으로 몇 십 발자국 떨어지지 않은 태묘는 썰렁하기만 하다. 왜 그런지는 모르겠지만, 태묘에 사는 사람들은 오히려 적다. 젊은 연인들만 어쩌다 한 두 쌍이 사람들을

〔그림 25〕 태묘 ⓒ조관희

8) 차를 우려낼 때 김이 나는 것을 가리킨다.

피해 이곳에 와서 밀담을 나눈다. 간혹 가다가 시끌벅적한 것을 좋아하지 않는 사람들이 이 고요한 곳에서 산보하고 있다. 이곳의 측백나무 숲은 수백 년 동안 폐쇄되어 있다가 새로 개방된 탓에 아주 건강하고 나무 위에 둥지를 튼 재두루미도 이사를 가지 않았다.

태묘에 진열된 청대 황제들의 제전祭殿과 침궁을 보지 못한 이들은 그것이 아주 휘황찬란하고 화려할 거라 생각하지만, 사실은 그다지 볼 만 한 것은 없다. 노란 비단에 꽃이 수놓아져 있는 침구는 사람들이 부러워할 만한 게 아니다. 공물을 올리는 탁자 위의 나무로 깎아 만든 기물과 촛대 등등은 부잣집 사당의 것만 못하다. 예전에 명대 사람의 필기를 읽으니 명 효릉에 가서 공물을 참관하니 올려진 것은 동과탕冬瓜湯과 같은 아주 소박하고 저렴한 요리들뿐이었다고 했다. 여기도 황제가 아직 궁중에 있었을 때나 제사지낼 때나 그만저만 했을 거라 생각된다. 제왕이든 평민이든 무덤 속에 들어가 해골이 되는 건 매일반이고 흠향하는 것 역시 그와 같은 따름이다.

다음날 그대는 베이징 성의 북쪽을 유람할 수도 있는데, 그곳은 볼 만한 것들이 적지 않다. 허우먼後門[9]의 왼쪽 인근에는 국자감國子監과 종루鐘樓, 고루鼓樓가 있다. 종루와 고루는 어느 도시에나 있지만, 베이징의 경우는 특히 웅장하다. 국자감은 예전의 최고 학부로 그곳에는 석고石鼓[10]가 소장되어 있다.—하지만 현재 이 유명한 석

---

9) 베이징 성의 쳰먼前門은 정양문正陽門이고 허우먼後門은 톈안먼天安門의 상대 격인 디안먼地安門을 말한다.

10) 본래 석고는 627년 펑샹 부鳳翔府 천창산陳倉山(현재의 산시 성陝西省 바오지 시寶鷄市 스구산石鼓山) 에서 발견되었다. 제작 연대에 대해서는 여러 이설이 있어 정론이 없으나, 대개 선진先秦시대에 만들어졌을 것이라 추정되고 있다. 내용은 주로 사냥에 관한 것이라 '엽갈獵碣'이라 불리기도 한다. 청 건륭 때 모방작이 만들어졌는데, 이것이 바로 국자감에 보관되어 있는 것이다.

고는 남쪽으로 옮겨 갔다.

허우먼에서 서쪽을 향해 걸으면 스차하이什刹海다. 전해 오는 말로는 『홍루몽』에 묘사된 대관원大觀園이 스차하이 부근에 있었다고 한다. 여기는 평민들의 여름 놀이터다. 북쪽에는 아주 큰 규모의 빙고氷庫가 있었다. 전체 면적을 이루는 것은 논과 연꽃 호수이다.(베이징 사람들의 연꽃 재배는 일종의 업으로 벼농사와 마찬가지다.) 여름에 연꽃이 활짝 피었을 때는 확실히 볼 만 하다. 후이셴탕會賢堂 누각의 난간에 기대어 소나기가 연꽃잎을 때릴 때 연꽃에서 뿜어 나오는 향기와 타닥거리며 가늘게 부숴지는 소리는 다른 곳에서는 맡을 수도 들을 수도 없는 것들이다. 차양을 친 삿자리의 다탁에서 들으면 좀 더 가깝게 느낄 수 있으나, 차양에서 물이 새 빗물이 삿자리에 떨어지는 소리가 듣기 거북해 객이 주인을 쫓아내는 느낌이 든다. 가장 좋을 때는 여름이 지나간 뒤 마른 연꽃이 호수에 가득하고 스차하이의 번잡한 저잣거리도 이미 판을 접을 때인데, 그 때 후이셴탕 누각 위에서 난간에 의지해 빗소리를 들으면 확실히 또렷하게 "남아 있는 연꽃에 떨어지는 빗소리를 듣는" 묘미가 있지만 베이징의 가을은 비가 적어 이런 경지는 쉽게 맛볼 수 없다.

스차하이의 반대편은 베이하이北海의 후문이다. 여기를 통해 베이하이로 들어가 동쪽으로 걸어가면 청신자이澄心齋, 쑹포 도서관松坡圖書館, 팡산仿膳, 우룽팅五龍亭을 거쳐 극락세계에 도착하는데 어느 곳 하나 안 좋은 곳이 없다. 다만 애석한 것은 우룽팅 등은 여름에 사람이 너무 많아 붐빈다는 것이다. 극락세계는 이미 어찌 할 도리 없을 정도로 파괴되었고, 불상도 목이 잘리고 팔이 부러지지 않은 게 하나도 없다. 옛 정취가 듬뿍 있는 곳은 이 곳뿐이다. 그 곳은 행락객들이 제일 가지 않는 곳이다. 후면에서 남쪽으로 걸어가면 베이하이 이사회 등으로 갈 수 있는데, 이곳도 개방이 되어 있어 다탁이 있지만 아주 썰렁하다. 우룽팅에서 배를 타고 호수를 건너면—겨울에는 빙선冰船을 타고 미끄러져 건너면—둥근 섬으로 사면이 모두 물이고 다리 하나와 대문으로 서로 통해 있다. 섬의 중앙에는 백탑이 우뚝 솟아있다. 산세의 높낮이에 의지해 되는 대로 가산假山과 묘우廟宇, 회랑, 작은 방 등이 배치되어 있는데, 구불구불하게 공사되어 있는 것이 반나절 유람거리가 될 만 하다.

날씨가 맑은 날 이란탕漪瀾堂의 한백석 난간에 의지해 고요하게 파문이 일지 않는 호수 물을 보노라면, 햇빛을 받아 황금색으로 반짝반짝 반사되는 수면에 어쩌다 유람선 몇 척이 띄워져 있고, 백로 몇 마리가 날아가며, 한 무리의 야생 오리 떼가 놀라 꽥꽥대는 것이 그대로 하여금 아련한 생각이 들게 한다. 하지만 겨울은 최악의 시기로 이곳은 빙상장이 열려 청춘남녀가 분주하게 내달리며 떠들어댄다. 그대가 만약 이미 소년의 마음을 잃어버렸다면, 맑고 고요한 것을, 홀로 노니는 것을, 묵상하기를 좋아한다면, 그대는 이곳에 나타날 필요가 없다.

베이하이의 앞문을 나와 서쪽으로 걸어가면 진아오위둥챠오金鰲玉蝀橋다. 이 한백석으로 만든 대교는 중난하이中南海와 베이하이를 갈라놓는다. 베이하이의 백일白日은 그린 듯 수면 위에 비치고 중하이의 완산뎬萬善殿의 전경도 또렷하게 보인다. 중난하이 역시 원래는 공원이었으나 지금은 '금단의 땅'이 되어버렸다. 단지 동쪽의 일부 지역, 이른바 완산뎬만 개방되어 있다.[11] 이것은 아주 작은 데다 구

---

11) 지금은 이곳도 '금단의 땅'이 되어버렸다. 구글이나 바이두 지도에도 중난하이 일대는 그 자세한 내역이 나오지 않는다.

경하러 가는 사람도 아주 적지만, 건물 배치는 아주 훌륭하다. 룽왕탕龍王堂에 길게 늘어선 것은 모두 새로 만든 진흙 소상인데 역겨우리만치 졸렬하다. 그대가 세심한 사람이아면 전각 옆의 작은 집에서 담장 귀퉁이에 놓여 있어 아무도 돌아보지 않는 두 개의 목조 보살상을 발견할 수 있을 것이다. 그 형태와 면모는 아름답지 않은 데가 하나도 없는 것이 요나라나 금나라 때 유물인 것이 확실하다. 다만 하나는 두 팔이 모두 부러졌고, 다른 하나는 두부가 절반만 남아 있다. 누가 이것들을 주의 깊게 볼 것인가? 신문 지상에서는 오히려 룽왕탕의 신상이 활력 있게 만들어졌고, 명대의 유물이라는 사실만 떠들어대고 있는데, 이게 사실은 민국 3, 4년(1914, 1915년)에 만들어진 최신의 물건이라는 걸 모르고 있다.

중난하이의 후문에서 나와 비스듬히 반대편에 있는 것은 베이징도서관이다. 녹색 유리 기와로 새로 지어진 건물은 건축비가 1백 4만 위안 이상인데, 매년 도서 구입비는 오히려 이 금액의 12퍼센트도 안 된다. 고서는 팡쟈후통方家胡同의 경사도서관京師圖書館과 다른 곳에 소장되어 있는 것들을 병합했고, 신서는 대부분 의화단사건의 배상금으로 구입한 것이다. 중국 최대의 도서관이라 불릴 만 하다. 도서관 외부의 화원은 베이하이와 인접해 있는데 역시 백색 난간으로 둘러싸여 있으나 싸구려 시멘트로 만들어진 것이라 진정한 한백석은 아니다.

베이징도서관에서 다시 진아오위둥챠오를 건너 동쪽으로 걸어가면 고궁박물원故宮博物院이다. 선우먼神武門으로 들어서면 곳곳에서 오래된 사당과 같이 생기가 하나도 없는 적막함을 느끼게 된다. 생각해 보면, '제왕가'의 시대에는 수천 명의 궁녀와 환관들이 모여 살면서 짝 없는 남녀들의 악기惡氣가 충천했을 것이다. 소장되어 있는 오래된 유물들은 모두 이미 남쪽으로 옮겨갔기에 관람객들도 많지 않다.

선우먼의 반대편은 징산景山이다. 산 위에는 다섯 개의 정자가 있는데 가장 높은 곳에 있는 것 말고는 모두 파괴되었다. 동쪽 산자락은 숭정 황제가 자살한 곳이다. 봄에 신록이 물들 때, 멀리서 징산을 바라보면 녹색의 카펫을 깔아놓은 듯 이상하리만치 여리고 사랑스럽다. 가장 높은 곳에 올라 남쪽을 바라보면 궁성 전체가 눈 아래 펼쳐진다. 둥쟈오민샹東交民巷 대사관 구역의 무선 통신기, 둥창안제東長安街의 베이징호텔北京飯店, 싼탸오후퉁三條胡同의 셰허의원協和醫院이 부조화를 이루며 그대의 주의를 끌 것이다. 그 나머지 가가호호는

[그림 26] 징산에서 바라본 허우먼과 구러우 ⓒ조관희

모두 만록총중萬綠叢中에 감추어져 있어 기와 한 장, 지붕 하나 보이지 않고 온 도시가 녹색의 바다인 듯하다. 이곳에 가보지 않고서는

베이징 성 안의 수목이 얼마나 빽빽한지 전혀 상상조차 할 수 없을 것이다. 대갓집이든 작은 집이든 어느 곳이라고 녹색이 없을까? 북쪽을 바라보고 있노라면 종루鐘樓와 고루鼓樓 및 허우먼後門이 잡힐 듯 보인다.

삼대전三大殿과 고물진열소古物陳列所는 한나절의 시간이 소요된다. 시화먼西華門이나 둥화먼東華門으로 들어가도 마찬가지다. 고물진열소는 고물들이 너무 많이 옮겨져서 현재는 우잉뎬武英殿만 개방되고 있는데, 그래도 볼 만한 것들이 여전히 적지 않다. 리궁린李公麟의 『격양도擊壤圖』만 하더라도 반나절의 시간이 걸린다. 묘사된 인물들은 하나하나가 살아 있는 듯 하고 자태가 모두 다른데, 허투른 붓질이 하나도 없다.

삼대전은 아무 것도 없지만, 이상하리만치 웅장하다. 전각 앞에서 한백석으로 된 '단서丹犀'를 굽어보면 그 옛날 신비로운 기상으로 충만했던 '조정'과 수쑨퉁叔孫通이 정해놓은 '조의朝儀'가 늘상 있어왔던 신비한 존엄성이 어떻게 유지될 수 있었을까 하는 생각이 들게 된다. 그대가 환상이 풍부하다면, 눈을 감아보라. 아마도 고요하면서도 긴장감 넘치는 문무백관들이 황제의 명령에 응대하고 알현하며 영민하게 오가는 것이 보이는 듯 할 것이다. 여기에는 아주 쾌적한 다탁이 있다. 이곳에 앉아 구름이 새겨진 한백석 난간과 아주 세밀하게 조각된 폐도陛道가 일렬로 늘어선 것을 바라보면 화려하고 밝은 아름다움이 넘쳐난다.

하루 이틀 정도 시간을 들여 베이징 성의 남쪽城南을 돌아보자. 첸먼을 나서면 상업 지구와 회관 구역이다. 예전에 한족들은 내성에서 거주하는 것이 금지되었기에, 이 베이징 성의 남쪽과 외성이 아주 중요한 번화가가 되었다. 하지만 지금은 하루가 다르게 쇠락하고 있다. 오히려 유명한 명승지가 몇 개 있어 그대가 머물고 배회할 만하다. 서쪽에는 타오란팅陶然亭이 있고, 서쪽에는 시자오쓰夕照寺, 녠화쓰拈花寺와 완류탕萬柳堂이 있다. 이 모두가 예전에 문인들이 회합하던 곳이었으나 지금은 모두 하릴없이 퇴락하여 노동자들이 새끼를 꼬고, 비단을 짜는 곳이 되어버렸다. 이른바 '만 그루의 버드나무萬柳'라는 것도 한 그루도 남아 있지 않다. 타오란팅만은 여전히 정비되어 있다. 그러나 내성의 베이하이와 태묘, 중산공원 등을 둘러보았다면, 이런 곳에서는 '변두리'라는 느낌 이외에는 아무 것도 얻는 게 없다. 그대는 아마도 한족들을 위해 억울해 할 수도 있다. 20여 년 전 그들은 단지 이곳에서만 살 수 있었다.[12] 그래서 내성의 모든 명승지의 경우 그들은 모두 바깥으로 쫓겨났다. 청대 사람들이 자신들의 시집에서 그토록 아름답게 노래했던 것은 논외로 한다. 그들은 [내성의 명승지에 살 수 없어] 부득이하게 차선을 생각했던 것이다! 지금도 성 바깥으로 쫓겨난 사람들이 몇 십, 몇 백만 명에 달하지 아니한가?

남성의 오락장은 톈챠오天橋가 중심이다. 이곳은 평민들이 모이는 곳으로 일체의 민간의 오락거리와 싸구려 중고물품이 모두 여기에 있다.

셴눙탄先農壇과 톈탄天壇 역시 웅장한 건축물이다. 톈탄의 공사는 특히 거대하고 호방하다. 모두 원형으로 한 층 한 층의 한백석 난간과 계단, 하늘을 찌를 듯 수없이 많은 커다란 측백나무들이 하늘에 제사지내는 원형의 성단聖壇을 에워싸고 있다. 전각의 건축은 둥근데, 사방의 계단과 난간 역시 모두 둥글다. 이것은 삼대전의 네모난

---

12) 청 왕조는 만주족은 내성에서 살게 하고, 한족들은 외성에서만 살 수 있게 제한했다.

〔그림 27〕 현재도 베이징 시민들의 대표적인 휴식처로 남아 있는 타오란팅 ⓒ조관희

것과 아주 흥미로운 대조를 이루고 있다. 이곳에서 커다란 측백나무 밑을 배회하노라면, 형언하기 어려운 회고의 감정에 이끌리게 될 것이다.

이런 것들은 모두 유람하면서 보게 되는 것이다. 그대가 베이징에 좀 더 머물게 되면 베이징의 생활을 더 깊이 있게 이해하게 될 것이다. 그 생활이라는 것은 쾌적하고 느릿느릿하며 음미하고 누리면서도 절대적으로 긴장감이 없는 것이다. 한 무리의 낙타 떼가 걸어가는 것을 본 적이 있는가? 안온하고 평화롭게 한 걸음 한 걸음 목에 달린 방울이 딸랑거리는 소리를 따라 앞으로 나아간다. 그리 바쁠 것도 없고, 그렇다고 멈추지도 않으면서. 저 커다란 동물들의 눈 속에 평화와 관용, 그리고 무거운 짐을 지고 굴욕을 견뎌내는 성정이 드러나 있다. 이것이 바로 베이징 생활의 상징이다.

하지만 그대는 이렇듯 웅장한 건축물이나 쾌적한 생활과 대조적으로 지하의 어두운 생활도 있다는 사실을 잊어서는 안 된다. 그대에게 '잡합원雜合院'13)에 들어가 볼 기회가 생기면, 열 몇 가구의 남녀노소가 작은 뜰 안에서 복닥거리며 살아가는 정경을 볼 수 있다. 아이들은 진흙 위에 기어 다니고, 아낙들은 누렇게 뜬 얼굴로 하루 종일 화가 난 듯 원망스런 기색을 띠고 있다. 때 없이 기침 소리가 집 안에서 새어 나온다. 공기는 최악이라 그대가 그런 부류의 사람이 아니라면, 반나절도 머물지 못할 것이다. 이런 '잡합원'이야말로 노동자, 인력거꾼의 거주지이다. 베이징의 생활이 쾌적한 것은 첫째로 집이 넓고 정원이 깊으며, 햇빛과 공기가 많이 들기 때문이라고 말한다. 하지만 이것은 중산층 이상의 사람들에 해당하는 말이다. 8~90 퍼센트 이상의 인구는 그악스런 '잡합원'에 살고 있다는 사실을 알아야 한다.

이보다 더 심한 것은 북성과 남성의 외진 골목의 경우 상당수의 사람들이 '잡합원'에 살고 있는 이들보다 훨씬 더 고생스러운 삶을 살아간다는 사실이다. 이를테면 한 가족의 몇 식구가 바지 하나 옷 한 벌로 살아간다. 그들은 땅 밑에 굴을 파고 산다. 한 사람이 옷을 입고 외출하면 집 안에는 벌거벗은 사람 몇이 그 안에 서 있어야 한다. 동굴에는 볏짚이나 찢어진 신문지 같은 걸 깔고 온기를 얻는다. 이게 무슨 삶이란 말인가!

해마다 겨울이면 옷도 입지 못하고 굶주린 이들이 길 위에서 얼어 죽는다. 해마다 겨울이면 죽을 나눠주는 곳이 몇 군데 문을 연다. 그걸 먹으러 오는 이들은 모두 끔찍스럽게 가난한 이들이다. 그런데 옷이 없어 죽을 나누어주는 곳까지 올 수 없음에랴!

---

13) 베이징의 대표적인 주거 형태인 사합원에 몇 가구가 몰려 사는 곳을 말한다.

'아홉 개의 심연 아래 또 아홉 개의 심연이 있다.' 베이징의 표면은 그렇게 영락하고 파괴되어 가도 아직까지는 도시의 번화함을 감소시키지 않는다. 하지만 그 이면이 그렇듯 엉망진창이고 고통스럽고 어두울 거라 생각 못할 것이다.

하루 종일 삼해[14] 공원을 배회하다 톈차오에 이르면 죄인이 아니면 뭐란 말인가! 하지만 그대, 유람을 나선 과객인 그대가 그것을 보게 되면, 즐겁지 않은 마음으로 이 고성을 빠져나오면서 "나는 지옥에 들어가지 않겠다. 누가 지옥에 들어가겠는가"라는 류의 말을 하게 될까?

1934년 11월 3일 쓰다
(1934년 12월 『중학생』 제50호)

[정전둬鄭振鐸 (1898~1958년)]

정전둬는 중국문학연구가로 호는 시디西諦이다. 푸젠 성福建省 출신이며, 베이징의 러시아어전수학교에서 공부하고 나중에 런던에 유학하였다. 1921년 문학연구회의 설립에 참여하였고, 이듬해부터 기관지 『소설월보小說月報』의 편집에 종사하면서 창작도 하였다. 문학사 연구에 힘을 기울여 희곡·소설, 그 밖의 민간문학 방면에서 처음으로 계통적인

〔그림 28〕 정전둬

14) 앞서 말한 베이하이北海, 중하이中海, 난하이南海를 가리킨다.

기술記述을 시도하였으며 『삽화본揷畵本 중국문학사』(1932)와 『속문학사俗文學史』(1938) 등을 저술하였다. 항일전 중에는 상하이에 있으면서 뜻을 굽히지 않았고, 고서적 등의 보존·수집에 전념하였다. 일본군 점령하의 상하이 생활을 그린 『칩거산기蟄居散記』(1945~1946)가 있다. 중국정부 수립 후에는 문화부 관계의 공직에 있었으며, 1958년 중국문화사절단으로서 아프가니스탄을 방문하는 도중 항공기 사고로 죽었다.

알기 어려운 베이징

라오샹老向

나는 베이징을 좋아해서 베이징에서 30년을 살았다. 하지만 베이징을 안다고 할 수 없다.

베이징은 천 년 쯤 된 늙은 나무와 같아 백여 만 시민들은 나무좀 벌레에 비할 수 있다. 나무에 구멍이 나서 빈껍데기가 되더라도 작은 벌레들이 맛보는 것은 기회가 그에게 부여한 가지 위의 작은 것들이다. 근간根幹의 형태나 맥락의 연관, 심어진 세월, 영양분의 유래 등은 작은 벌레가 알 수 있는 바가 아니다. 그래서 내가 베이징에 오래 살았다고 해도, 베이징에 대한 인식 역시 그다지 믿을 만하지 않은 단편적인 이해에 지나지 않는다.

베이징은 바다와 같이 위대해서 공간과 시간의 구분이 없는 듯하다. 여기에는 고금古今이 한데 어우러져 있고, 신구新舊가 공존하며 극단적으로 충돌하고 모순을 이루는 현상이 있음에도 그 안에서는 태연하게 받아들여지고 부조화라고는 조금도 찾아볼 수 없다. 이를테면 교통수단이 그러하다. 똑같은 성문 안에서 최신식 자동차나 전차, 간편한 자전거가 드나드는가 하면, 시대에 뒤떨어진 사륜마차나 무거운 것을 실은 조악한 노새 수레나 혹은 밀기도 하고 혹은 끌기도 하는 인력거 역시 동시에 드나들고 있다.

가장 기괴한 것은 이런 신구의 차량들 속에 알록달록한 가마와 나귀에 실은 짐, 심지어 서너 대 가량의 실린 냄새 풀풀 풍기는 똥차가 섞여 있다는 사실이다. 그래서 차부들이 큰소리로 "실례합니다! 비켜주세요! 조심해요!" 라고 소리치는 가운데 나팔 소리, 발목 방울 소리, 길을 다투며 서로 욕하는 소리와 경찰이 단봉으로 좌우를 지휘하는 것 등등이 같은 시간 같은 곳에 존재하고 있다. 절묘한 것은 욕하는 이는 욕하는 것에만, 소리 지르는 이는 소리 지르는 일에만 몰두할 뿐 결국 바람이 자고 파도가 고요해지듯 서로 갈 길을 가면서 누구도 다른 누구를 탓하지 않고, 누구도 다른 누구를 없애려고 하지 않는다.

〔그림 29〕 민국民國 시기 베이징 거리 풍경

차량을 언급하다 보니 문득 인력거꾼이 떠오른다. 사회의 표면에서 활동하는 이들 가운데 인력거꾼이 첫 손가락 꼽힌다. 대부분의 여행객들이 일단 베이징에 오면 우선적으로 접촉하는 게 인력거꾼이다. 그들은 출신성분이 다양해서 이루 헤아릴 수 없을 정도고, 그들의 생활의 곤고함 역시 형용할 수 없다. 하지만 그가 땀을 얼마나 흘리고 얼마나 힘을 쓰든지 간에 그는 절대로 불손한 태도로 그대에게 동전 한 닢을 강요할 수 없고, 그대가 내켜서 그에게 한두 닢을 주면 그는 단전으로부터 울려나오는 목소리로 그대에게 진심어린 고마움을 표할 것이다. 사람들이 가장 난감해 하는 것은 때로 그들이 인력거꾼으로 전락하게 된 자신의 내력을 읊어대거나 여덟 식구를 부양해야 한다고 떠들어대는 것과 차비조차도 어떻게 마련할 수 있는 방법 없을 때 오히려 찻집에 앉아 차를 마시는 한적과 유머의 말투를 구사하는 것이다. 것이다. 그들이 어떤 식으로 단련이 됐는지는 상상하기 어렵다.

베이징에서 먹는 것을 이야기하는 것은 아주 예술적이다. 부잣집은 논외로 치기로 하자. 보통 사람들의 경우 베이징에서 반년 정도 지내다 다른 곳으로 가게 되더라도 불편함을 느낀다. 기름과 소금을 파는 가게, 돼지고기 점포, 쌀과 석탄을 파는 가게가 한데 모여 있으면서 적절하게 분포해 있는 것이 관청에서 통제해 개설한 것 같이 어느 곳에 살더라도 '생필품'[1]을 살 수 있어 아무런 불편함을 느끼지 못한다. 밥 한 끼 먹는데 천금을 낼 수 있는 능력을 가진 주인은 당연

---

1) 여기서 '생필품'이라 한 것은 원문이 '開門七件事'이다. 뜻은 '문을 열고나서면 일곱 가지 일' 정도가 될 터인데, 여기서 '일곱 가지 일'은 사람이 살아가는 데 필요한 일곱 가지 필수 품목인 땔감柴, 쌀米, 기름油, 소금盐, 장酱, 식초醋, 차茶를 가리킨다.

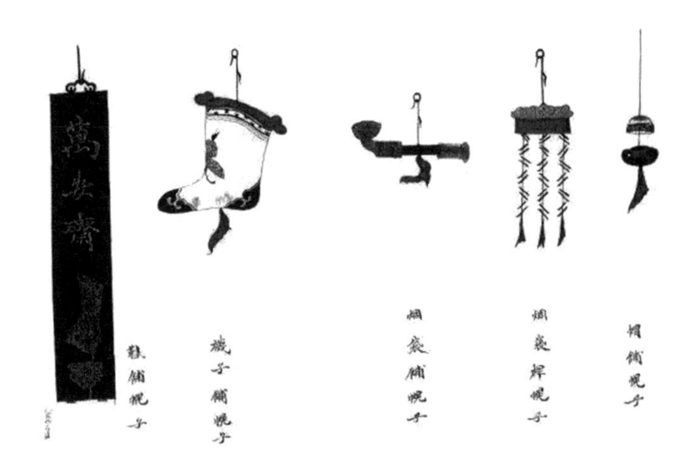

〔그림 30〕 여러 가지 다양한 모양의 '황자幌子'

히 인간계의 신선이고 자기 마음대로 할 수 있다. 막벌이꾼 한 명이라면 동전 열 닢이나 스무 닢이면 그럭저럭 살아갈 수 있다. 두 닢의 양념으로는 기름과 소금, 장, 식초가 있고, 여기에 샹차이香菜도 곁들일 수 있다. 하지만 똑같은 워워터우窩窩頭[2]라도 다완茶碗 크기의 것이 동전 두 닢인 데 반해, 오히려 작은 술잔 만 한 것이 은전 1각이나 하는 것도 있다. 사물은 사람에 따라 귀해진다고 일괄적으로 논하기 어려운 데가 있는 것이다. 각 지역의 특색 요리와 각각의 계절마다 절기에 맞춰 나오는 물품들로부터 길거리에서 파는 주전부리까지 사람들의 눈을 어지럽혀 분간해내기가 여간 쉽지 않다. [상점 앞에 내

---

2) 원문은 '玉米麵窩窩頭'로 옥수수가루와 찹쌀가루를 섞어 반죽한 뒤 둥글게 빚어 쪄낸 것. 베이징 사람들이 즐겨 먹는 간식거리다.

거는 일종의 간판인] '황자幌子'와 [호객을 위해] '목청껏 소리치는 것喚頭'[3]만 해도 한 사람이 평생 연구할 만한 거리가 된다.

〔그림 31〕 민국民國 시기 거리의 먹거리 간판(幌子)

베이징의 거리는 반듯반듯하고, 정원은 널찍하다. 집집마다 나무와 꽃이 있고, 날마다 해를 볼 수 있다. 세계 어느 도시가 이에 비길 것인가? 유럽식의 다층 건물이라도 눈이 번쩍 뜨이지 않고, 옛날 식 대문이라도 누추해 보이지 않는다. 매끄러운 마루와 투명한 유리에

---

3) 여기서 간판과 물건이라 한 것은 원문이 '幌子'와 '喚頭'이다. 전자는 가게마다 내거는 일종의 간판 대용으로, 국수집에서는 색종이를 국수처럼 오려 내걸고, 환전상은 나무로 엽전 모양을 만들어 내걸고, 여관에서는 싸리비를 매달아 놓는 것 등등을 말한다. 후자는 행상들이 사람들의 이목을 끌기 위해 자신들이 파는 상품을 상징하는 물품으로 소리를 내는 것을 가리킨다.

서 사는 게 종이 바른 창과 벽돌 바닥보다 좋아 보이지 않는다. 베이징은 어떤 것도 융화시킬 수 있고, 어떤 것도 조화시킬 수 있는 듯하다. 그래서 황궁이 우뚝 솟아 있는 바로 옆에 외국의 조계가 존재할 수 있고, 시골보다 못한 작은 후통도 존재할 수 있다. 담장 하나 사이 두고 도시와 시골을 나누고 고금을 나타내며 그것들을 합쳐도 충분히 자연스러울 수 있다.

인물 역시도 그러하다. 허벅지를 드러낸 아가씨와 전족을 한 여인이 나란히 서서 걸어가고 있다. 각자 그 나름대로 누구도 다른 누구를 뭐라 하지 않는다. 성인 같은 학자와 낫 놓고 기역자도 모르는 시골뜨기가 한 자리에서 차를 마시면서 그것을 부끄럽게 여기지 않는다. 전등과 등잔불이 하나의 방에 있는 것과 마찬가지로 각자가 제 각각의 불빛을 내뿜고 있다. 가장 경이로운 것은 법령상 금지하는 일인데, 이런 일은 반드시 공공연하게 존재하고 있다. 무릇 법령이 금지하는 사람도 반드시 공개적으로 활동한다. 그래서 경찰들이 베이징의 괜찮은 점을 최대한 말할 수 있고, 여러 가지 도둑의 무리도 베이징에는 모자란 거 하나도 없다고 말할 수 있다. 그러나 그대가 달리 등급을 나누고자 한다면 어려울 것이다.

일을 하노라면 오락이 없을 수 없다. 베이징의 오락장은 사람들이 자유롭게 선택할 수 있다. 인력거꾼이 인력거 발판에 앉아 베이징풍의 노래 두어 마디를 부름으로써 자족할 수 있다. 스차하이什刹海를 구경하고, 톈탄天壇까지 걸어가는 것도 돈이 들지 않는다. 주인은 집안에서 수천이나 수만의 돈을 잃거나 따고, 하인들은 창밖에서 몰래몰래 골패 짝을 던지는 것도 각자의 본분을 잃지 않는 오락이다. 오락의 도라는 것도 가지가지라 누구도 또 다른 누구에게 강권할 수 없다. 아무튼 희한한 것은 어찌 되었든 누구라도 자기가 원하는 오락을 할 수 있다는 것이고, 결국 누구도 베이징을 떠나고 싶어 하지 않는다.

이런 사소한 문제들은 집어치우고 형이상학적인 문제를 이야기해 보자. 출가하고 싶어 하는 사람이 있다면 굳이 명산을 찾아 멀리 갈 필요가 없다. 성 안에 고찰古刹이 있고, 고승高僧이 있다. 학문을 하고자 한다면 더 쉽다. 각급의 학교와 각종의 학자와 명사들이 그에 걸맞은 사우師友를 가질 수 있다. 골동품을 연구하고자 한다면, 골동품 점들이 연이어 있어 시간을 죽일 수 있다. 곳곳에 있는 벽돌 한 개, 돌멩이 한 개, 풀포기와 나무 한 그루에도 풍부한 역사가 담겨 있을 수 있어 보면 볼수록 깊은 맛이 우러나온다. 도심에 사는 게 지겨워 성문을 나서면 바로 시골마을로 전원이 있다. 시산西山에 오를 수도 있고, 위취안玉泉에서 물을 마실 수도 있다. 평민이 되기 싫으면 고궁에 가서 반나절 동안 면류관 없는 황제 노릇을 해도 괜찮다. 이런 일들에 흥미가 없다면, 사람들의 웃음소리와 미묘한 언어를 몇 차례 더 듣고 인간의 정취를 좀 더 함양할 수도 있다. 인류의 가장 진지한 우스갯소리라면 내가 아는 한 베이징이 가장 농후하기 때문이다.

무릇 베이징에서 살아본 적이 있다면, 대부분 베이징이 '좋다'로 말한다. '어떻게 좋으냐', 혹은 '어떤 점이 좋으냐' 하는 것은 사람마다 다르다. 베이징을 칭찬하는 것은 쉽지 않다. 베이징은 너무나 위대하기 때문에.

1936년 5월 12일 상하이의 객사에서
(1936년 12월 우주풍사宇宙風社 출판『북평일고北平一顧』)

[라오샹老向 (1898~1968년)]

라오샹은 본명이 왕샹천王向辰으로 신지 시辛集市 샤오신좡 향小辛莊鄉 쑹춘宋村 사람이다. 베이징사범학교를 졸업하고, 소학교 교장이 되었다가 다시 시험을 쳐서 베이징대학北京大學 중문과에서 공부했다. 1919년 '5·4운동'에 참가했다가 군벌들에 의해 수배령이 내려져 베이징을 떠났다가 사태가 안정이 된 뒤 베이징으로 돌아왔다. 대학을 졸업한 뒤 칭다오대학青島大學에서 가르치다가 중일 전쟁이 일어난 뒤에는 군벌 펑위샹馮玉祥을 따라 난징南京으로 갔다. 이후에는 통속문학의 편집과 창작에 종사했다. 1957년 반우파 투쟁과 1966년 문화대혁명 때 '우파'로 몰려 곤경에 처하기도 했다. 산문과 수필집 『서무일기庶務日記』, 『황토니黃土泥』 등이 있다.

버나드 쇼 베이징에 오다[1)]

돤무훙량端木蕻良

보따리를 안은 소상인, 소학생 한두 명, 총을 멘 병사, 전족을 한 노파……, 석탄재가 쏟아져 내리듯 열차에서 내린다. 짐꾼들이 베틀 위의 북처럼 바삐 오가는데, 경찰과 탐정들이 기민하게 눈알을 굴리고 있다. 호텔의 셔틀버스가 한편으로는 중국 여행 경험이 없는 여행

1) 버나드 쇼(1856~1950년)는 굳이 설명할 필요가 없는 아일랜드 출신의 유명한 극작가이다. 그는 1932년 12월에 부인과 함께 세계일주 여행을 떠나 유럽과 아시아, 아메리카 대륙 등을 128일 동안 돌아보았다. 1933년 2월 11일 홍콩에 도착한 쇼는 홍콩대학에서 강연을 하는 등 4박 5일의 일정을 마치고 북상하여 2월 15일 상하이에 도착해 쑹칭링, 차이위안페이蔡元培, 린위탕林语堂 루쉰鲁迅을 만나 환담을 나누고 기념 촬영을 하였다. 상하이에서의 일정을 마친 쇼는 다시 친황다오秦皇岛를 거쳐 베이징에 들러 2월 24일 만리장성과 명 13릉을 둘러본 뒤 태평양을 건너 미국으로 향했다. 베이징에서의 쇼는 공개적인 강연 등의 공식적인 일정을 보내지 않아 별다른 기록이 남아 있지 않다.

객들을 향해 큰소리로 치근대며 호객을 하고 있고,……다른 한편으로 안면 있는 마부를 향해 눈총을 주고 있다.

모든 게 다시 조용해졌다.

플랫폼 위에 Hotel de Pekin(베이징호텔)이라고 씌어 있는 빨간 머리띠 모자를 쓰고 있는 비대한 몸집의 뽀이 두 사람이 서 있다.

두서너 명의 학생이 순례하고 있다. 외국인 한 사람이 시가에 불을 붙이고 있다.

전등이 갑자기 켜졌다. 군중의 정서가 즉시 긴장하기 시작했다. 전용열차가 조수처럼 밀려들었다. 등불 속에서 갈색의 가죽옷에 파리 스타일의 작은 모자, 선홍색 입술, 희끗희끗한 머리, 넘실대는 화면이 은막 속의 열차로 화했다. 갑자기 차창에 희끗희끗한 머리가 어리었다.

"헤이!"

군중들이 시끌벅적하게 창 밑으로 모여들기 위해 앞으로 내달렸다.

문밖에 A자가 씌어져 있는 객차의 첫 번째 좌석에 77세의 청년이 앉아 있었다. 정교하게 제작된 중절모가 넓은 이마를 가렸다. 은색의 흰 수염이 넓고 큰 고무 재질 외투 위에 흩어져 있었다. 날카로운 눈빛이 창밖을 차갑게 일별하더니 곧 바로 시선을 돌려 무심하게 응시했다. 그 앞에 앉은 외국 신사 한 명이 아주 예의바르게 군중을 향해 미소를 띠었다. 객차의 입구에는 날씬한 아가씨가 목에 붉은 스카프를 메고 서 있으면서 경쾌하면서도 오만하게 차창에 붙어 있는 머리를 흘겨보았다.

쇼는 가만히 움직이지 않았다.

사람들 머리가 다시 소란스럽게 파도처럼 일렁이기 시작했다. 백색의 물보라, 쇼의 얼굴이 예전의 국제연맹 조사단 전용열차의 차문에서 떠올랐다.

그의 음파가 유서 깊은 베이징의 공기를 빌어 군중들의 귀에 전달된 첫 마디는 "Yes—"였다. 이것은 그가 로이터통신사의 기자 카드를 받았을 때 한 말이었다. 그의 두 번째 말은 "No!"였다. 이것은 그가 어느 중국인 기자가 그에게 몇 분 정도 이야기를 해달라고 요구했을 때 한 말이었다.

흰옷을 입은 시종이 아주 숙련된 자세로 그를 부축해 열차에서 내렸다. 아주 능숙하게 그 시종의 손에 팁이 쥐어졌다.

이렇게 해서 사과 모양의 얼굴을 한 껑충하게 키 큰 이가 유명한 Peking Dust[2] 위에 발을 내디딘 것이다. 가슴에는 코에 거는 안경과 작은 카메라, 망원경이 걸려 있고, 오른손에는 가볍고 간편한 행군용 침상과 지팡이가 들려 있었다. 골프채인지 불분명한 막대도 있었다.

열차 안에서 쇼 앞에 앉아 있던 신사가 아주 시원시원하게 걸어와서는 나에게 악수를 했다. 간단한 문답이 몇 마디 오간 뒤에 나는 사람들에 의해 쇼 앞으로 인도되었다.

역의 문을 나서자 그는 갑자기 느리게 걷던 부인을 잊어버렸다는 사실을 깨닫고 되돌아와 찾았다. 아주 조심스럽게 검은 옷을 입은 노부인을 자동차로 모신 뒤 그도 차 안에 앉았다.

기자 두 명이 카드 하나를 그에게 건네주었다. 쇼는 간단하게 "No, No, No"라고 몇 마디 하는 외에는 그저 한 마디만 말했다. 나는 아무런 질문도 하지 않았다.

---

2) *Peking Dust*는 간호사이자 작가인 엘런 라 모트Ellen La Motte가 1916~1917년에 걸쳐 베이징에서 살아본 뒤 자신의 체험담을 남긴 책이다. 전체 서명은 *Peking Dust—China's Capital During World War I*이다.

[그림 32] 상하이에서의 버나드 쇼. 왼쪽부터 아그네스 스메들리, 버나드 쇼, 쑹칭링, 차이위안페이, 루쉰.

기자 하나가 아주 고집스럽게 쇼에게 같은 차로 베이징호텔에 갈 것을 요구했다. 결국 수행하던 중국 신사 하나가 그에게 알려주었다.

"규정에 따르면 여기(자동차의 앞좌석)는 두 사람만 앉을 수 있어서,……"

결국 그 기자는 저녁 무렵의 바람 속에서 밀감 같은 얼굴을 한 다른 기자와 아주 고심어린 논의를 한 끝에 차라리 류궈호텔六國飯店로 가는 게 낫겠다고 말했다.

진홍색의 자가용 '824' 자동차가 고성의 문안으로 사라졌다. 한 사람이 말했다.

"한 막의 희극이 막을 내렸군."

그렇게 군중들은 해산했다.

나는 다시 자동차로 돌아와 용감하게 쇼가 건네준 과자를 들고 크게 한입 베어 물었다.

과자 위에는 어릿광대의 얼굴이 새겨져 있었다. 하지만 그 얼굴에는 풍자의 웃음이 있었다. 이 웃음은 일반적인 부르주아계급 학자를 떨게 만들기에 충분했다. 교묘하게 변호하건데, 어쨌든 내 자신은 레이튼 남작[3]을 환영할 용기를 내지 못한다.

(1933년 2월 23일 톈진天津 『용보庸報』,
황예黃葉라는 필명으로 발표되었음)

---

3) 프레드릭 레이튼Lord Frederick Leighton(1830~1896년)은 영국의 역사화가, 조각가로 캔버랜드의 스카버러에서 태어나서 런던에서 사망했다. 1840년 이후 로마, 피렌체, 브뤼셀, 파리 등지에서 수업하고, 1852년 로마에 돌아와서 코르넬리스에게 사사받았다. 또 런던에서 부그로와 제롬을 만나 그 영향을 받았다. 1852년 『치마부에의 마돈나』를 로열 아카데미에 출품하여 이름을 알렸다. 그 작품은 빅토리아 여왕(Victoria, 재위 1837~1901년)이 구입하였다. 1868년에 로열 아카데미 회원이 되고, 1886년에 준남작(準男爵), 1896년에 남작 작위를 받았다.

[돤무홍량端木蕻良 (1912~1996년)]

〔그림 33〕 젊은 시절의 돤무홍량

돤무홍량의 본명은 차오한원曹漢文(차오징핑曹京平)으로 랴오닝 성辽寧省 창투 현昌圖縣 사람이다. 일찍이 베이징작가협회 부주석을 지냈다. 1928년 톈진天津의 난카이중학南開中學에서 공부하고, 1932년 칭화대학清華大學 역사학과에 입학했다. 같은 해에 '좌익작가연맹'에 가입했고, 처녀작 『어머니』를 발표했다. 이후 동북 출신 작가들 사이에서 큰 영향력을 발휘한 작가가 되었다. 장편소설 『커얼친치초원科爾沁旗草原』과 『대지의 바다大地的海』, 역사소설 『차오쉐친曹雪芹』 등이 있다.

고도故都의 가을

위다푸郁達夫

가을은 어느 곳의 가을이라도 항상 좋다. 하지만 북국의 가을은 각별히 맑고 고요하며 서글프다. 내가 불원천리하고 항저우杭州에서 칭다오靑島로, 다시 칭다오에서 베이징으로 온 이유도 이 '가을', 이 고도의 가을의 흥취를 맛보기 위해서이다.

강남에도 가을은 당연히 있지만 초목은 늦게 시들고, 공기도 습하며 하늘색도 담담하다. 여기에 시시때때로 비가 많이 내리고 바람도 적다. 쑤저우蘇州나 상하이上海, 항저우杭州, 혹은 샤먼厦門이나 홍콩, 광저우廣州의 시민들 중 별 생각 없이 살아가는 사람은 그저 약간의 청량감을 느낄 뿐, 가을의 흥취, 가을의 색깔, 가을의 의경意境과 자태는 늘상 보아도 만족스럽지 않고 맛을 보아도 그저 그러하며, 완상하기에 충분치 않다. 아울러 가을은 이름난 꽃도 아니고 맛있는 술도 아니라서, 반쯤 피어 있고, 반쯤 취한 상태로 가을을 음미하기에는 적합지 않다.

〔그림 34〕 베이징 교외의 명찰인 탄저쓰 대웅전 ⓒ조관희

북국의 가을을 만나지 못한 게 벌써 10여 년 가까이 된다. 남방에서 매년 가을이 되면 늘 타오란팅陶然亭의 갈대꽃, 댜오타이釣魚臺의 버들 그림자, 시산西山의 벌레 울음소리, 위취안玉泉의 달밤, 탄저쓰潭柘寺의 종소리가 생각난다. 베이징에서는 문밖을 나서지 않더라도 황성의 사람들 사이에서 낡은 집 한 칸 세 들어 살면서 아침에 일어나 진한 차 한 잔 우려내어 정원을 향해 앉으면 높디높은 파란 하늘을 볼 수 있고, 그 하늘 아래 날아가는 길들여진 비둘기 소리를 들을 수 있다. 홰나무 잎 사이로 동쪽을 향해 새어나오는 햇빛의 수를 일일이 헤아리거나, 무너진 벽 틈 사이에 피어난 나팔꽃의 파란 꽃봉오리를 고요히 대하고 있노라면 자연스럽게 가을의 정취를 충분히 느낄 수 있다. 나팔꽃으로 말하자면, 나는 파란색이나 흰색이 가장 아

름답고, 자흑색이 그 다음이며, 담홍색이 제일 못하다고 여긴다. 가장 좋기로는 나팔꽃 아래에 드문드문한 가늘고 긴 가을 풀을 배치시키는 것이다.

북국의 홰나무도 가을이 왔다는 생각을 증폭시켜준다. 아침에 일어나면 꽃 같기도 하고 아닌 것 같기도 한 낙화가 땅위에 가득 깔려 있다. 발로 밟고 가노라면 소리도 없고 아무 냄새도 없이 그저 극히 미세하고 극히 부드러운 촉각만 약간 느낄 수 있을 뿐이다. 청소부가 나무 그림자 아래를 한 바탕 쓸고 난 뒤 땅 위에 남겨진 빗자루 무늬를 보노라면 보드라움을 느끼게 되고, 또 청한淸閑함도 느끼고 잠재의식 속에서는 약간의 쓸쓸함도 느끼게 되는데, 옛사람이 말한 바 오동잎 하나에 온 세상이 가을이 온 것을 알겠다는 아련한 생각도 대체로 이렇듯 웅숭깊은 곳에 있는 듯하다.

가을 매미의 희미한 울음소리도 북국의 특산물이다. 베이징에는 곳곳에 나무가 자라고 있고, 집들은 낮아 어느 곳이라 할 것 없이 그 소리를 들을 수 있다. 남방에서는 교외로 나가거나 산 위에 올라야만 들을 수 있다. 가을 매미 우는 소리는 베이징에서라면 귀뚜라미나 생쥐와 마찬가지로 가가호호 집안에서 키우는 집 벌레 같다.

가을비도 있다. 북방의 가을비는 남방에 비해 기이하면서도 운치 있고 맵시 있게 내린다.

희뿌연한 하늘에서 갑자기 시원한 바람이 불더니 이내 부슬부슬 비가 내린다. 한 바탕 비가 지나간 뒤 구름은 점점 서쪽으로 물러가, 하늘은 다시 파란 색을 되찾고, 해도 모습을 드러내면, 비온 뒤 다리 그림자가 비껴 있는 가운데 푸른 홑옷이나 겹저고리를 입은 도시의 한가한 사람들이 담뱃대를 물고 다리 끝의 나무 아래 서서 우연히 아는 사람을 만나 느릿느릿하면서도 한가로운 목소리로 가늘게 탄식하며 서로 이야기를 나눈다.

“어허, 날씨가 정말 서늘해졌어요—”(이 때 요 자는 아주 높고 아주 길게 끈다.)

“그렇다마다요! 가을 비 한 번 지나가면 또 그 만큼 서늘해지는 법이지요.”

북방사람들이 말하는 한 바탕은 항상 한 층과 같이 들리는데[1], 평측으로 따져 볼 때 이렇게 잘못 읽는 운이 오히려 맞아떨어진다.

가을이 오면 북방의 과일나무도 기이한 경관이다. 첫 번째는 대추나무로, 집안 귀퉁이나 담장 언저리, 변소 옆이나 부엌 입구에 모두 한 그루씩 자라고 있다. 올리브 같기도 하고 비둘기 알 같기도 한 대추 열매가 작은 타원형의 가느다란 잎 사이로 옅은 누런색을 띤 녹색으로 바뀔 때가 바야흐로 가을이 무르익는 시기이다. 대추나무에서 잎이 지고, 열매가 완전히 붉어지고, 서북풍이 불기 시작하면 북방은 모래먼지와 잿빛 흙의 세계가 되며, 대추와 감, 포도가 8할이나 9할 정도 익어가는 칠팔월로 넘어가는 때가 북국의 중추가절仲秋佳節로 일년 중 가장 좋으면서도 더 없는 Golden days이다.

어떤 비평가는 중국의 문인학사, 특히 시인들은 모두 퇴폐적인 색채를 아주 짙게 띠고 있어서 중국의 시문詩文에는 가을을 찬미하는 글이 특별히 많다고 말했다. 하지만 외국의 시인들 역시 어찌 그렇지 않겠는가? 나는 외국의 시문을 그렇게 많이 읽어보지 않았고, 작품들을 열거해 가을에 대한 한 편의 시가산문초詩歌散文鈔를 만들고 싶은 생각도 없지만, 그대가 영국이나 독일, 프랑스, 이탈리아 등의 시인

---

1) 원문은 '陣'과 '層'이다. 한 바탕을 의미하는 '전陣'을 한 층을 의미하는 '청層' 처럼 발음한다는 것이다.

들의 작품집이나 각국의 시문들의 Anthology를 뒤적이다 보면 가을에 대한 송가와 비가를 수없이 많이 볼 수 있다. 유명한 대시인의 장편 전원시나 사계절을 노래한 시 가운데서도 가을에 관한 부분이 가장 뛰어나고 가장 흥미롭게 묘사되어 있다. 이것으로 감각이 있는 동물이나 정취가 있는 인류라면 가을에 대해서는 항상 각별히 깊고 그윽하며 준엄하고 쓸쓸한 감각을 이끌어내는 데 있어서는 마찬가지라는 사실을 알 수 있다. 시인만 그런 게 아니라 감옥에 갇혀 있는 죄수도 가을이 되면 스스로 억누를 수 없는 깊은 감정을 느끼게 된다고 생각한다. 가을이 사람들에게 주는 의미에 어찌 나라의 구별이 있고, 나아가 인종과 계급의 구별이 있겠는가? 하지만 중국에는 문장 속에 '추사秋士[2]'라는 단어가 있고, 문집에도 아주 유명짜한 어우양슈歐陽修의 『추성부秋聲賦』와 쑤둥포蘇東坡의 『적벽부赤壁賦』 등이 있어, 중국의 문인들이 가을과 깊은 관계를 맺고 있다고 느끼게 된다. 그러나 이러한 가을의 깊은 맛, 그 중에서도 특히 중국의 가을의 깊은 맛은 북방이 아니면 도저하게 느낄 수 없다.

당연하게도 남국의 가을에도 그 나름의 특이한 점이 있다. 이를테면 얼스쓰챠오二十四橋의 밝은 달明月[3], 쳰탕장錢塘江의 가을 조수潮

2) 늙고 불우한 사람이나 내리막길에 있는 사람. 또는 자신의 노쇠함을 느끼는 시인 등을 의미한다.

3) 당나라 시인 두무杜牧의 칠언절구인 「양저우의 한춰 판관에게 부침寄揚州韓綽判官」이라는 시의 한 구절에 나오는 말이다.
시의 원문과 해석은 다음과 같다.

青山隐隐水迢迢, 청산은 은은하고 강물은 아득히 흐르는데
秋盡江南草未凋, 가을은 다했건만 강남은 풀이 아직 시들지 않고
二十四橋明月夜, 얼스쓰챠오에 밝은 달 걸린 밤

水[4] 푸퉈산普陀山의 서늘한 안개凉霧, 리즈완茘枝灣[5]의 시든 연꽃 등등이 있기는 하지만 색채가 짙지 않고 뒷맛도 길지 않다. 북국의 가을과 비교하자면, 바로 황주黃酒와 백주白酒, 죽과 모모饃饃, 농어와 대게, 누렁이黃犬와 낙타의 관계와 같다.

가을, 이 북국의 가을을 붙잡아둘 수 있다면, 내 수명의 삼분의 이를 손해 보고서라도 삼분의 일의 자투리로 바꾸고 싶다.

1934년 8월 베이징에서

(1934년 9월 1일『당대문학當代文學』 제1권 제3기)

[위다푸郁達夫(1896~1945년)]

위다푸의 본명은 위원郁文으로 저장 성浙江省 푸양 현富陽縣에서 태어났다. 1908년 푸양현립고등소학당에 들어가서 서양식 교육을 받았고, 매우 우수한 성적으로 학교장의 표창을 받음과 동시에 전액 장학금을 받으며 학교생활을 하였다. 1913년 일본에 유학해 1919년 도쿄대학교에 수석으로 입학하였고, 매우 우수한 성적으로 졸업하였다. 대학 재학 중에 서양의 근대소설을 탐독하였다. 1921년에 도쿄에서 궈모뤄郭沫若 · 청팡우成仿吾 등과 문학단체인 창조

玉人何處教吹簫。미인은 어디서 퉁소를 불고 있나.

여기서 얼스쓰챠오二十四橋는 양저우揚州에 있는 다리라고 한다.

4) 항저우杭州의 첸탕장은 가을에 엄청난 규모로 밀물이 밀려드는 장관을 연출한다.

5) 리즈완茘枝湾은 리즈융茘枝涌이라고도 하는데, 광저우 시廣州市 리완 구茘湾区에 있는 유명한 명승지이다.

사創造社를 결성하였고, 이듬해 귀국하여 상하이上海에서 『창조계간創造季刊』을 편집하였다. 그뒤 베이징대학과 우한武漢대학, 중산中山대학 교수를 역임하였으나, 1926년 국민혁명이 일어나자 그의 섬세한 신경은 혁명의 현실과 맞지 않았으므로 상하이로 돌아왔다. 이어 『창조월간創造月刊』과 『홍수洪水』의 편집을 역임하였으나, 좌경화한 창조사를 탈퇴하고 점차 문단과 멀어져 은둔적인 문인생활을 이어나갔다. 중일전쟁이 일어나자 구국운동에 활약하다가 싱가포르로 건너가 『성주일보星州日報』를 편집하였는데, 종전 직후 일본 헌병에게 피살되었다고 전한다. 작품으로 『침륜沈淪』, 『과거』, 『자전自傳』 등이 있는데, 암울하고 감상적인 색채가 짙다.

〔그림 35〕 위다푸

베이징의 사계

위다푸郁達夫

이미 이물異物이 되어버린 고인에 대해 추억하려면 먼저 그나 그녀의 장점을 떠올린 뒤 다시 천천히 생각하다 보면 당시 느꼈던 모든 단점들이 떠올라 그것 역시 음미해 볼 만한 하나의 기념이 되어 회억 속에서 꽃을 피우게 된다. 일찍이 살아본 적이 있는 옛 땅에 관해서라면 이 생에 다시는 두 번째로 길게 살 수 없을 거 같다. 몸은 멀리 떨어진 곳에 처해 있으면서, 그 방향으로 흘러가는 구름을 멀리 바라보며 회상에 잠기니, 불연 듯 그 장점들만 떠오를 따름이다.

중국의 대도시로 내가 전반생前半生 동안 살았던 곳은 소수가 아니다. 하지만 고요히 옛날을 회상해 보노라니, 상하이上海의 시끌벅적함, 난징南京의 광활함, 광저우廣州의 혼탁함, 한커우漢口, 우창武昌의 무질서함, 심지어 칭다오靑島의 그윽함, 푸저우福州의 수려함 및 항저우杭州의 침착함 등 이 모든 것이 결국 베이징—내가 그곳에 살 때는 당연하게도 여전히 베이징이었다[1)]—의 위풍당당함과 한적하고 끼끔한 것만 못했다.

먼저 사람이라는 대목을 이야기해 보자. 당시의 베이징—민국 11, 12년[2] 전후—에서는 위로는 군벌, 재벌, 정객, 유명한 배우로부터, 중간으로는 학자와 명인, 문사미녀와 교육가, 아래로는 짐꾼이나 인력거꾼, 장사치들에 이르기까지 모두 이야기할 만하고 모두 그 나름의 기예가 갖는 장점들이 있으며, 혐오스러운 풍모가 없었다. 곧 직업소개소에서 추천한 중년의 아줌마라 하더라도(주인과 밀통한 하녀는 당연히 제외하고) 옷차림이 깔끔하고 보기 싫지 않다.

그 다음으로 베이징의 물산 공급에 대해 이야기해 보자. 산해진미와 박래품 및 무와 배추 등 이곳 산물이 하나도 갖춰지지 않은 게 없고, 훌륭하지 않은 게 없다. 그래서 베이징에서 2, 3년 간 살아본 사람은 떠날 때가 되면 베이징의 공기가 너무 가라앉아 있고, 모래먼지로 너무 어둡고, 생활 역시 너무 변화가 없다고 느끼면서 일단 길을 떠나 첸먼前門을 나서면 가슴이 탁 트이고 루거우챠오蘆溝橋를 지나면 날이 밝는 것을 알게 되어 도성 문을 나서면 새로운 생활이 시작되는 탄탄대로를 가는 듯하다. 하지만 1년 반 정도 베이징 이외의 여러 곳—자기가 유년의 시절을 보냈던 고향은 제외하고—에 가서 살아보면 누구라도 베이징이 다시 생각나 돌아오고 싶어져 알게 모르게 베이징에 대한 향수병이 격하게 도지기 시작한다. 이런 경험은 원래부터 베이징에 살았던 사람이면 누구나 갖고 있고, 나 자신도 각별히 진하고 절실하게 느끼는 것이다. 가장 큰 원인은 아마도 내 큰 아들의 유골이 지금도 교외의 광이위안廣誼園의 묘지에 묻혀 있

---

1) 작자가 이 글을 썼던 시절에는 베이징이 '베이핑北平'으로 불렸었다.

2) 서기 1912~1913년.

고, 아주 절친했던 지우들 몇몇도 그곳에서 동시에 비명에 가버린 일군의 수난자로 남아 있기 때문일 것이다.

베이징의 사람들과 사물들은 원래부터 사랑스럽지 않은 게 없다. 모든 이들이 고약하다고 느끼는 베이징의 기후와 지리를 한데 묶어서 봐도 나는 중국의 여러 대도시들 가운데서도 몇 곳 찾기 어려운 좋은 땅이라고 생각한다. 서술의 편리를 위해 사계절로 나누어 간략하게 이야기하고자 한다.

베이징은 음력 10월부터는 모래 먼지가 온 세상을 뒤덮고, 차가운 바람이 뼈까지 스미는 계절이 된다. 그래서 베이징의 겨울은 일반 사람들이 가장 지내기 두려워하는 날들이다. 하지만 한 곳의 특이점을 알고자 한다면 가장 좋은 것은 그런 특이점이 가장 잘 발현될 때 그곳에 가서 직접 느껴보는 것이라고 생각한다. 이를테면, 여름에는 열대 지방에 가고, 겨울에는 북극에 가야 한다는 것이 내가 이제까지 견지하고 있는 하나의 원칙이다. 베이징의 겨울은 춥기로는 남방보다 훨씬 더 춥겠지만, 북방 생활의 위대함과 그윽하고 한적함은 겨울에만 가장 도저하게 느낄 수 있다.

먼저 집의 방한 장치부터 이야기해보자. 북방의 주택은 다른 남방의 모던한 도시와 마찬가지로 철근 콘크리트와 냉열기관을 쓰고 있다. 일반적인 북방 사람의 집은 낮은 사합원으로 사면이 아주 두터운 진흙담장을 둘렀다. [사합원의] 상면[3]의 화청花廳 안에는 모두 난갱暖坑[4]이 있고, 회랑이 있다. 회랑 위에는 명창明窓이 나 있는데, 창에

3) 사합원은 네 채의 집이 가운데 중정中庭을 두고 미음자 형태를 이루고 있다. 상면은 곧 북쪽으로 면한 곳을 가리키며, 정방正房이라 부른다.

4) 난방을 위해 설치한 화덕 또는 페치카를 말한다.

는 얇은 종이가 발라져 있고 그 종이 밖에는 또 바람문風門이 달려 있으며, 다른 것은 아무것도 없다. 이렇게 간소한 집 안에서 그대는 단지 난로에 불만 붙이고, 전등 하나 켜고, 면 소재의 문발 하나만 걸어놓으면, 집안에서 평생 춘삼월처럼 따스하게 살 수 있다. 특히 실내의 온기를 느끼게 하는 것은 집밖에서, 창밖에서 윙윙대며 불어대는 북서풍이다. 하늘은 늘 어두침침한 잿빛이고 길 위 역시 먼지로 뒤덮여 있어 바람과 먼지 속에서 차에서 내려 일단 집에 들어가면 한 무리의 봄기운이 그대의 사방을 에워싸 집밖에서 느꼈던 추운 겨울의 고초를 금방 잊게 된다. 만약 술 마시고 양고기 훠궈火鍋 먹는 걸 좋아하는 사람이라면 그런 겨울의 북방 생활은 더더욱 포기할 수 없다. 술은 이미 추위를 견디는 묘약이 되어버렸고, 여기에 더해 마늘과 양고기 장유醬油가 어우러져 삶아내는 향기가 실내를 온통 희뿌연 수증기로 뒤덮어버린다. 유리창 안은 처음에는 맑은 땀이 줄줄 흘러내리다가 나중에는 기이한 성에로 변해버린다.

[그림 36] 베이징의 훠궈는 특별히 '솬양러우涮羊肉'라 부른다. 우리의 신선로 같이 생긴 화로에 육수를 붓고 거기에 고기와 채소를 살짝 '데쳐涮' 먹는다. ⓒ조관희

눈이 내릴 때는 당연하게도 경치가 또 다시 일변한다. 아침에 두터운 솜이불 속에서 눈을 뜨면, 실내의 밝은 빛으로 인해 그대는 눈을 뜨기 힘들다. 햇빛이 비치면 눈도 입자마다 빛을 발한다. 오랫동안 칩거하던 작은 새들도 이때가 되면 먹이를 찾아 날개 짓하며 지지배배 지지배배 끝없이 지저귄다. 며칠 동안 지속된 잿빛 어두운 하늘에 드리운 우울한 구름도 말끔히 걷혀 홀연 끝도 없이 티끌 하나 없이 파랗게 변한다. 그러면 북방의 젊은 주민들은 옥외 생활을 즐길 수 있다. 얼음을 지치고, 눈사람을 만들고, 얼음썰매와 눈썰매를 타는 등 이런 시간에 가장 활기차다.

〔그림 37〕 베이하이北海 공원에서 썰매 타기 ⓒ조관희

나는 일찍이 이렇게 눈이 내린 뒤 맑게 갠 저녁 무렵 친구 몇 명과 비루먹은 나귀를 타고 시즈먼西直門을 나서 뤄퉈좡駱駝庄에 가서 하룻밤을 지새운 적이 있다. 베이징 교외의 눈 덮힌 대지에 마른 나무

가 수없이 늘어서 있고, 시산西山에는 수많은 흰 봉우리가 보일 듯 말 듯 한데, 때때로 불어오는 눈 섞인 북서풍이 사람들에게 아주 심각하고 위대한 인상을 남겨 말로 형언키 어려울 정도로 신비로웠다. 10여 년이 지난 현재 당시의 정경을 생각하면 한기에 몸을 떨다가 맑은 기운을 토해내는 것이 마치 댜오위타이釣魚臺의 시냇물 옆에서 있던 순간인 듯하다.

북국의 겨울밤은 특히나 책을 보거나 편지를 쓰고, 과거를 추억하고 한담을 나누거나 허튼 소리 하기에 적합한 절묘한 시간이다. 내가 기억하기로 우리 삼형제가 모두 베이징에 살 때 겨울 저녁이 되면 불원천리하고 달려와 한데 모여 어렸을 적 고향에서 겪었던 일들을 이야기했었다. 아이들은 잠자리에 들고, 집안일 해주는 사람들도 잠이 들면 우리 삼형제는 석탄을 더 넣고 또 다시 석탄을 더 넣어가면서 긴 이야기를 나누었다. 몇몇 밤은 바깥의 바람이 거세고 날씨가 추워, 새벽 한 두 시가 됐을 때 모두들 약속이나 한 듯 차라리 날이 밝을 때까지 앉아서 이야기를 나누자는 데 의견이 일치하기도 했다. 이렇듯 소중한 기억, 이렇듯 가장 속 깊은 정조라는 게 본래 평생 드물게 누릴 수 있는 우담바라[5] 같은 것이긴 하지만, 베이징의 겨울밤이 아니라면 그런 취미도 이렇듯 유장할 수 없는 것이다.

한 마디로 베이징의 겨울은 북방의 특이한 맛을 보고자 하는 이에게는 유일한 기회가 된다. 이 계절의 좋은 점이나 이 계절의 자질구레한 일들과 잡스러운 기억들을 상세하게 쓰더라도 제경경물략帝京

---

5) 우담바라(산스크리트어: उडुम्बर uḍumbara)는 불교 경전에서 말하는 꽃이다. 인도에 평소에는 꽃이 없다가 3000년마다 한 번, 여래如來가 태어날 때나 전륜성왕轉輪聖王이 나타날 때에만 그 복덕으로 말미암아 꽃이 피는 나무가 있다고 한다.

景物略이라는 커다란 책 한 권을 좋이 만들어낼 것이다. 단지 내 자신이 경험한 것만 써내려가도 너무 길 것이기에 이하 봄, 여름과 가을의 감회를 간략하게 서술함으로써 지금 적의 손에 함락된[6] 고국에 대한 애가로 삼고자 한다.

봄과 가을은 본래 어느 곳에서도 사랑스러운 계절에 속한다. 하지만 베이징에서라면 약간 다르다. 북국의 봄은 늦게 오기에 시간 역시 약간 짧다. 북서풍이 멈춘 뒤 쌓였던 눈이 점점 녹고, 짐승을 끌고 다니는 마부의 몸에서도 닳고 닳은 낡은 양피 겉저고리가 보이지 않을 때, 그대는 봄나들이 할 옷과 돈을 준비해야 한다. 봄은 아무런 소식도 없이 왔다가, 자취도 없이 가버려 눈 깜짝 할 사이에 베이징 시내에서 봄빛이 날아가듯 사라져버리기 때문이다. 집안의 난로를 막 치워버리고 얼마 되지 않아서 이내 시원한 그늘을 찾아나서야 할지도 모른다.

그리고 북방의 봄의 가장 기억할 만한 흔적은 성 안팎의 신록, 홍수와도 같은 신록이다. 베이징 성은 본래 수목만 보일 뿐 지붕은 보이지 않는 녹색의 도시로, 일단 아홉 개의 성문을 나서면 사방의 황토 언덕 위는 잡목이 무성하게 자란 삼림지이다. 햇빛 속에 떨고 있는 연한 녹색의 파도가 반들반들, 반짝반짝하는 것이 신경 계통이 온전치 못한 사람이라면 갑자기 몸이 이 담녹색 바다의 파도 속에 들어가 보매, 눈을 뗄 수도, 서 있을 수도 없고 그저 혼절하게 될 것이다.

베이징 시내외의 신록, 이를테면 경도춘음瓊島春陰, 서산읍취西山挹翠[7]의 신록은 진정 비할 바 없이 기이하고 위대한 인상파의 절묘한

6) 당시 일본군의 침략으로 유린되었던 중국의 상황을 말한다.

화폭이다! 하지만 이 그림의 액자, 혹은 단도직입적으로 말해서 이 그림의 화폭은 지금 이미 검은 털로 뒤덮인 거대한 마귀의 손 안에 떨어져 버렸다![8] 북으로 중원을 바라보매, 도대체 어느 세월에 광명을 되찾을 것인가?

지세와 위도로 보자면 북방의 여름은 남방의 여름에 비해 시원하다. 베이징 성 안에서 여름을 지내면 실제로 베이다이허北戴河나 시산西山으로 피서 갈 필요가 없다. 저녁이 될 때까지 가장 더울 때는 단지 정오에서 오후 서너 시까지로, 저녁에 해가 지면 날이 서늘해져 얇은 겉옷을 입지 않으면 안 되고, 한밤중이 되면 홑이불을 덮고 자야 할 정도다. 그리고 베이징의 천연빙天然冰이 싸고

〔그림 38〕 경도춘음 비 ⓒ 조관희

7) 경도춘음瓊島春陰, 서산읍취西山挹翠은 흔히 말하는 베이징의 8경 가운데 하나이다. 그런데 이 가운데 서산읍취西山挹翠의 경우는 전통적인 8경에 들지 않는다. 참고로 베이징(또는 옌징燕京) 8경은 다음과 같다.
일경, "거용첩취(居庸疊翠, 쥐융관의 짙푸르름)"
이경, "옥천박돌(玉泉趵突, 위취안이 뿜어져 나오는 샘물)"
삼경, "경도춘음(瓊島春陰, 충다오의 봄 그늘)"
사경, "태액추풍(太液秋風, 타이예츠에 부는 가을 바람)"
오경, "계문연수(薊門煙樹, 지먼의 안개 사이로 비쳐 보이는 나무)"
육경, "서산적설(西山積雪, 시산에 쌓인 눈)"
칠경, "노구효월(盧溝曉月, 루거우차오의 새벽 달)"
팔경, "금대석조(金臺夕照, 금대에 드리운 저녁 노을)"

8) 앞서도 말한 바와 같이 일본제국주의 침략에 떨어져 버린 당시 중국의 현실을 가리킨다.

오래가는 것 역시 여름에 베이징에 사는 사람들의 잊을 수 없는 일종의 혜택이다.

나는 베이징에서 세 번의 여름을 지냈다. 스차하이什刹海, 링자오거우菱角溝, 얼자二閘 등 여름에 유람하는 곳은 당연히 모두 가보았다. 하지만 삼복에는 대낮이건 저녁이건 등나무 침대를 정원의 포도 시렁이나 등나무 그늘 아래 갖다 놓고 누워 빙차氷茶 안에 채운 연근을 먹으며 맹인의 고사鼓詞나 나무 위의 매미 울음소리를 들으면 뜨거운 열기나 훈기를 조금도 느낄 수 없다. 그리고 여름철 가장 더울 때라고 해봐야 베이징에서는 기껏해야 34~5도 정도이고, 이렇게 가장 뜨거운 날씨도 여름 내내 10여 일 정도에 불과하다.

[그림 39] 스차하이의 여름 ⓒ조관희

베이징에서는 봄, 여름, 가을의 세 계절을 하나로 묶어 일년 중 한랭한 시기와 비교적 온난한 시기가 서로 대립하고 있는 형국이다.

봄에서 여름까지는 짧은 일순간이고, 여름에서 가을까지 역시 낮잠 한번 자고 나면 이내 서늘해지기 시작한다. 그래서 북방의 가을 역시 특별히 길게 느껴지고, 가을의 뒷맛 역시 다른 곳에 비해 짙게 느껴진다. 나는 2년 전에 베이다이허에서 돌아오다가 베이징에서 가을을 보낸 적이 있다. 그때 이미 「고도의 가을」이라는 글을 써서 베이징의 가을에 대해 노래한 바 있어 여기서 다시 중복하고 싶지는 않지만 베이징 근교의 추색秋色은 백번을 읽어도 질리지 않는 기서奇書처럼 뒤적일수록 흥미가 인다.

하늘은 높고 공기는 상쾌하며 바람과 해가 쾌청한 아침 나귀 한 필을 타고 시산西山 바다추八大處나 위취안산玉泉山 비윈쓰碧雲寺를 보러 간다. 산상의 홍시와 저 멀리에 어슴푸레한 나무 사이로 보이는 인가, 교외의 갈대와 곡식, 노새 등에 과일을 싣고 성안으로 팔러가는 농사꾼 등, 이 모든 것들이 한 달 내내 보아도 질리지 않을 것을 보장한다. 봄 가을 두 계절이야 어느 곳에서도 좋지만, 북방의 가을 하늘은 더 높아 보이고, 북방의 공기는 들이마시면 더 건조하고 건강한 듯하다. 아울러 초목이 흔들려 떨어지고 금풍金風[9]에 모든 사물이 생을 마감하는 느낌은 북방이 훨씬 더 엄숙하고 처량하고 고요하게 느껴지는 듯하다. 믿지 못하겠다면, 시산西山 자락에 가서 농민들의 집이나 오래된 절의 전각에서 음력 8월에서 시월 하순까지 석 달 정도 살아 보라. 옛사람들의 "슬프구나, 가을은 오고야 말아"[10]나 "흉

---

9) 오행 사상에 따라 서쪽은 '금'에 해당하기에 가을에 부는 서풍을 '금풍'이라고 부르기도 한다.

10) 초나라 시인 쑹위宋玉의 「구변九辯」에 나오는 한 대목이다.
悲哉! 秋之爲氣也. 슬프구나, 가을은 오고야 말아
蕭瑟兮草木搖落易變衰. 쓸쓸한 바람이 나무들을 흔들어

노인의 피리 소리와 풀어 놓은 말들의 슬픈 울음소리"[11]와 같은 비애감은 남방에서는 그다지 느낄 수 없는 것들이지만, 베이징, 특히 교외에서는 지극히 감격하여 눈물을 떨구고[12], 천리나 떨어진 친구를 떠올리며 수레를 준비하도록 명하는[13] 느낌을 받을 수 있다. 그래서 베이징의 가을이야말로 진정한 가을이라고 말하는 것이다. 남방의 가을은 그저 영어로 말하는 Indian Summer[14]나 소춘小春[15]의 날씨일 뿐이다.

베이징의 사계를 통틀어 보자면, 매 계절마다 모두 그 나름의 특별한 좋은 점이 있다. 겨울은 실내에서 먹고 마시며 편히 쉬는 시기이고, 가을은 교외에서 말을 달리고 매를 놀리는 나날들이고, 봄은 신록이 보기 좋고, 여름은 청량함을 만끽할 수 있다. 각각의 계절이 다가오면 바야흐로 환절기의 어느 시기나 또 다른 정취를 갖고 있으며, 서로 이어지지 않으면서도 묘하게 결합이 되는 중간의 풍미가 있다. 이를테면, 융허궁雍和宮에서 타귀打鬼[16]를 보고, 징예안淨業庵

蕭瑟兮草木搖落而變衰. 나뭇잎 떨어져 말라가는구나.

11) 원문은 "胡笳互動, 牧馬悲鳴"으로, 한나라 때 흉노에 포로로 갑혀갔던 리링李陵이 쑤우蘇武에게 보낸 「쑤우에게 보내는 답방答蘇武書」이라는 글의 한 대목이다. 『문선文選』, 「사화집詞華集」에 실려 있다.

12) 송대의 문인인 황팅젠黄庭坚의 『사검주안치표谢黔州安置表』에 나오는 한 대목이다. "죄는 깊고 책임은 엷으니, 지극히 감격하여 눈물을 떨군다. 罪深责薄, 感极涕零。"

13) 원문은 "思千里兮命駕"로 『진서晉書』에 나온다.

14) 늦가을이나 초겨울에 잠깐 찾아오는 따뜻한 날씨. '성 누가의 여름St. Luke's summer)'이라고도 한다.

15) 음력 10월로 '소양춘少陽春'이라고도 한다.

16) 음력 1월 말에 베이징에 있는 라마교 절인 융허궁雍和宮에서 거행되는 일종의 구마驅魔 의식이다. "타귀打鬼"는 베이징 사람들의 속칭이고, 원래 티벳

에서 등불을 올리며, 펑타이豊台에서 작약꽃을 보고, 완성위안萬牲園에서 매화 찾는 것 등이 그러하다.

〔그림 40〕 융허궁 타귀 ⓒ 조관희

5,6백 년 간의 문화가 모여 있는 베이징을, 1년 4계절 가운데 어느 한 달이라도 좋지 않은 게 없는 베이징을 나는 추억하고 깊이 축원한다. 베이징의 평안한 발전을 축원하고, 우리 황제黃帝의 자손들이 영원히 보유할 수 있는 옛 도성이 되기를 축원한다.

(1936년 12월 우주풍宇宙風사에서 출판한 『베이징일고北平一顧』)

말로는 "챵무羌姆"라 하고, 몽골어로는 "부자커布扎克"라 칭하며, 학명으로는 "금강구마신무金剛驅魔神舞"라 부른다. 티벳의 토풍무土風舞의 기초 위에 라마교의 의궤儀軌와 인도 유가종瑜伽宗의 가면무의 형식을 혼합해 만든 춤이다.

톈챠오天橋 풍경

야오커姚克

베이징 선농단의 북쪽은 커다란 공터이다. 선농상가의 입구에 서서 양쪽을 바라보면 모두 옷 파는 가게와 노점들이다. 사계절의 각양각색의 옷들이 만국기가 펄럭거리는 것 같고, 떠들썩한 소리가 공기 속에서 울리고 있다.

"에이! 검은색 주름 면바지를 단돈 2위안 4마오에 팔아요!……애가 입으면 딱 맞는 작은 코트.……남색 무명……"

여기서 동남쪽으로 길을 따라 걸어가면 수준 있는 중국인들은 가지 않는 '톈챠오天橋'—베이징 하층계급의 낙원이다.

울퉁불퉁한 도로 옆으로 늘어선 것은 '노점'들로 옷과 일용품, 심지어 고서와 골동까지 갖가지가 모두 있다. 나는 개미떼 같은 군중을 따라 이 흙길에서 앞으로 헤쳐 나갔다. 앞에는 작은 점포, 노천 식당, 찻집, 작은 연극 공연관, 삿자리로 엮은 천막, 나무 시렁 그리고 점쟁이, 호금胡琴, 징과 북, 노래하고 큰소리로 물건 파는 소리가 내 귓가에 울려 퍼지고, 파와 마늘과 기름 냄새가 내 콧속을 후벼 파고 들어왔다.

삿자리 천막 아래에 새카맣게 들어찬 사람들이 눈을 휘둥그레 뜨고 입을 헤 벌린 채 얼굴에 온통 연지를 바른 열여덟이나 아홉 쯤 된 아가씨를 바라보았다.

"아리따운……젊은이……아이, 아이, 요……"

그녀는 손 안에 있는 두 개의 구리 조각을 때리면서 간드러지게 노래를 불렀다.

"이 가시나 괜찮은데……재미있어."

내 앞에 서 있는 말랑깽이와 귀 뒤에 작은 혹이 있는 동행이 말했다.

하지만 나는 무슨 말인지 알아들을 수가 없어서 인근의 작은 천막으로 걸어갔다. 여기는 피황皮黃[1]의 청창淸唱[2]이었다. 검은 옷을 입은 두 사람 중 하나는 박판拍板[3]을 때리고 하나는 호금을 켜는데, 머리를 땋아 내린 예닐곱 살 먹은 여자 아이 둘이 의자 위에 서서 얼굴을 밖으로 향한 채 목청을 돋우고 관객들에게 노래를 들려주었다. 하지만 이곳은 너무도 고요해 사람들은 몇 푼 더 주고 메이란팡梅蘭芳[4]을 들으러 간 듯했다.

이 천막을 나와 다시 앞으로 걸어가니 노천의 공연장들로, 천막을 친 것도 있고, 나무 시렁을 세운 것도 있지만, 그 나머지는 천막이나 나무 시렁도 없이 그저 머리 위는 푸른 하늘이고, 발 아래는 검은 흙에 누런 얼굴의 하릴없는 사람들이 주위를 에워싸고 있었다.

---

1) 중국의 전통 곡조 이름으로 서피西皮와 이황二黃을 합친 것이다.
2) 중국 경극에서 반주 없이 노래하는 것을 말한다.
3) 박자를 맞추는 악기.
4) 메이란팡梅蘭芳(1894~1961년)은 베이징北京 태생의 유명한 경극 배우이다.

그 가운데 가장 큰 것은 말 공연장—하겐베크[5] 말 공연은 아니고—으로 사면이 새끼 그물과 막으로 둘러쳐 있고, 아주 높은 '삼상조三上吊'[6]를 노는 나무 시렁이 허공에 솟아 있는데, 몇 푼의 동전을 써야만 들어갈 수 있다. 하지만 이것은 오히려 신기하달 게 없으니, 남방에서는 흔히 보는 것이다.

여기에는 남방에는 없는 기예가 몇 가지 있다. 가장 사람들의 눈길을 끄는 것은 목발을 짚으며[7] 부르는 '앙가秧歌'이다. 멀리서도 각양각색의 연희 복장을 입은 일고여덟 명이 허공에서 흔들거리며 여러 가지 자세를 취하고 있다. 여기에는 사반앙가四班秧歌가 있는데, 최소 예닐곱 명에서 최다 아홉 명까지 각각의 사람들이 서로 다른 배역으로 분장하고 다리에는 삼 척 높이의 목발을 짚었다. 그 가운데 한 명은 옛날 종처럼 생긴 '화고花鼓'라는 북을 비스듬히 메고, 연기를 하는 한편으로 동동거리며 북을 치며, 다른 사람은 작은 징을 친다.

---

5) 하겐베크Karl Hagenbeck(1844~1913년)는 독일의 맹수 조련사로 1887년 하겐베크 서커스단을 만들었다. 이 서커스단이 1933년 10월 상하이에서 공연을 한 적이 있었다. 그에 대한 평가는 명암이 엇갈린다. 몇 마리의 야생동물을 잡기 위해 불필요하게 많은 동물들을 사살했을 뿐 아니라 아프리카의 원주민이나 에스키모 인과 같은 희귀한 인종들을 수집(?)해 사람들에게 보여줌으로써 돈을 벌기도 했다. 1907년에는 함부르크에 세계 최초의 근대식 동물원을 열기도 했다.

6) '삼상조三上吊'는 원래 신맞이 하는 놀음판에서 유래했는데, 나중에 민간에서 거리나 들판에 무대를 설치하고 공연을 했다. 무대에는 두 필의 하얀 천이 천정에서 아래쪽으로 드리워져 있다. 연기자들은 이 두 가닥의 천을 이용해 여러 가지 동작을 하는데, 모두 72조 吊를 논다.

7) 높이가 1미터가 넘는 목발을 딛고 춤을 추는 것으로, '가오챠오高蹺'라 한다. 주로 북방에서 볼 수 있으며 경우에 따라 여러 종류의 인물로 각색하여 재미있는 내용을 만들기도 한다.

시종일관 하나의 박자로 마치 유성영화 중의 아프리카 흑인의 음악과 같다.

〔그림 41〕 가오챠오 공연 ⓒ조관희

이름은 앙가지만, 그들이 노래 부르는 것은 보지 못했다. 그들은 그저 하늘거리며 벙어리 극을 할 따름이다. 연기하는 것이 무슨 이야기인지 나는 잘 알지 못하지만, 경극 가운데 『봉양화고鳳陽花鼓』 류의 남녀가 서로 희롱하는 듯한 것도 있고, 『팔랍묘八蠟廟』 식의 무술극도 있어 펄쩍 뛰어올라 공중제비를 돌았다. 극의 내용을 모를지라도 아주 흥미롭다.

하차河叉를 노는 것도 있는데, 남방에도 있다. 내 기억으로는 상하이 신세계新世界나 대세계大世界 같은 극장에서 본 적이 있는데, 성황묘城隍廟에는 이게 없다. 여기서 '하차'라는 것은 4,5척 길이의 양 끝에 세 갈래 뾰족한 끝이 있는 차叉[8]이다. 이것을 노는 이는 웃통을

8) 쇠스랑처럼 생긴 창의 일종.

벗고 하차를 상하로 돌리다가 어떤 때는 한 길 높이로 날렸다가 떨어지면 자신의 몸 위에 받으면서 떼구루루 구른다.

끄트머리까지 걸어가니 노천에 한 무리의 사람들이 뭔가를 열심히 보고 있다. 나도 비집고 들어가 보니 커다란 몸집의 두 씨름꾼이 거기서 힘을 겨루고 있다. 그들은 웃통을 벗고 거친 삼베로 만든 특별한 조끼를 입었는데, 가슴과 배를 모두 드러냈다. 그 중 하나는 배불뚝이로 배가 표주박처럼 튀어나온 모습이 아주 우스웠다.

"이런 법이 어디 있어! 너는 나를 넘어뜨릴 수 있는데, 나는 너를 넘어뜨리면 안 된다니. 이따가 내가 넘어져서 소리를 지르면 사람들이 다들 재미있다고 웃겠지."

"하……하……"

관객들이 웃음보를 터뜨렸다.

근육과 근육이 부딪히는 소리가 나는 가운데 배불뚝이와 그의 상대가 한 덩어리가 되었다. 눈 깜작할 사이에 그는 이미 상대방을 들어올렸다. 하지만 그 사람은 손발이 재서 두 손으로 그의 목을 잡아당기며 두 발은 그의 불룩 튀어나온 배를 꽉 끼고 있어 만약 그를 넘어뜨리면 배불뚝이 자신도 넘어지게 생겼다.

"하……하……"

관중들은 배불뚝이가 어찌할 바를 모르자 모두 아주 즐거워했다.

"봐라! 저 사람들은 네 편만 드는구나!"

배불뚝이는 상대방을 내려놓고는 식식대며 말했다.

"하……하……"

관객들이 다시 웃었다.

나는 곧 그곳을 떠났다. 등 뒤에서 웃음소리가 다시 터져 나왔다. 돌아보니 배불뚝이가 그의 상대에게 넘어가서 땅 위에 엎어져 숨을 쉬고 있었다.

내가 지나왔던 앙가 공연했던 곳에서는 목발을 짚은 연기자들이 두 손을 공손히 모으고 인사하면서 관객들에게 돈을 걷고 있었다. 사람들은 대부분 열심히 쳐다만 볼 뿐 허리춤에 찬 주머니를 열 생각은 않고 이내 흩어져버리고 썰렁한 기운만 남았다.

마늘 냄새가 코를 찌르는 사람들 무리에 뒤섞여 첸먼다제前門大街에 이르렀다. 내 등 뒤로는 사람들에게 '웃음'을 보시하는 광막한 '낙원'이 있었다. 차가운 삭풍이 내 얼어붙은 귓바퀴에 불어오는 가운데 멀리서 피황皮黃의 노래 소리가 실같이 가느다랗게 들려왔다.

의자 위의 두 여자아이가 여전히 노래를 부르고 있었다.

(1934년 1월 7일 『신보申報』 부간副刊 『자유담自由談』)

[야오커姚克 (1905~1991년)]

야오커는 저명한 번역가 겸 극작가이다. 본명은 야오즈이姚志伊이며, 야오커는 필명이다. 안후이 성安徽省 시 현歙县 사람으로 푸젠 성福建省 샤먼厦门에서 태어나 둥우대학東吳大学을 졸업했다. 1930년대 초반 외국문학작품의 소개와 번역에 힘을 쓰는 한편, 루쉰의 『단편소설선집』을 영어로 번역했다. 루쉰은 "서양 언어로 중국의 현실을 소개하는" 그의 작업에 대해 높이 평가했고, 그와 평생 친밀한 관계를 유지했다. 그 뒤 예일대학에서 연극을 공부했으며, 항일전

〔그림 42〕 야오커

쟁시기에는 상하이에서 활발한 극단 활동을 벌여나갔다. 1948년에는 홍콩으로 건너가 자신의 희곡 작품을 영화화하는 작업에도 참여한 바 있고, 이후 홍콩 중문대학에서 학생들을 가르치다가 1968년 미국 하와이대학으로 건너가 중국현대문학과 중국철학사를 강의했다. 저서로 『초패왕楚霸王』, 『은해창랑銀海滄浪』, 『청궁비사淸宮祕史』 등이 있다.

베이징 소묘

야오커姚克

1. 라오쯔관落子館[1)]

저녁 8시 이후 동안시장東安市場 한 귀퉁이에서 강팍한 현에 실린 노래 소리가 공기 중에 울리고 있다. 이 노래 소리를 찾아가 삐걱거리는 소리가 울려나오는 계단을 오르니, 맞은편에 잿빛 유리창이 있다. 이곳이 이른바 라오쯔관落子館이다.

"안쪽에 앉으시지요."

한 사람이 긴 창문을 열고 웃음을 띠며 말했다.

안쪽은 반탁半卓이 일렬로 늘어서 있는데, 그다지 희어 보이지 않는 하얀 보가 씌워졌고, 탁자 옆의 등나무 의자 위에는 일이십 명의

---

1) '라오쯔관落子館'은 북방에서 곡예曲藝나 잡기를 공연하던 장소를 두루 가리킨다.

〔그림 43〕 라오쯔관의 공연 모습

사람들이 여기저기 앉아서 입을 헤벌린 채 무대 위의 열대여섯 살 쯤 된 아가씨를 바라보며 넋이 나가 있었다. 그녀는 왼손에는 박판拍板을 들고 오른손의 채로는 늙은 암탉 같이 가죽 북을 향해 쪼아댔다. 날카로운 목소리가 구슬이 이어지듯 그녀의 새빨간 입에서 담배 연기와 찻내 가득한 공기 속으로 내뱉어졌다. 그녀 옆에는 진흙인형 같은 악사 둘이 앉아 삼현三弦과 사호四胡를 기계적으로 연주했다.

"……포시婆惜[2]가 말했다.……삼랑三郎……동동타……타동동……"

노래와 악기 소리 중에 사환이 화차花茶 한 주전자와 해바라기 씨 한 접시, 시커먼 물수건 하나를 가져다주었다. 앞에 앉은 비쩍 마른 늙은이가 갑자기 머리를 흔들어대며 새매와 같은 괴성을 질러댔다.

---

2) 『수호전』의 등장인물로 양산박梁山泊의 우두머리인 쑹장宋江의 아내 옌포시閻婆惜을 말한다. 뒤에 나오는 삼랑三郎은 쑹장의 별호인 흑삼랑黑三郎을 가리킨다.

"좋구나!"

내가 깜짝 놀라 무대 위를 바라보니 그 아가씨는 이미 박판을 북 위에 걸어두고 몸을 돌려 무대 뒤로 가버렸다.

무대 위의 악기 소리도 멈췄다. 노루 대가리에 쥐 눈을 한 사내가 접이식 부채를 들고 내 앞으로 달려오더니 부채를 좍 펼침 허리를 굽히고 희희덕거리며 말했다.

"류위펑劉玉鳳,……샤오핑궈筱苹果……목소리 좋고……인물도 예쁘다오!"

부채 위에 쓰여져 있는 것은 모두 곡명으로 무슨「초선차전草船借箭」이니「활착장삼랑活捉張三郎」같은 것들로 나는 고개를 저어 필요 없다는 표시를 하니 부채를 흔드는 이—속칭 '츠페이吃飛'라 부르는—는 다른 좌석으로 가서 허리를 굽히고 웃음을 띠며 어느 뚱보에게 소곤소곤 낮은 목소리로 연신 엄지를 치켜들고 무대 뒤를 향해 비교하는 자세를 취했다. 한참 만에 그는 갑자기 득의한 듯 부채를 좍 소리 나게 접더니 목소리를 끌며 소리쳤다.

"XXX 샤오핑궈 되는 대로 한 대목 불러라!."

샤오핑궈—빈혈기가 있는 열너댓 정도 되는 소녀—가 무대 뒤에서 나와 박판과 채를 들고 기계적으로 창을 했다. 그녀의 목소리는 목이 메고 낮았으며 노래를 부를 때 연신 기침을 해대는 것이 감기 증상이 심한 게 분명했다. 하지만 이 정도면 어디라고 병으로 치겠는가!

더 이상 듣지 않고 즉시 가려고 일어나니 막 뒤의 벽 위에 누런 종이가 한 장 붙어있다. 거기에는 이렇게 씌어 있었다.

"익숙성군지위翼宿星君[3]之位"

---

3) 당나라 현종 때 악공(樂工)이나 궁녀에게 음악과 무용을 연습시키던 '이원

또 양쪽에 이렇게 씌어져 있었다.

"청음동자清音童子, 고판랑군고[4]板郎君"

이거야말로 샤오핑궈의 유일한 구원의 신인 셈이다.

2. 바람과 흙

산을 밀어내고 바다를 뒤집어엎고, 가루를 허공에 뿌리듯 하늘조차도 회황색—이것은 베이징의 저주다— 바람과 흙으로 변해버렸다. 사실 베이징의 풍세風勢는 세긴 하지만 작년에 상하이에 불었던 태풍보다는 훨씬 못 미친다. 사실 베이징 사람들이 '바람이 분다'는 말을 할 때는 상하이 사람들이 '집세를 올린다'는 말을 하는 것 같은 절절한 고통이 있다. 그것은 대략 '흙' 때문이다. 바람과 흙이 서로 타협적인 관계를 맺어 그 위세가 자못 호대浩大하고 심상하게 비할 바가 아니다.

바람이 불 때면 사람들은 집안에서도 휘이 휘이 하는 바람 소리가 창문을 울리며 소리 내는 것을 들을 수 있다. 베이징의 집들은 모두 종이로 꼼꼼히 발라져 있긴 해도 바람과 흙의 침입을 막아내지 못한다. 책상 위에도 잠깐 사이에 누렇고 검은 모래먼지가 덮이고 심지어 서랍 속에까지 있으니 그야말로 '들어오지 않는 구멍이 없다'고 말할

梨园'을 만들었다. 그 뒤로 '이원'은 극장이나 연극계 또는 배우 사회를 지칭하는 용어가 되었으며, 당 현종은 '노랑신老郎神'으로 떠받들어졌다. '노랑신'은 '익숙성군翼宿星君'이라고도 하는데, 『춘추원명포春秋元命苞』라는 책에서 '익성翼星'은 배우俳优들을 주관하는 신神이라 하였다.

4) 벽자로 구슬 옥 위에 고鼓자.

수 있다.

일단 문을 나서면 더 말할 필요가 없다. 바람은 흙을 돕고, 흙은 바람의 위세를 빌어 모든 공간을 누렇게 점하고 있다. 여인들은 얇은 망사로 얼굴을 가리고, 남자들은 풍안경을 쓰거나 손수건으로 입과 코를 가려보지만 그런다고 될 일이 아니다. 그저 인력거에 앉아 사방을 면으로 된 장막으로 꼼꼼하게 덮고 나서야 바람과 흙의 습격을 피할 수 있다. 하지만 인력거꾼은 평소보다 약간 느리긴 하지만 그대로 인력거를 끈다. 사람들 말에 의하면 그들은 인력거를 끄는 종자를 타고 나서 낙타와 같은 본능을 갖게 된 거라 한다.

그러나 면으로 된 장막을 친 인력거 안에 앉아도 정면으로 오는 바람과 흙을 피할 수 있을 뿐, 음산하게 뼈를 파고드는 냉기는 여전히 면으로 된 장막의 틈 사이로 침투해 들어와 혀로 입술 가를 핥으면 먼지가 까끌까끌하게 달라붙어 있는 게 느껴진다. 인력거 장막에 난 작은 유리를 통해 앞을 보면 인력거꾼은 구름을 타듯 바람 먼지 속에서 달리고 있다. 목적지에 도착해서 인력거에서 내려 그의 얼굴을 보면 그대는 그가 방금 전의 인력거꾼이 아니라고 의심하게 될 것이다. 얼굴이 연탄가게 점원처럼 새카맣고 반들거리는 두 눈과 새하얀 두 줄의 치아만 드러날 뿐이기에.

바람이 불 때는 그저 '문 닫고 집안에 앉아 있는 게' 최고다. 만약 문을 나서야 한다면, 인력거를 타도 바람과 흙을 완전히 막아낼 수 없다. 가장 좋기로는 자동차를 타는 것이다. 차 문을 꼭 닫고 여우 가죽 담요를 허벅지까지 싸매고 나면 바람이 미친 듯이 불고 흙이 날려도 어찌할 수 없다!

그럴 뿐 아니라 바람이 불지 않을 때는 자동차를 타고 날 듯이 거리를 질주하면서 한 바탕 바람을 일으켜 거리에 온통 먼지가 일어

나는 것도 충분히 위풍당당해 보인다. 이런 종류의 위풍당당함은 상하이의 자동차에는 없는 것이다.

3. 낙타와 기타

몇 년 전에 칼라로 된 베이징의 풍경 사진 셋트를 본 적이 있다. 그 가운데 한 장은 사랑스러울 정도로 누런 낙타 무리가 웅장한 성벽을 따라 걷는 것이었다. 여기서 받은 인상은 내 마음 속에 몇 년간이나 동경을 일으켰다. 그것은 살아 있는 낙타를 본 적이 없고, 더군다나 살아 있는 낙타가 오래된 성에서 걷는 걸 본 적이 없었기 때문이다.

베이징에 막 도착해서 정양먼正陽門을 지날 때 나는 두 눈을 크게 뜨고 양쪽을 바라보면서 선명한 오렌지 색 낙타 무리가 뛰어나오길 기대했다. 하지만 인연이 닿지 않아 반나절 동안 바라보아도 낙타 그림자도 없었다. 그래도 오래지 않아 결국 보고야 말았다.

그것은 엄청 추운 날 아침 바람이 아주 심하게 불 때였다. 둥안시장東安市場에서 나와 손수건으로 입과 코를 막고 왕푸징다제王府井大街를 따라 남쪽으로 걷고 있었다. 흙먼지가 얼굴을 향해 불어와 고개를 숙이고 모자를 눈썹까지 눌러써 눈을 가렸다. 갑자기 내 발이 뭔가 물컹한 것에 채여 거의 넘어질 뻔했다.

눈을 뜨고 바라보니 누렇고 부드러운 것이 건초 더미 같은 물건이었다. 아! 아니다! 그것은 내가 꿈에 그리던 낙타가 인도 한 복판에 엎드려 있는 것이었다!

모두 6마리로 방대한 체구가 인도의 거의 전부를 차지하고 있었다. 작은 머리에 작은 눈, 길게 굽어 있는 목, 높이 솟은 두 개의 육봉은 모두 풍경 사진과 다를 바 없었다. 하지만 털의 색깔은 오히려 말라 비틀어 보일 정도로 누렇고, 윤기가 도는 광택은 없었다. 앞발과 무릎, 갈비 등의 털은 모두 닳아 없어져 거무튀튀한 피부를 드러내고 있었다. 등의 육봉에는 거칠고 검은 덮개가 매어져 있고, 온몸에는 석탄과 먼지가 검은색과 잿빛으로 물들어 있었다.

석탄 창고에서 '석탄 꾼' 몇 명이 뛰쳐나오더니 석탄이 가득 든 마대를 낙타 등 위의 덮개 위에 지우고는 낙타를 부리는 휘파람 소리를 내자 여섯 마리의 커다란 짐승들이 순순히 일어났다. 가늘고 긴 다리, 두텁고 부드러운 발굽이 천천히 앞을 향해 나아갔다. 부드러운 털로 덮힌 두터운 눈꺼풀이 가늘고 작은 눈을 가리고 있어 바람 먼지 따위는 두려워하지 않았지만, 표정은 없었다. 아! 얼마나 둔하고, 얼마나 맥 빠진 눈이던가!

이것은 결단코 풍경 사진의 낙타가 아니지 않은가?

베이징의 길거리에는 낙타 말고도 화물을 끄는 짐승들이 있다. 나귀, 말, 노새, 심지어 양과 개도 때로는 마차 앞에 매어져 나귀나 말이 수레를 끄는 것을 돕는다. 나귀나 말은 상하이에도 있지만, 상하이 경마장의 준마나 상하이 주재 각국 군대에서 군용으로 부리는 커다란 나귀는 대로에서 늘상 볼 수 있다. 하지만 상하이의 나귀와 말은 헌걸차고, 털의 색깔도 모두 번들번들 광채가 난다. 베이징의 나귀와 말은 털 색깔도 거무스름할 뿐만 아니라 등의 굽은 선弧線도 뻣뻣하게 늘어져 원래의 형태를 잃었다. 그들의 운명 역시 낙타만 못한 지도 모른다.

4. 만보漫步 잡기

베이징 사람들의 이른바 '느리게 걷기蹓躂'는 실제로는 산보의 의미이다. 상하이 말로 '어슬렁거리기蕩馬路'라고 칭하는 것과 비슷하다. 하지만 때로는 '느리게 걷기'의 함의가 '어슬렁거리기'에 미치지 못하고 '천천히 걷기白相'의 암시를 겸하고 있다. 이것은 곧 '느리게 걷기'보다 늙은 자가 아니면 말할 수 없는 것이다.

둥단東單 패루에서 서쪽으로 둥창안제東長安街까리 느리게 걷는 것은 평탄하게 곧게 뻗은 넓은 대로—둥창안제東長安街—로 상하이의 아이둬야루愛多亞路[5]보다 더 넓다. 가로를 따라 북쪽은 녹음이 우거진 수풀이 높고 낮은 서양식 건물들을 뒤덮고 있는데, 그것들은 모두 서양 풍의 여관들로 무도舞蹈가 금지되기 전에는 자동차나 우마차가 분주하게 오가던 곳이었다. 거리 남쪽은 여러 나라의 군대가 주둔하는 연병장으로 연이어 붙어 있고 그 바깥에는 목책과 철조망이 둘러쳐져 있어 외부인의 접근이 금지되어 있다. 연병장의 땅은 둥창안제보다 한 자 정도 높은데, 무시로 흙을 채워 높였기 때문이다. 연병장을 따라 남쪽은 대사관과 군대 주둔지의 두터운 벽돌 담장이고, 담장 위에는 벌집 같은 총안銃眼이 나 있는데, 들리는 말로는 1900년 의화단사건 이후에 쌓은 것으로 중국인의 '반란'을 방어하기 위한 것이라 한다.

다시 서쪽을 향해 느리게 걸어가 둥창안먼東長安門을 질러가면 옛

---

5) 1914년부터 1915년 사이에 영국와 프랑스 조계 당국이 원래 운하의 하도河道와 양안의 소로를 합쳐서 넓고 큰 길을 만들고는 당시 영국 왕인 에드워드 7세를 기념해 '아이둬야루爱多亚路'(영어 명칭은 Avenue Edward VII)라 명명했다.

황성의 정면이다. 용을 조각해 놓은 한백석 화표 두 개가 양쪽에 우뚝 서 있다. 화려하게 조각이 되어 있는 다섯 개의 한백석 난간이 있는 '오룡교'가 허공에 누워 있다. 다리를 건너면 드높이 서 있는 톈안먼天安門 성루다. 진한 붉은 색 담장 위에 다섯 개의 환문環門이 오룡교를 맞이하고 있어 장려하고 위엄 있는 광경을 이루고 있다. 하지만 자세히 보면 성루 위 난간의 나무는 이미 비바람에 부식이 되었고 누각에 올라 둘러보면 먼지와 거미줄이 두텁게 쌓여 있을 것으로 생각된다. 성의 담장에 발라놓은 붉은 색의 회토에도 검푸른 색이 한 층 덮여 있고, 여기 저기 떨어져 나간 곳에는 벽돌 조각이 드러나 있다. 오룡교의 난간 역시 퇴락한 모습이 도저하고 다리 위의 석판 틈새에는 풀이 길게 나 있다. 두 개의 화표는 돌 난간으로 둘러싸여 있는데, 비교적 완전한 모습을 갖추고 있다. 하지만 서쪽의 한 개는 꼭대기에 갈라진 흔적이 있다.

톈안먼에서 북쪽으로 들어가면 이른바 쯔진청紫禁城이고, 남쪽으로 슬슬 걸어가면 쳰먼前門에 도달한다. 하지만 북으로 가든 남으로 가든 눈앞에 전개되는 것은 그저 퇴락한 모습뿐이다. 보이는 것—심지어 발 아래 밟고 있는 석판—은 모두 예전의 위대함을 말해주고 있다. 예전의 위대함을 알고 있기 때문에, 현재의 몰락이 더욱 애닯게 느껴진다. 그렇다! 베이징은 모든 것이 몰락하고 있다!

원래 길을 따라 느릿느릿 돌아가되 밤중이라면, 둥단東單 패루 일대에서만 장사하는 인력거를 만날 수 있다.

"손님, 동쪽에 가셔서 놀다 가세요. 좋은 데가 있습죠……러시아도……조선도……상하이에서 막 올라온……"

그대는 다시 한번 '느리게 걷는 것' 역시 몰락했다는 걸 느끼게 된다.

5. 워워터우窩窩頭

베이징의 노동자계급은 통상적으로 밥을 먹지 않는다. 상하이 둥싱러우東興樓 숙수의 '베이징 요리京菜'와 각지의 요릿집 간판에 있는 '만한전석滿漢全席'은 그저 베이징의 향락계급의 입맛일 뿐, 사실상 베이징의 일반인을 대표하는 음식이라 하기는 부족하다. 그들이 먹는 것은 무슨 '구운 오리고기燒鴨子'나 '류위펜溜魚片'[6] 같은 것들이 아니라 그저 '라오빙烙餅'[7]이나 '챠오마이체멘蕎麥切麵'[8], '사오빙燒餅'[9], '워워터어窩窩頭' 같은 것들—특히 워워터우—이다.

그들의 집에서도 이런 조악한 밀가루 음식을 만들 수 있지만, 거리에서 사먹는 경우가 훨씬 많은 듯하다. 저잣거리의 길가에는 수많은 노천의 작은 노점들이 있어 각종 밀가루 음식들을 팔고 있다. 이거야말로 그들의 '요릿집'이고, 그들이 '포만감'을 사는 곳이다. 이런 작은 노점들은 모두 높이가 아주 낮아서 대나무 바구니 위에 네모난 탁자 크기의 나무판자를 올려 매대로 쓰고, 사방에는 반 자 남짓한 앉은뱅이 의자를 놓아두었다. 매대 위에는 그릇과 접시가 있고, 정중앙에는 탕이 펄펄 끓는 솥이 있다. 그 옆에 따로 나무판자가 있는데, 그 위에는 삼베로 두텁게 덮여 있는 찜통이 있다. 그것을 젖혀 보면 그 안에는 '바오즈包子'[10]와 '화줴얼花卷兒'[11], '워워터우'가 있다. '라오빙'과

---

6) '류위펜熘魚片'으로도 표기하며, 얇게 썬 생선에 녹말가루 따위를 입혀 지져 낸 요리.

7) 중국식 밀전병.

8) 메밀국수

9) 앞서의 '라오빙'과 비슷한 중국식 밀전병.

10)고기 소를 넣은 만두

'사오빙', '체멘' 같은 것들은 보온이 필요 없어 그저 매대 위에 그대로 진열되어 있다.

이런 작은 노점만을 찾는 식객들은 당연히 이른바 '하층계급', 그 중에서도 인력거꾼들이다. 그들은 얼굴이 땀범벅이 되도록 달려서 동전 열 몇 닢을 털어 워워터우 몇 개를 뱃속에 쑤셔넣고는 그 다음 장사에 나설 힘을 얻게 된다. 가격은 물어볼 필요 없이 모두가 다 알고 있는 대로다. 무슨 할인이고 자시고 없듯이 '행하'나 '팁'[12] 같은 별도의 비용도 없다.

큰 동전 네 닢을 매대 위에 던져놓으면 주인은—묻지도 않고— 삼베 덮개 밑에서 워워터우 하나를 꺼내 줄 것이다. 이 직경 두 치 이삼 푼 정도 되는 황색의 물건은 옥수수나 좁쌀을 거칠게 갈아 만든 것으로, 아래쪽이 아주 깊게 오목하기에 그런 기괴한 이름이 붙은 것이다. 뜨끈뜨끈한 옥수수 향과 약간 단맛이 도는 옥수수 맛은 굶주린 자의 위안으로, '구운 오리고기'나 '류위펜'의 지위를 대체하는 것이다. 만약 동전 몇 닢을 더 쓴다면 '라오빙' 반근에 시금치 탕 한 그릇으로 인력거를 끌 때 힘이 빠져 '넘어져 죽는' 지경에 이르지 않을 수 있다.

하루 종일 달린 허벅지는 돈 몇 푼 들이면 배불리 한 끼 먹을 수 있는데, 심지어 돼지머리 고기 두 조각이나 물에 담가 싹이 난 잠두콩 한 접시를 먹을 수 있다. 이거야말로 '만한전석'이나 진 배 없다.

땅을 깎아낸 먼지가 작은 노점 위에 우수수 떨어져 여러 가지 먹거리에 들러붙고, 자동차가 지나갈 때는 탕이 들어있는 솥단지에 후추가루가 한 층 뒤덮이는 듯하다. '워워터우를 먹는 이'들은 이런 것들을

11) '꽃빵'이라 불리는 소 없는 만두

12) 원문은 '탕차이堂彩'와 '샤오장小帳'인데 모두 '팁'이라는 의미다.

개의치 않고, 설사 마음에 둔다 해도 어쩔 수 없다. 어떤 사람들은 그들의 저항력이 강해서 흙을 조금 먹더라도 병이 나거나 죽음에 이르지 않는다고 말한다. 이런 말은 실제로 일리가 있고, 실제로 맞는 말이다.

한번은 한 친구와 워워터우를 먹을 결심을 하고 평소에도 없던 용기를 내어 길거리의 작은 노점에 간 적이 있었다. 쭈뼛거리며 앉으려고 하는데, 갑자기 일진광풍이 불어와 모래가 매대를 온통 뒤덮었다. 우리는 서로 바라보며 용기가 절반쯤 사라졌다. 그 먼지가 막 내려앉으려고 하는데 자동차 한 대가 질주하며 다시 한 바탕 먼지를 일으켰다. 우리는 더 이상 앉을 생각을 못하고 작은 노점에 비해 약간 더 비싼 식당에 가서 워워터우의 맛을 음미했다.

문을 열고 들어가니 디귿 자 형의 커다란 카운터가 낮지만 아주 넓직했다. 카운터 바깥쪽으로 긴 걸상이 놓여져 있고, 굶주린 이리떼 같은 식객들이 새까맣게 자리를 가득 채우고 앉았다. 카운터 위에는 그릇과 접시가 늘어져 있는데, 접시에는 장아찌와 기름 식초가 담겨져 있었다. 카운터 귀퉁이에는 커다란 젓가락 통이 떡과 워워터우가 담겨져 있는 납작한 바구니 옆에 있었다. 카운터 안 중앙에는 화로 위에서 커다란 구리 솥 안의 좁쌀죽이 끓고 있고 점원 셋이 베틀 위의 북처럼 바삐 움직였다.

우리는 워워터우 한 접시와 라오빙 반 근에 잠두콩 한 접시를 시켜놓고 사람들 사이를 비집고 앉았다. 워워터우를 쪼개 먹으니 진한 옥수수 향에 입 안에서는 달콤했지만, 마르고 딱딱해서 실제로는 목을 넘기기 어려웠다. 그나마 국물 있는 국수를 한 그릇 시킨 뒤에야 접시에 담긴 것들이 뱃속으로 들어갔다. 라오빙을 삼분의 이 가량 정도 먹고 좁쌀죽을 작은 그릇 하나 먹으니 위가 부풀어 올라 더 이상은 먹을 수 없었다. 다른 식객들을 곁눈질해 보니, 이글거리는 눈

빛으로 접시 안의 것들을 응시하면서 악골의 근육 -이른바 '교근咬筋' - 이 기관차의 축간軸杆처럼 움직였다. 모든 워워터우가 그들의 입에 닿자마자 부드러운 사탕이라도 되는 양 일순간에 자취 없이 사라졌다.

이거야말로 워워터우를 제대로, 전형적으로 먹는 것이다. 나는 예전에 몰랐고, 자세히 본 적도 없었다. 그들이 먹는 방법은 우리가 통상적으로 먹는 방법이 아니었다. 우리는 먹을 때 씹으면서 맛을 음미하는 것을 신경 쓰지만, 그들은 삼키고 때려 넣는 것에 온 신경을 집중한다. 그래서 우리는 요리의 정교한 맛을 추구하지만, 그들은 먹을거리의 충실함을 추구해 포만감을 느끼고, 오래 가며 소화가 쉽게 되지 않는 것을 요구한다. 우리가 먹는 목적은 '영양'이지만, 그들 입장에서 먹는 목적은 '기름을 채워 넣는 것'이다.

베이하이공원에는 '방선식당仿膳食堂'이 있는데, 예전 청 왕조의 어선방御膳房 숙수가 연 것이다. 여기서도 밤톨만한 크기의 '워워터우'—일설에는 황제가 먹었다는—를 만드는데, 모양도 정교하고, 맛도 섬세해 입 안에 넣기만 하면 씹을 필요도 없어 달콤하게 넘어가 그저 맛을 음미하기만 하면 된다. 이것은 황제에게만 제공되는 것으로 노동계급은 결단코 이런 류의 워워터우는 먹어서는 안 된다.

6. 저잣거리의 밤

베이징의 저잣거리는 상하이에 비해 훨씬 더 일찍 문을 닫는다. 추운 겨울은 물론이고, 요즘같이 이미 따뜻해진 시기에도 여전히 이르게 철시한다. 이를테면, 왕푸징의 둥안시장 일대는 베이징에서도 첫 손가락이나 둘째 손가락 꼽을 정도로 붐비는 곳이나, 저녁 9시 이후에는 개미 새끼 한 마리 없이 밤의 장막 속에 잠이 든다.

이 때 둥안시장 밖 십자로 입구에는 길 가는 사람 몇 명만 드문드문 남아 있을 뿐이고, 자동차 몇 대만이 그곳을 느릿느릿 지나갈 따름이다. 도깨비불 같은 가로등 불빛이 작은 노점 위의 먹을거리—라오빙, 돼지대가리 고기, 워워터우……를 가물거리며 비추며 인력거꾼의 식욕을 자극한다.

"철커덩!"

동전 네 닢이 검고 마른 손에서 노점 위에 던져진다.

노점상은 '워워터우' 하나를 집어 그 검은손에게 건네고, 검은손은 곧바로 짧은 수염이 듬성듬성한 입가로 가져갔다.

"오늘 삶은 돼지대가리 고기가 있는데……한 점 드실려우?"

"……허이구!"

짧은 수염은 입게 워워터우를 쑤셔넣으며 말하기 시작했다.

"말도 말아요……왼저녁 끌어봤자 동전 스무 닢인데, 어디 고기를 먹을 수 있간디유?"

"먼저 드시고, 나중에 계산합시다. 전광眞光 극장이 곧 끝나지 않수?"

노점상은 기름이 번들번들한 돼지대가리 고기 한 점을 건넸다.

전광 극장 앞에는 자동차와 대절 차 몇 대가 세워져 있는데, 아직은 움직임이 없었다. 그들의 주인은 아직 그곳에서 그레타 가르보의 키스 장면을 감상하거나, 서쪽의 지샹吉祥 희원戲院에서 양샤오러우楊小樓의 『문렴채門簾采』를 듣고 있을 것이었다.

돼지대가리 고기는 이미 뱃속으로 들어갔고, 두 개의 다리는 부득불 전광 극장 문 앞에 가서 기다릴 밖에. 한 시간 남짓이나 기다렸다가 영화가 드디어 끝나고 남녀들이 문에서 쏟아져 나왔다. 웃음소리,

고함 소리, 자동차 나팔 소리, 인력거꾼의 외침—한 바탕 어지러운 교향악이 고적한 공기를 격하게 깨뜨렸다. 하지만 영화를 본 사람들은 별로 부대낌 없이 금방 흩어져버렸다. 흔들렸던 소란스러움은 가벼운 연기처럼 적막해지고, 주위의 공기는 다시 어두컴컴하게 한 덩어리로 응결했다.

"공쳤네!"

짧은 수염의 입에서 투박한 소리가 내뱉어졌다. 검고 야윈 손은 맥없이 인력거 손잡이를 거꾸로 끌고 작은 노점으로 되돌아왔다.

"공쳤어!"

"지샹 희원이 끝나는 걸 기다려 보게!"

노점상의 얼굴에 동정어린 쓴 웃음이 어리었다.

"손님이 있어도 돈이 안 돼요. 바오귀쓰까지 가도 동전 삼십 닢만 내려고 하니! 내 말은 1마오도 안 내려 한다는 거요. 빌어먹을! 공쳤다니까!"

바람이 점점 거세지면서 모래먼지와 추위를 몰고 저잣거리에 미친 듯이 불어댔다. 지샹 희원도 공연이 끝났다. 다시 한 바탕 소란스럽더니 이내 천천히 적막감이 돌았다. 사람들이 다 흩어지고 난 뒤에도 짧은 수염은 손님을 찾지 못했다.

"공쳤네!"

그는 마음속 가득 조급증이 일었다.

"인력거!"

마지막으로 나온 이가 외쳤다.

"바오귀쓰."

"2마오 주세요."

"동전 스무 닢."

그 사람은 말하면서 서쪽을 향해 걸었다.
"1마오……손님……십여 리 길입니다요……"
"스물 네 닢."
그 사람은 걸으면서 멀어져갔다.
"마흔 닢은 어떻습니까요?"
"스물 여섯 닢."
"망할!"
인력거꾼은 이를 악물고 텅빈 거리를 바라보았다. 갑자기 그는 앞을 향해 내달리며 숨을 몰아쉬며 외쳤다.
"스물 여섯 닢에 갑니다!"
그는 스물 여섯 닢 짜리 손님을 태우고 돼지머리고기를 외상으로 준 노점 앞을 지나며 노점상에게 인사했다.
"내일 드릴게!"
몇 분 뒤, 그의 둔중한 발자국 소리가 멀어지더니 들리지 않았다.
밤은 깊어만 가고, 저잣거리는 죽은 듯이 적막했다.

7. 술독

고적한 밤, 둥안 시장 일대의 상점들은 모두 문을 닫았다. 길거리의 가격이 붙여져 있는 문짝과 철제 셔터 문이 휘황찬란한 상품들을 모두 가려버리고, 곧게 뻗은 어둑신한 가로만 남았다. 둥안먼다제東安門大街에는 작은 점포 하나만 문을 열었다. 그것은 XXX주점으로, 베이징 사람들이 '술독'이라 부르는 작은 주점이다.
입구에는 "안에 우아한 좌석 있음內有雅座"이라고 쓰여진 붉은색

종이가 붙어 있다. 문을 들어서면 좌우 양쪽은 진열장이고, 그 위에는 술안주와 밀가루, 교자, 떡 등이 진열되어 있다. 그밖에도 화로와 솥단지, 술단지, 주전자, 그릇, 접시 등속이 빼곡히 들어차 있는 가운데 정중앙에만 한 사람이 겨우 지나갈 수 있는 작은 통로가 남겨져 있었다. 이 통로를 지나 왼쪽 벽에 나 있는 작은 문을 들어서면 정면에 가로가 긴 커다란 족자가 걸려 있다. 누런 종이에는 쑤둥포蘇東坡의 「적벽부」가 쓰여져 있다. 작은 한 칸짜리 공간에 십여 개의 좌석이 놓여져 있으니 이른바 "안에 우아한 좌석 있음"이다.

"반 근만 줘요……"

호기로운 목소리가 들여왔다. 여기서 '배갈'을 마신다면, 그저 '근'이나 '개'(한 '개'는 두 냥)라고 말하기만 하면 된다. 다른 술을 달라고 할 때는 술 이름을 대야 한다. 다 마시고 나면 계산서가 없고, 점원이 탁자 위의 술 주전자와 접시를 헤아리면서 계산한다.

"양조吊[13] 육……삼조 이……삼조 육……사조 팔……모두 해서 10조 사."

이런 데서 '우아한 좌석'이라 칭하니 당연하게도 '우아한 사람'의 질책을 받아야 할 터이다. 다행스럽게도 '우아한 사람'은 오지 않고 이곳에 오는 이들은 모두 여러 부류의 군인이나 민간인 등이기에, 괘념치 않아도 된다. 저녁 10시가 되면 '우아한 좌석'은 점점 붐비게 된다. 좌석을 차지한 이들은 모두 '단골'들로 매일 딱딱 시간 맞춰 나타나며, 거의 대부분 일정한 좌석을 차지하고 앉는다. 마시는 술도 양이 정해져 있다. 그들 대부분은 시장 일대의 점원이거나 작은 점포의 주인이고, 그 나머지는 좌천된 경찰이나 병사, 부근의 한량들이다.

13) 조吊는 옛날 돈의 단위로 북방에서는 100전을 의미한다.

벽 쪽의 좌석은 술독 위에 사각 탁자를 걸쳐 놓은 것이다. 그래서 이 집이 '술독'이라는 이름을 얻었다. 중앙의 서너 개만 진정한 탁자인데, '단골'들은 술독 자리에 앉기를 좋아한다. 대략 자정 쯤 되는 광경은 저잣거리는 이미 귀신이 나올 정도로 적막하고, 이곳은 바야흐로 술이 얼큰해질 시점인데, 담소하는 소리가 어지럽게 들려온다.

"……정월이 지나도 장사가 여전히 별로야."

"그녀는 한 길 두 자를 잘라(옷감을 이야기하는 것 아닌지?)……듣자니 쓰탸오후통 아무개 집의 다섯 번째 아주머니……화끈해!"

"내가 진즉이 그 사람더러 팔라고 했건만……결국 연말까지 갈 것도 없이……올해 장사는 모두 문 닫아야……"

"……이월 봉급이……사백만이 아니라는데……결국 모자라게 생겼어……"

"여기 반 근만 더 주고……사오빙도 두 접시만……"

"십구조 육……이십조 팔……"

기둥 위에는 "의관은 스스로 비추어보고, 한담은 스스로 검열하라"는 경고문이 붙어 있긴 하지만, 이야기를 나누는 사람들은 무슨 국가대사와 무관한지라 아랑곳하지 않았다. 이렇게 두세 시까지 지껄여대다가 모두들 배불리 먹고 취하도록 마신 뒤에야 얼큰해져서 속속 집으로 돌아간다. 그때가 되면 이 '우아한 좌석'도 비로소 점점 우아해지기 시작하고, 그 뒤 다시 '우아'는 침묵으로 변한다. 하루의 장사도 이렇게 마무리 된다. 쑤둥포의 「적벽부」만 피곤한 술독의 동반자로 남는다.

(1934년 3월 26, 27, 31, 4월 2, 9, 10, 11, 14일
『신보申報』 부간副刊 『자유담自由談』)

베이징에 대한 상념

라오서老舍

만약 나더러 베이징을 배경으로 한 소설을 쓰라고 한다면, 겁날 게 없다. 내가 아는 바를 점검하면서 쓰고 내가 모르는 것은 피하면 되기 때문이다. 베이징 전체를 하나하나 이야기하라고 하면 어쩔 도리가 없다. 베이징은 그만큼 땅이 크고, 사건도 많아 내가 아는 게 정말 적다고 느끼기 때문이다. 나는 비록 여기서 태어났지만, 일곱 살까지 공부하다 떠났다. 명승지로 말하자면, 타오란팅陶然亭에도 가 본 적이 없으니 얼마나 가소로운가! 이걸로 유추해 보건대, 내가 알고 있는 것은 그저 '나의 베이징'일 따름이고, 나의 베이징은 아마도 구우일모九牛一毛 격일 것이다.

그러나 나는 베이징을 진정 사랑한다. 이 사랑은 말하려 해도 말로 다할 수 없을 정도다. 나는 나의 어머니를 사랑한다. 얼마만큼? 말로 다할 수 없다. 어머니가 좋아하실 일을 하고 싶을 때는 나 홀로 미소가 지어진다. 어머니의 건강에 생각이 미쳐 마음이 놓이지 않을 때는 눈물이 흐른다. 말로는 내 마음을 충분히 표현하지 못하고, 그저 나 홀로 미소 짓거나 눈물을 흘리는 것으로 약간이나마 속마음을 겉으로 드러낼 따름이다. 내가 베이징을 사랑하는 것도 이와 흡사하다. 이 고성의 어느 일면을 과장하는 것은 쉬운 일이지만, 이것은 베이징을 너무 작게 보는 것이다. 내가 사랑하는 베이징은 말단지엽적인 그 무엇이 아니라 나의 심령과 통째로 결합되어 있는 일단의 역사다. 커다란 땅덩어리, 몇몇의 풍경과 명승지, 비 내린 뒤의 스차하이什刹海의 잠자리로부터 내 꿈속의 위취안산玉泉山의 탑 그림자까지 모든 것이 한 덩어리로 어우러진다. 작은 사건 하나하나에 내가 있고, 나의 상념 하나하나에 베이징이 있는데, 말로 다할 수 없을 따름이다.

진정 원하노니 시인이 되어 듣기 좋고 보기 좋은 글자들을 나의 심혈에 침투시켜 두견새와 같이 베이징의 뛰어남을 토해내고 싶다. 아! 나는 시인이 아니다! 나는 영원히 나의 사랑, 음악과 그림으로 이끌어낸 듯한 사랑을 말로 다할 수 없다. 이것은 베이징을 저버리는 것일 뿐 아니라 내 자신에게도 미안한 것이다. 그것은 나의 최초의 지식과 인상을 모두 베이징에서 얻어왔기 때문인데, 내 혈액과 성격, 기질 속의 수많은 것들이 이 고성故城에서 부여받은 것이다. 나는 상하이와 톈진을 사랑할 수 없다. 내 마음 속에는 베이징밖에 없기 때문이다. 하지만 말로 다할 수 없다!

런던, 파리, 로마와 이스탄불은 유럽의 4대 '역사 도시'로 불렸다. 나는 런던의 사정을 약간 알고 있고, 파리와 로마는 가본 적이 있지만, 이스탄불은 근본적으로 가본 적이 없다. 런던이나 파리, 로마에 대해 말하자면, 파리가 베이징에 좀 더 가깝다. 하지만 나더러 '파리에 살라'고 한다면, 나는 집이 없는 것과 같은 적막함을 느끼게 될 것이다. 내가 보건대 파리는 너무 번잡스럽다. 당연히 그곳에도 광활하고 고요한 곳이 있긴 하지만 너무 광활하다. 베이징은 복잡하면서도 변두리가 있고, 내가 만져볼 수 있는 고성의 붉은 색 담장 같은 것이 있다. 지수이탄積水潭을 마주하고 성벽을 등 뒤로 한 채, 돌 위에 앉아 물속의 작은 올챙이나 갈댓잎 위의 하늘하늘한 잠자리를 보면서 즐거운 마음으로 하루 종일 앉아 있노라면, 마음속이 온전히 편안해지고 추구하는 바도 두려운 것도 없이 요람 속에서 잠들어 있는 어린아이와 같아진다. 그렇다. 베이징에도 번잡한 곳이 있지만 태극권과 같이 움직임 속에 고요함이 있다. 파리는 사람을 피곤하게 하는 곳이 많다. 그래서 자극을 위해 커피와 술이 필요하다. 베이징에서는 따스한 쟈스민차만 있으면 충분하다.

〔그림 44〕 베이징의 한적閑適 ⓒ조관희

파리의 배치는 런던에 비해 훨씬 더 균형이 잡혀 있지만, 베이징에는 훨씬 못 미친다. 베이징은 인위적인 가운데 자연스러움이 드러나 있어 거의 어느 곳이든 그렇게 부대끼지도, 그렇게 편벽되지도 않다. 가장 작은 후통 속의 집에도 정원과 나무가 있고, 가장 광활한 곳이라 해도 상업가와 주택지구로부터 멀리 떨어져 있지 않다. 내가 경험한 바에 의하면, 이런 배치법이 천하제일이다. 베이징의 장점은 곳곳이 설비가 완전히 갖추어져 있는 데 있지 않고, 곳곳이 비어 있어 사람이 자유롭게 숨을 쉴 수 있는 데 있다. 아름다운 건축물들이 다 수 있는 데 있지 않고, 건축물 사방에 비어있는 곳이 있어 아름다운 경관을 이루고 있는 데 있다. 성루 하나하나, 패루 하나하나가 모두 아주 멀리서도 보인다. 하물며 길거리에서 베이산北山과 시산西山을 볼 수 있음에랴!

배움을 좋아하고 오래된 물건을 사랑하는 사람들은 베이징을 좋아할 수밖에 없다. 여기는 책도 많고 골동품도 많기 때문이다. 나는 배움을 좋아하지 않고, 골동품을 살 돈도 없다. 물질적인 측면에서라면 나는 오히려 베이징에 꽃과 채소, 과자가 많은 것을 좋아한다. 화초는 돈이 드는 완상물이지만, 이곳의 '화초'는 아주 값이 싸며 집집마다 정원이 있어 그렇게 많은 돈을 들이지 않아도 정원에 꽃을 심을 수 있고, 별거 아니라고 할 수 있긴 해도 그런 대로 볼 만하다. 담장 위의 나팔꽃, 산대나무, 쟈스민은 모두 그다지 돈과 품을 들이지 않고도 나비를 불러 모으기에 충분하다!

푸른 채소와 배추, 편두콩, 청대콩, 오이, 시금치 등등은 대부분 성 밖에서 지고 와서 집 앞까지 가져온 것들이다. 비가 온 뒤에는 왕왕 부춧잎 위에 비 내릴 때 튀긴 진흙이 점점이 묻어 있기도 하다. 푸른 채소 매대 위의 붉은 색과 녹색은 거의 시처럼 아름답다. 과일들은 시산과 베이산에서 온 것이 많은데, 시산의 능금과 해당海棠, 베이산의 대추와 감은 성 안에 들어와서도 여전히 흰 서리가 한 겹 씌워져 있다. 흠, 미국의 오렌지는 종이에 싸여져 있는데, 베이징의 서리 앉은 자두를 만나면 부끄럽지 않을까!

그렇다. 베이징이라는 도성에는 이곳 토종의 꽃과 채소, 과일들이 많이 있어 사람들이 더욱 자연에 가까워질 수 있다. 그 이면을 말하자면, 하루 종일 매연에 휩싸여 있는 런던의 공장도 없고, 그 외면을 말하자면, 원림과 채소밭이 농촌과 긴밀하게 연결되어 있다. 이곳에서는 확실히 '동쪽 울타리 아래서 국화꽃을 주워들고采菊東籬下' '망연히 남산을 바라볼悠然見南山' 수 있다. 아마도 '남'자를 '서'나 '북'자로 바꾸어도 크게 문제될 것은 없으리라. 나같이 빈한한 사람이라도 베이징에서는 약간의 맑은 복을 누릴 수 있다.

그래 더 이상 이야기하지 말기로 하자! 눈물이 나려 한다. 진정 베이징이 그립구나!

(1936년 12월 우주풍사宇宙風社 출판『북평일고北平一顧』)

[라오서老舍 (1899~1966년)]

라오서는 원래 이름이 수칭춘舒慶春이고, 자는 서위舍予이다. 만주족 정홍기인正紅旗人 사람이다. 중국의 현대소설가, 극작가로, 신중국 최초로 인민예술가의 호칭을 받았다. 그가 소설가로서 눈을 뜬 것은 1924년 런던대학 동방학원School of Oriental Studies, London Institution, University of London의 렉춰러Lecturer의 신분으로 5년 간 영국 생활을 할 때 다양한 서구 소설 작품을 접하면서 부터이다. 1930년 귀국한 뒤 산둥대학에 자리를 잡고 결혼까지 했다. 그 뒤 소설 창작을 위해 과감하게 교직을 그만두고 전업 작가의 길을 걷기 시작하여 1936년에는 그의 대표적 소설로 평가받는 『뤄퉈샹쯔駱駝祥子』를 발표하여 이름을 알린다.

[그림 45] 라오서

이 작품은 베이징에 사는 가난한 인력거꾼의 비참한 생활을 그린 것으로 하층 서민의 애환과 어두운 현실에 대한 날카로운 묘사를 통해 비판적 리얼리즘의 새로운 경지를 개척했다는 평가를 받는다. 1945년 이 소설은 영어로 번역되어 그 해 미국의 북오브더먼쓰클럽Book of the Month Club에 의해 올해의 책으로 선정되었을 정도로 인기를 끌었다. 그의 또 다른 대표작인 『사세동당四世同堂』은 종전 직전부터 집필을 시작해 1945년에서 1951년 사이에 발표되었는데, 베이징에 사는 4대의 가족이 함께 생활하는(四世同堂) 것을 평생의 이상으로 하고 있던 기씨 가문(祁氏家門)이 일본군의 베이징 점령으로 붕괴되어 가는 과정을 주축主軸으로 베이징 시민들의 갖가지 고통과 저항 그리고 타락을 묘사하고 있다. 특히 라오서는 소설 뿐 아니라 희곡 창작에도 힘을 써 1957년에는 그의 대표작이자 중국 현대 희곡의 대표작으로 평가받는 『찻집茶館』을 발표하였다. 이 작품은 중국 현대 희곡 역사에서 처음으로 해외에 소개되었고, '동양의 기적'으로 인정받았다. 무엇보다 라오서는 순수한 베이징 토박이말로 베이징 사람들의 삶을 탁월한 필치로 그려낸 베이징을 대표하는 작가로 기억되고 있다.

그러나 1966년부터 시작된 문화대혁명으로 라오서는 끔찍한 상황에 처하게 되었다. 당시 라오서는 67세의 나이로 중국작가협회 부주석, 베이징 시 문학예술계연합회(줄여서 '문련'이라 부름)의 주석 직을 맡고 있었다. 광기에 휩싸인 홍위병들에 의해 고초를 겪던 라오서는 결국 그 해 8월 24일 베이징사범대학 남쪽에 있었던 타이핑 호太平湖에서 의문의 죽음을 맞았다. 뒤에 문화대혁명이 끝나고 나서 그는 복권되었지만, 그의 사인은 여전히 의문으로 남아 있다.

차이스커우菜市口

쉬친원許欽文

고도에서, 나의 지식과 관련해서 가장 큰 영향을 준 것은 사탄沙灘의 건물로, 넷째 누이와의 인연 때문에 스푸마다제石駙馬大街의 홍루紅樓의 인상 역시 작지 않다.[1] 하지만 생활과 연관해서 가장 잊을 수 없는 것은 쉬안우먼宣武門 밖의 차이스커우이다.

내가 열여덟 살에 처음 '베이징'에 왔을 때 난반제후통南半截胡同의 사오싱회관紹興會館에 묵었다. 처음 도착해서는 말도 통하지 않고, 마부가 고의로 장난을 칠까봐 두려웠는데, 차이스커우에 도착해서 '베이반제후통北半截胡同'이라고 쓴 팻말을 보고는 마음이 몹시 조급

1) 여기서 말하는 건물과 홍루는 모두 옛날 베이징대학을 말한다. 현재의 베이징대학은 원래 베이징의 유수한 미션스쿨이었던 옌징대학燕京大學 자리였다. 신중국 수립 후 서양 선교사들이 모두 추방되고 옌징대학은 베이징대학과 합병되어 역사에서 사라졌다. 현재 위치로 이전하기 전의 베이징대학은 시내 한 복판에 있었는데, 건물이 붉은 벽돌로 지어져 '홍루'라 불렸다.

〔그림 46〕 현재는 '베이징신문화운동기념관'으로 바뀐 옛 베이징대학 '홍루' ⓒ조관희

해져 원망도 되고 두렵기도 했다. 원래 난반제후통이 베이반제후통 안에 있다는 걸 몰라 한바탕 난리를 죽이고 나서야 그 사실을 알게 되었다. 그래서 숙소에 도착하기도 전에 먼저 황망 중에 이곳을 명확히 볼 수 있었다.

유명한 [루쉰의 소설집] 『외침吶喊』이 사오싱회관에서 태어났다. 생각해 보면 작자 역시 당시 차이스커우를 늘상 지나다녔을 것이다. 나의 [소설집] 『고향』과 『자오趙 선생의 번뇌』, 『코찔찔이 아얼阿二』, 『털버선』의 대부분과 『귀가』의 후반부 역시 이곳에서 썼기에, 지금 되돌아보니 어떤 감정이 일어난다. 『고향』의 원고는 대부분이 모두 『신보晨報』 부간에 발표된 것으로 당시의 신보관晨報館 역시 차이스커우 인근의 청샹후통丞相胡同에 있었다.

고도라고는 하지만, 노면이 제대로 포장이 안 되었을 때, 어떤 사

[그림 47] 사오싱회관 ⓒ 조관희

람은 향로와 같고, 비가 내린 뒤에는 먹물 통墨盒 같다고 하였다. 이른바 향로라는 것은 바람이 불어 일어난 먼지를 말한다. 하지만 차이스커우에서 출발해 동쪽으로 뤄마스다제騾馬市大街로 가거나 주스커우珠市口에서 첸먼前門까지, 북으로 쉬안우먼宣武門을 들어가 시단西單 패루로 가는 길 등등은 진즉이 이런 상황이 벌어지지 않는다. 아울러 일단 밤이 되면 바람은 잦아든다. 나는 몇 차례 쑨푸위안孫伏園[2]과 함께 달빛 아래서 공용고公用庫[3]로부터 내처 숙소로 천천히 걸어 돌아가는 길에 이야기를 나누며 운치가 있다고 느꼈던 적이 있

---

2) 쑨푸위안孫伏園(1894~1966년)은 사오싱紹兴 사람으로 루쉰의 제자이다. 생전에 여러 잡지의 편집을 맡아보았는데, 당시 『신보』 부간의 편집을 맡고 있었다.

3) 공용고公用庫는 현재의 궁융후퉁公用胡同이다. 공용고라는 명칭은 명대에 붙여졌는데, 황실 가문의 외부에서 들이는 창고가 있던 곳이었다.

다. 차이스커우에 도착하면 '내일 봐요'라고 말하고는 그는 청샹후통으로 돌아가고 나는 사오싱회관에 가서 원고를 썼다.

한밤중이 되면 난반제후통에서는 과일이나 빙탕氷糖, 잉멘보보硬麵餑餑[4] 파는 소리를 불시에 들을 수 있었다. 20푼짜리 동전 두세 개로 간식을 즐기는 것도 아주 재미있었다.

차이스커우에서 원화제文化街로 가는 길의 류리창琉璃廠은 아주 가깝고, 셴눙탄先農壇과 톈탄天壇도 멀지 않다. 타오위안칭[5]의 걸작 『대홍포大紅袍』는 저녁 무렵 톈챠오天橋를 거닐다 그날 밤 사오싱회관에서 단숨에 완성한 것[6]이다.

고향의 목욕탕 안은 항상 후끈하게 불을 땠는데, 차이스커우 부근의 목욕탕은 가격도 싸고 깨끗했다. 거기서 먼저 이발을 하고 샤워한 뒤에 누워 있으면, 혼곤한 가운데 아주 쉽게 '의경意境을 잡아낼' 수 있어 내 초기의 소설은 대개 이런 식으로 틀을 잡았다.

광안시장廣安市場은 '차이스菜市'에서 유래한 것으로 생각된다. 여

---

4) 잉멘보보硬面饽饽는 과거에 베이징 사람들이 즐겨먹었던 야식이다. 요즘은 사람들의 생활습관이 바뀌고, 생활수준이 높아져 이런 간식의 소비도 사라졌다.

5) 타오위안칭陶元慶(1893~1929년)의 자는 쉬안칭璇卿이고, 저장 성浙江省 사오싱紹興 사람이다. 일찍이 상하이예술전과사범학교上海藝術專科師範學校에서 펑쯔카이豐子愷와 천바오陳抱 등에게서 서양화를 배웠다. 중국의 전통 회화와 서양 회화 등을 광범위하게 섭렵했고, 도서의 표지 디자인에도 뛰어났다.

6) 쉬친원과 타오위안칭은 같은 고향 사람으로 사오싱회관에 묵으며 교분을 나누었다. 1925년 2월의 어느 날 두 사람은 톈챠오에 가서 연극을 보고 돌아왔는데, 그 날 밤 구상을 마친 타오위안칭이 그 다음날 씻지도 않고 밥도 안 먹으며 그려낸 것이 『대홍포』이다.

기서 팔리는 채소는 아주 많고 종류도 세분되어 있다. 돼지족발, 돼지 혀 전문 매대가 있는가 하면, 닭발이나 오리발바닥 역시 따로 팔고 있다. 어스름한 새벽녘에 어디서나 볼 수 있는 '아낙네'들이 봉두난발을 하고 바구니를 든 채 연이어 그 사이를 오가는 모습에는 '삶의 정취'가 풍부하게 있다.

차이스커우가 가장 시끌벅적할 때는 추석 며칠 전부터이다. 일렬로 꿰어진 포도, 붉은 색 감, 특히 눈에 띄는 것은 커다란 투얼예兎兒爺[7]이다. 쫑긋 솟은 두 귀에 삐쭉 내민 입이 살아 움직이는 듯한데, 보자마자 '웃어서는 안 되는' 느낌을 받는다. 과일과 투얼예를 파는 노점은 청샹후통에서 베이반졔후통에 이르기까지 빈곳이 없을 정도로 많이 늘어져 있다.

〔그림 48〕 투얼예 ⓒ조관희

7) 투얼예兎兒爺는 추석 즈음에 거리에 등장하는 진흙으로 빚은 토끼 형상을 한 인형이다.

세밑이 되면 양을 잡는 것도 볼 만 하다. 도살 작업은 밤새워 이루어지는 듯한데, 아침이 되면 상점 안에 일렬로 길게 빽빽하게 내걸려 있고, 땅 위에는 붉은 얼음이 응결되어 있다.

차이스커우의 점포는 당연하게도 고향과 똑같은 상가로, 들어가면 동전 한두 닢 짜리 찻잎을 사더라도 항상 친절하게 맞아주며 갈 때는 안녕히 가시라는 인사를 한다. 그들은 손님을 공손하게 대할 뿐 아니라 견습생을 대하는 것도 남방의 상인들보다 훨씬 더 온화하다.

허지和濟[8]에 가서 책의 표지를 인쇄하고 교정지를 맞춰보느라 일찍이 나 역시 늘상 차이스커우에서 서쪽으로 가서 광안먼에서 오갔다. 타오위안칭도 거기서 노니는 것을 좋아했는데, 비교적 조용하지만, 고향의 정취가 넘치고 아주 소박했다.

'광안먼'은 타오위안칭의 화제畫題이다. 그의 걸작 가운데 하나를 보면 물 흐르듯 경쾌한 필치가 뛰어난데 여기서 소재를 취한 것이다.

나는 일찍이 두 번이나 곤경에 처해 깊은 비관에 빠져 어찌 할 바를 모르고 하릴없이 북으로 떠돌았던 적이 있었다. 그러다 첸먼前門에 도착해 차에서 내리면 부지불각 중에 흥분이 되어 인생의 길이란 게 본래 아주 넓은 것이라 여겨져, 이전의 고집은 그저 가소로운 일이 되어버렸다. 이것은 고도의 도로가 넓고 곧게 뻗어 있으며, 건축물은 웅장하고 공기 또한 맑아 멀리 있는 경물도 한 눈에 들어와 위대한 기백을 형성하고 있기 때문이다. 교차로의 차이스커우에 서 있어도 그렇게 느낄 수 있다.

(1936년 12월 우주풍사宇宙風社 출판 『북평일고北平一顧』)

8) 인쇄소 이름인 듯하다.

[쉬친원許欽文(1897~1984년)]

[그림 49] 쉬친원

쉬친원은 원래 이름이 쉬성야오許繩堯로 저장 성浙江省 산인山陰 사람이다. 1917년 항저우 성립 제5사범학교杭州省立第五師範學校를 졸업하고 모교의 부속 소학교에 부임했다. 1922년 첫 번째 작품으로 단편소설 『훈暈』을 발표하고, 이를 계기로 『신보晨報』 부간副刊에 소설과 잡문을 기고하면서 루쉰魯迅의 지도를 받았다. 1926년 루쉰의 도움으로 단편소설집 『고향』을 출판했다. 주로 고향인 저장의 인정세태를 묘사한 작품들이 대부분이라 루쉰으로부터 '향토 작가'라는 평을 들었다. 1927년에 베이징을 떠나 항저우杭州로 갔으며, 중일전쟁 이후에는 푸젠福建 등지를 떠돌다 전쟁이 끝난 뒤 항저우로 돌아왔다. 항저우고급중학杭州高級中學, 청두미술학교成都美術學校, 푸젠사범福建師範, 푸저우셰허대학福州協和大学, 항저우제1중학杭州第一中學, 저장사범학원 등지에서 학생들을 가르치는 한편 창작에 힘썼다.

매력적인 베이징

린위탕林語堂

베이징과 난징을 비교하는 것은 시징西京[1])과 둥징東京[2])의 경우와 같다. 베이징과 시징은 모두 고대의 수도로 사방이 일종의 향기와 역사적인 신비를 띠고 있는 어떤 마력으로 둘러싸여져 있다. 이런 것들은 새로운 수도인 난징과 둥징에서는 볼 수 없는 것들이다. 난징(1938년 이전)은 둥징과 마찬가지로, 현대화를 대표하고 진보를 대표하며, 공업주의와 민족주의의 상징이다. 베이징의 경우는 구 중국의 영혼과 문화, 평온을 대표하고, 편안하고 쾌적한 생활을 대표하며, 생활의 조화를 대표한다. 아울러 문화를 가장 아름답고, 가장 조화로운 정점으로까지 발전시키고 동시에 도시 생활과 시골 생활의 조화를 함축하고 있다.

---

1) 시징西京은 역시 고도인 시안西安을 가리킨다.

2) 둥징東京은 송의 수도인 카이펑開封을 가리킨다.

베이징과 난징을 모두 잘 알고 있는 중국인에게 이 가운데 어느 곳을 좋아하느냐고 묻는다면, 그는 의심의 여지없이 베이징이야말로 가장 좋아하는 거주지라고 대답할 것이다. 어떤 사람이든 불문하고, 그가 중국인이든, 일본인이든, 유럽인이든 상관없이 베이징에서 1년 이상 살아본 뒤에는 다른 도시에서 살고 싶은 생각이 들지 않는다. 베이징은 세계의 보석과 같은 도시 가운데 하나이다. 파리와 (전하는 말로) 비엔나를 제외하고 베이징과 같이 이상적이고, 자연과 문화, 아름다움과 살아가는 방법에 주의를 기울이는 도시는 없다.

베이징은 큰 어른과 같아서 품이 너르고 농익은 인격을 갖고 있다. 도시는 사람과 마찬가지로 그들 나름의 품격을 갖고 있다. 어떤 것은 비천하고 편협하며, 괴팍하고 꼼꼼하다. 다른 어떤 것은 강개하고 장엄하며, 도량이 넓고 평등하다. 베이징은 장엄하다. 베이징은 도량이 넓다. 베이징은 고대와 근대를 품고 있으면서도 자기 자신의 면모를 바꾸지 않는다.

젊은 '미스'들이 하이힐을 신고 나막신을 신은 만주족 귀부인과 함께 그 주변을 걸어 다녀도 베이징은 아랑곳하지 않는다. 노년의 화가가 희고 긴 수염을 휘날리며 그곳에 살면서 청년 대학생들이 살고 있는 아파트 정원을 지나다녀도 베이징은 상관하지 않는다.

이 올연한 베이징이라는 큰 여사旅社의 뒷면에 좁장한 후통이 있고, 거기서 진행되고 있는 삶이 천 년 전의 그것과 다르지 않은들, 누가 아랑곳하겠는가? 셰허대학協和大學[3]에서 멀지 않은 곳에 수많은 골동품 점들이 있고 거기서 일군의 골동품 상인들이 물담배를 피

3) 베이징의 유명한 의과대학이다.

우며 고대의 방법으로 장사를 한들, 누가 아랑곳하겠는가? 자기가 좋아하는 옷을 입고 자기가 좋아하는 술집을 드나들며, 자신만의 기호를 누리면서 애정과 아름다움을 추구하며 진리에 이르고, 제기 차는 것을 연습하거나 '바이올린'를 켠들, 누가 아랑곳하겠는가?

베이징은 높고 큰 오래된 나무와 같아서 땅속 깊이 뿌리를 내려 영양분을 얻고, 수백만이나 되는 곤충들이 그 그림자 아래에 살고 있고, 나뭇잎과 가지 속에도 있다. 이런 곤충들이 이 나무가 얼마나 높고 크며, 얼마나 빨리 자라고, 땅 속에 얼마나 멀리 들어가고, 다른 나무 가지 위에는 또 어떤 곤충들이 살고 있는지 어떻게 알겠는가? 베이징에 살고 있는 주민일지라도 이렇듯 오래되고 이렇듯 거대한 베이징의 역사를 어떻게 서술할 수 있겠는가?

감지한 사람은 아무도 없어도 그는 이미 베이징의 전체를 알고 있다. 어쩌면 10년 이상 살고 난 뒤에 때로 작은 후통 가운데에서 괴벽한 노인을 발견하고도 그와 조금 일찍 만날 수 없었던 것을 한스러워하지 않거나, 혹은 나이가 든 고상한 화가가 웃통을 벗고 커다란 홰나무 아래 대나무 의자에 앉아 부들로 만든 부채를 들고 달콤한 꿈을 꾸거나, 제기 차기 고수가 제기를 자신의 머리 위로 한 치 한 치 높이 올려 차다가 자신의 등 뒤의 신발 바닥 위에 얌전하게 떨어뜨리기도 한다. 검객의 상무회尙武會든, 어린 아이의 희극학교든, 기인旗人 출신 인력거꾼이 된 만청 왕족의 자제든, 예전 제정帝政시대의 관리든. 뉘라서 그가 베이징을 완전히 이해한다고 말하겠는가?

베이징은 보석과 같은 도시다. 한 사람의 눈으로는 예전에 본 적이 없는 보석과 같은 도시와 다름없다. 여기에는 금색과 보라색, 남색의 왕가의 지붕이 있고, 궁전과 정자, 호수, 공원이 있다. 왕손과 평민의 화원이 있다. 여기에는 시산西山 일대의 보랏빛 기운과 위취안玉泉의 푸른색 띠와 중앙공원이 있으며, 톈탄天壇과 셴눙탄先農壇의 인류가 심은 수백 년 된 고송古松이 있다. 이 도시에는 아홉 개의 공원이 있고, 세 개의 왕실 호수가 삼해三海[4]라는 이름으로 유명한데, 현재는 모두 공개되어 구경할 수 있다. 아울러 베이징에는 짙푸른 하늘과 아름다운 달빛이 있으며, 비가 많이 내리는 여름과 상쾌한 가을, 건조하고 맑은 겨울날들이 있다!

[그림 50] 천자가 하늘에 제사지내는 환구단 주위를 에워싸고 있는 고송들 ⓒ조관희

베이징은 제왕의 꿈과 같아서, 궁전과 화원, 백 척尺이나 되는 숲 그늘과 예술박물관, 전문대학과 대학, 병원, 사묘寺廟, 보탑寶塔이 있고, 거리에는 예술품을 파는 점포와 고서점이 있다. 베이징은 탐식가의 낙원으로 수백 년 된 주점에 연기로 누렇게 찌든 오래된 간판이 내걸려 있고, 뚱하게 생긴 뽀이가 어깨에 수건을 걸치고서 전제專制

4) 베이징에는 몇 개의 인공호수가 있는데, 여기서 말하는 삼해는 베이하이北海와 중하이中海, 난하이南海를 가리킨다.

시대의 전설 속 구 예절을 온전히 학습하고 고급 관리를 접대한다. 여기는 빈민들이 어지럽게 모이는 곳으로 인접한 점포마다 기꺼이 가난하고 늙고 약한 주민들에게 돈을 빌려주고, 영세한 상인은 싼 값에 자신의 진귀한 물건을 팔고, 찻집의 손님 역시 한 주전자의 차로 옹근 오후 시간을 보낼 수 있다.

〔그림 51〕 베이징의 대표적인 공예품 경태람

베이징은 상인들의 낙원이기도 하다. 여기에는 중국 고대의 수공예품, 서적이나 화첩, 인쇄물, 골동품, 자수, 옥기, 경태람景泰藍[5], 자기, 등롱燈籠이 가득 차 있다. 이곳에서는 상인들이 늘상 자신들의 상품을 가지고 문 앞에 와서 팔기 때문에 문밖을 나가지 않고도 필요한 것들을 살 수 있다. 이른 아침 후통에는 사람들을 매혹시키는 음악으로 충만한데, 그것은 바로 영세한 상인들이 물건 파는 소리이다.

---

5) 경태람景泰蓝은 자기와 동瓷铜이 결합된 중국의 특수한 공예품 중의 하나로 베이징이 경태람의 발원지이다. 그 제작과정은 다음과 같다. 우선 적동紫銅으로 먼저 형태를 만든 뒤 그 위에 무늬나 밑그림을 그려 넣는다. 밑그림을 따라 동사铜丝로 각종 꽃무늬를 붙여 넣는다. 그 뒤 채색 작업을 하고나서 법랑 유약을 바르고 여러 차례 굽기를 반복하면 완성이 된다. 완성된 경태람을 잘 닦아내면 그 독특한 광택을 지니게 된다. 이런 공법은 명나라 경태景泰 년간(1449년~1457년)에서 시작되었고 초창기에는 남색蓝色만 있었다고 하여 경태람景泰蓝이라고 불렀다. 현재는 다양한 색깔을 구비하고 있지만 여전히 예전 이름을 고수하고 있다.

베이징은 고요하다. 이곳은 주택가로 적합한 도시다. 집집마다 정원이 있고, 정원에는 금붕어 어항과 석류나무 한 그루가 있다. 이곳의 채소와 과일은 신선하다. 배가 필요하면 배가 있고, 감이 필요하면 감이 있다. 이곳은 이상적인 도시로, 드넓은 공간이 있어 사람들은 신선한 공기를 호흡할 수 있고, 도시이긴 하지만 시골의 고요함과 조화를 이루어, 길거리와 좁은 골목, 운하가 적당히 어우러져 있다. 사람들은 과수원을 찾거나 화원의 빈 공터를 찾아 아침 햇살 희미할 때 채소를 심다가 동시에 시산西山을 바라볼 수 있다. 거대한 백화점도 화살 한 대 날릴 정도의 거리에 있다.

이곳 역시 복잡하고, 복잡한 인간들이 있다. 변호사와 범인, 경찰과 스파이, 도둑과 도둑의 보호자, 거지와 거지 왕초, 성인과 범죄자, 회교도, 티벳의 구마사驅魔師, 예언가, 권술가拳術家, 스님, 창기, 러시

[그림 52] 베이징 사람들 ⓒ조관희

아와 중국의 댄서, 조선의 밀수꾼, 화가, 철학가, 시인, 골동품 수집가, 청년 대학생, 영화광 등이 있다. 투기 정치가도 있고, 은퇴한 구 관료와 신생활의 실행자, 신학자가 있으며, 만청 정부 관리의 부인이었다가 하녀로 전락한 여자 고용인도 있다.

이곳도 다채롭다. 오래된 색소도 있고 새로운 색소도 있다. 왕가의 방대함과 역사적인 시대와 몽골 평원의 색소가 있다. 몽골과 중국의 상인들이 낙타 떼를 이끌고 장쟈커우張家口와 난커우南口에서 이 유서 깊은 성문을 진입한다. 몇 리씩 이어진 성벽이 있고, 사오십 피트 넓이의 성문이 있다. 성루와 고루鼓樓가 있어 황혼 무렵 주민들에게 시간을 알려준다. 절과 오래된 화원과 보탑이 있는데, 그곳의 돌멩이 하나, 나무 한 그루, 다리 하나마다 모두 역사와 고적古迹이 있다.

이 모든 것들이 베이징을 거주하기에 이상적인 도시로 만들고 있다. 간단하게 다음의 세 가지를 지적하려고 한다. 첫째 건축, 둘째 생활의 방법, 셋째 사람들.

베이징은 12세기에 건축되었지만, 현재의 형식은 15세기 초 명 왕조의 영락제가 조성했는데(영락제는 장성도 중수했다), 위대한 제왕의 기상을 잘 갖추고 있다. 남쪽의 성은 외성으로 북쪽의 내성보다 약간 작다. 내성의 가장 바깥쪽이 남문이고, 거기서부터 5리 남짓한 길이로 겹겹이 있는 성문을 지나면 중앙의 황궁이 있는 곳에 도달하게 된다.

내성의 중앙은 황성으로 사방이 해자와 성벽으로 둘러싸이고, 황금색 기와로 덮여 있으며, 뒤에는 메이산煤山[6]이 있다. 성 안에는

6) 쯔진청紫禁城 북쪽에 있는 야트막한 인공 산으로 예전에 황궁의 연료로 쓰였던 석탄(중국어로는 매탄煤炭)을 묻어두었다고 해서 메이산煤山이라

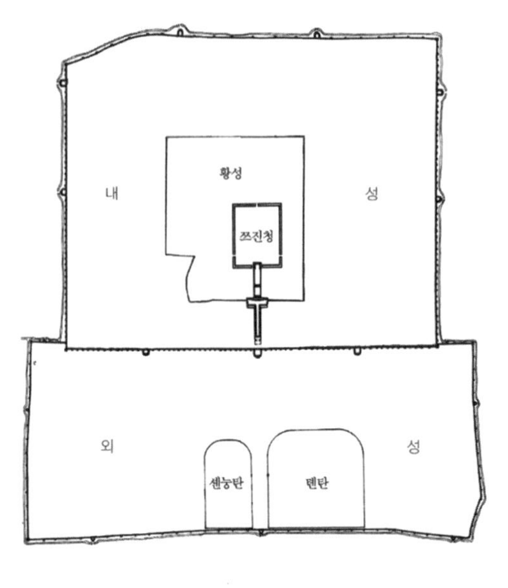

〔그림 53〕 베이징 성

다섯 개의 궁전이 있는데, 무지개 색 지붕 위에 눈부신 기와가 덮여져 있다. 메이산 위에서는 도시의 중앙 부분과 부근의 고루를 내려다볼 수 있다. 황성의 서쪽과 서삼쪽에 삼해三海가 있는데, 예전에는 휴식을 위한 왕실 호수였다.

성 안으로 두 개의 대로가 평행으로 달리면서 도시의 주요 중축을 이루고 있다. 성의 동쪽은 안딩다제安定大街이고, 서쪽은 쉬안우먼다제宣武門大街로, 각각의 폭은 60척이다. 황성 앞의 동서로 나 있는 대로가 톈안먼다제天安門大街로 폭이 백 척이 넘는다. 외성의 남문 밖 양 쪽에는 톈탄天壇과 센눙탄先農壇이 있는데, 제왕들이 제사를 드리며 풍년과 태평성세를 기원하는 묘당이다.

불렀으며, 현재는 징산景山이라 부른다.

중국인들의 건축 미술의 개념은 숭고함보다는 고요함을 취하는 데 있다. 황궁의 지붕은 대부분 낮고 넓은 양식으로, 이것은 제왕 이외의 사람들은 2층 이상의 집을 지을 수 없기에 오히려 사람을 놀라게 하는 지위를 두드러지게 하는 데 그 효과가 있다는 것을 설명해 준다.

중앙의 가로를 따라 베이징을 관찰하면, 우선 계속 이어져 있는 아치형 성문을 지나면 황성의 궁전에 도달하게 되는데, 관광객들은 짙푸른 하늘 하래서 황금기와가 빛나는 황궁의 지붕을 볼 수 있다. 아주 감동적인 광경이다.

[그림 54] 쯔진청紫禁城의 황금 기와 물결 ⓒ조관희

하지만 베이징을 이렇듯 감동적으로 만드는 것은 오히려 생활 방식에 있다. 이렇듯 잘 조직되어 있기 때문에 번잡한 시내 부근에 살더라도 고요하고 편안함을 누릴 수 있다. 생활비는 저렴해서 일상생활을 쾌적하게 향유한다. 관료와 부자들은 큰 술집에서 마실 수 있고, 가난한 인력거꾼도 동전 두 닢이면 기름과 소금, 장과 식초를 살 수 있고, 거기에 약간의 향료가 들어간 반찬을 더할 수도 있다. 어디에 살든 집 근처에는 정육점과 술집, 찻집이 있다.

그대는 자유롭게 아주 자유롭게 학업과 오락거리와 취미, 또는 도박과 정치생활을 추구할 수 있다. 간섭하는 사람도 없고 주의를 기울이는 사람도 없다. 그대가 무엇을 입고, 무슨 일을 하건 그대에게 한 마디 말도 물어보는 사람이 없다. 이것이 베이징의 위대함과 세계화이다. 그대는 성인군자나 범죄자와 친구가 될 수도 있고, 도박꾼이나 학자, 화가, 정객도 마찬가지다. 그대는 원하는 대로 행할 수 있다. 만약 그대가 제왕이 될 생각이 있다면 황궁의 옥좌에 가서 오전이나 오후 시간을 보내며 제왕이 되는 환상의 나래를 펴는 것으로 그 꿈이 이루어질 수도 있다.

하지만 그대가 시인이라면 도성 안에 있는 몇 개의 공원 중에서 아무 곳이나 하나를 선택해 어슬렁거리며 산보하거나 다탁에서 온근 오후를 보낼 수도 있다. 소나무 아래 대나무 의자에 기대거나 등나무 침상에 비스듬히 누워 있어도 되는데, 어느 것이나 2마오毛 반도 들지 않는다. 아울러 그대는 항상 웃음을 띠고 예의바른 점원에게 대접을 소홀히 받지도 않는다.

여름날 오후라면 스차하이什刹海를 가도 된다. 이곳은 절반은 밭으로 쓰이고 절반은 연꽃이 피어 있는 연못으로 그곳에서 일하고 있는 사람들 속에 섞여 쾌적한 생활을 누리며, 고약을 파는 차력사나 변검變臉 전수자들의 기예를 감상할 수 있다. 시즈먼西直門을 나서면 왕가의 대로에서 시간을 보내며 천천히 노닐다 버드나무 아래 시원한 그늘에서 잠시 쉬는 것도 괜찮다.

주위는 시골마을과 보리밭으로, 벌거벗은 어린 거지가 길 위에서 한 푼의 돈을 구걸하고 있다. 그들과 한담을 나눌 수도 있고, 그렇지 않으면 눈을 감고 잠든 척하다 음악과 같이 억양이 센 성조가 점점 그대의 배후로 사라지는 걸 들을 수도 있다. 속칭 싼베이쯔화위안三貝子花園이라고도 부르는 완성위안萬牲園을 가도 되는데, 시즈먼 밖에 있다. 위안밍위안圓明園의 이탈리아 식 궁전의 폐허에 가서 옛 유적을 추모하는 것도 괜찮다.

〔그림 55〕 석양에 물든 위안밍위안의 폐허 유적 ⓒ조관희

피서를 위한 여름궁전7) 가는 길에서 하루 종일 전원의 아름다운 경치를 보아도 되는데, 대리석 보탑이 표지가 되는 위취안玉泉에 가

7) 이허위안頤和園을 가리킨다.

게 되면 짙은 녹색의 시원한 샘물로 그대의 발을 씻으며 또 다른 쾌적한 오후를 보낼 수 있다. 조금 더 멀리 나가 시산西山에 가서 여름 한철을 보낼 수도 있다.

베이징에서 가장 감동적인 것은 평민이다. 무슨 명철한 학자나 대학교수가 아니라 인력거를 끄는 쿨리다. 시산에서 피서산장[8]까지는 5마일 정도 되는 거리로 인력거를 타고 여행하면 1위안元을 들이면 충분하다. 그대는 아마도 이것을 염가의 여행으로 정말 괜찮다고 여길 수도 있지만, 유쾌한 소일거리는 더더욱 아니다. 그대가 기괴하다고 느낄 수도 있는 것은 인력거를 끄는 쿨리들 역시 유쾌하게 길 위에서 한담을 나누기도 하고, 다른 사람의 불행에 대해서도 농지꺼리를 하거나 웃음을 보내기도 한다는 사실이다.

돌아올 때는 아마도 밤중이 될 터인데, 남루한 옷을 걸친 늙은 인력거꾼을 만날 수도 있다. 그는 유머와 고상함을 띤 웃는 얼굴로 자신의 팔자소관을 늘어놓으며 그가 빈궁에 이르게 된 불행한 처지를 하소연하게 될 것이다. 만약 인력거꾼이 너무 늙었다고 생각해서 인력거에서 내리려고 하면, 그는 반드시 그대를 집까지 모시겠다고 뻗댈 것이다. 하지만 그대가 뛰어내리면서 그에게 차비 일체를 준다면, 그는 목이 멜 정도로 놀랄 텐데, 그대는 그것이 그가 평생 받은 적이 없는 고마움일 것이라 느끼게 될 것이다.

(1941년 상하이 인간서옥人間書屋 출판 『어당수필語堂隨筆』)

---

8) 흔히 말하는 피서산장은 허베이 성河北省 청더承德에 있는 것을 가리키는데, 여기서는 이허위안을 말한다.

[린위탕林語堂 (1895~1976년)]

〔그림 56〕 린위탕

린위탕은 푸젠 성福建省 룽시龍溪(지금의 장저우漳州) 사람이다. 원래 이름은 허러和樂였는데, 나중에 위탕玉堂으로 개명했다가 다시 위탕語堂으로 바꾸었다. 저명한 작가이자 학자이다. 상하이의 세인트존스대학(聖約翰大學)을 나온 후, 베이징 칭화학교北京淸華學校의 영어 교사가 되었다. 1919년 하버드 대학에 건너가 언어학을 공부하고 석사 학위를 얻었으며 1921년에는 독일로 건너가 예나 대학, 라이프치히 대학에서 공부하고 1923년 언어학 박사 학위를 받았다. 귀국 후 칭화대학淸華大學, 베이징대학北京大學, 샤먼대학厦门大學에서 근무했고, 1935년부터 1966년까지는 미국에서 살면서, 1948년 유네스코 예술부장, 1953년 UN총회 중국 대표 고문, 1954년 싱가포르 난양 대학 창립에 참여하였다. 일찍이 『논어論語』, 『인간세人間世』, 『우주풍宇宙風』 등의 잡지를 주편했고, 『경화연운京華烟雲』 등의 소설을 썼는데, 린위탕의 문명을 떨친 것은 오히려 그의 산문집으로 『생활의 발견生活的藝術』 등이 있다. 1966년 이후에는 타이완에서 거주하면서 홍콩의 중문대학 연구교수로 초빙되었다. 1976년 홍콩에서 80세를 일기로 세상을 떠났다.

베이징의 톈탄天壇

성청盛成

나는 젊어서 유랑생활을 하며 늘 도보여행을 했다. 유럽에 간 뒤에는 근공검학勤工儉學[1]을 했는데, 방학이 시작되면 몇 달 치의 먹을거리가 생길 때마다 풍광을 보러 다니는 것을 좋아했다. 나의 유랑민 생활은 어떤 중국인보다 풍부하다고 할 수 있다. 첫째, 중국인 가운데 이탈리아를 도보로 돌아다닌 이가 몇 명이나 되겠는가? 둘째, 북아프리카와 서아시아, 동유럽을 멋대로 돌아다닌 이는 또 몇이나 되겠는가? 입을 열면 로마, 입을 닫으면 그리스, 다시 한 마디 하면 카

1) 일종의 work-study programme을 가리킨다. 특히 20세기 초반 수많은 중국 청년들이 유럽으로 유학을 갔는데, 이들은 넉넉지 않은 형편에 공장 등지에서 일을 하며 학비와 생활비를 벌어가며 공부를 했다. 넓은 의미에서의 근공검학은 일을 하며 공부하는 것을 가리키지만, 중국에서는 특히 20세기 초반 유럽으로 건너간 일군의 유학생들이 일하며 공부하는 것을 가리키는 의미로 쓰이기도 한다.

이로에 팔미라Palmyra[2]나 파르테논은 말할 것도 없고, 다마스커스, 바빌론과 더바는 더더욱 말할 필요도 없다.

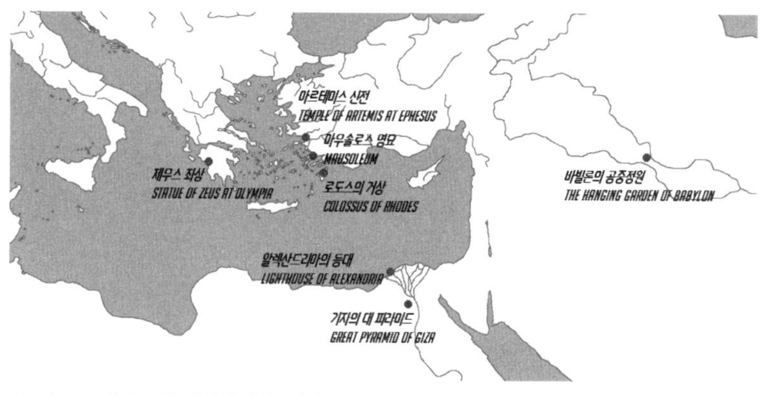

〔그림 57〕 세계 7대 불가사의의 위치

유럽인들이 말하는 세계 7대 불가사의 가운데 하나인 알렉산드리아의 등대[3]의 경우 내가 이집트의 해안가에 있는 알렉산드리아에 가봤지만, 아무런 유적도 보이지 않아 공연히 헛걸음만 했다. 로도스 섬의 거인상[4]은 진즉이 붕괴되었다. 사람들 말로는 그 유적을 모두

---

2) 팔미라(아랍어: مملكة تدمر, Palmyra)는 기원후 1~2세기에 건설된 것으로 알려진 고대 도시이다. 현재의 시리아 타드무르에 위치한 유적지이다.

3) 알렉산드리아의 등대는 기원전 3세기에 이집트 알렉산드리아의 파로스 섬에 세워진 거대한 건축물을 말하며 모든 등대의 원형으로 여겨진다. 파로스 섬에 지어진 등대라서 파로스의 등대라는 이름으로도 유명하다. 이 등대가 워낙 유명해지다보니 파로스라는 말 자체가 그리스어로 등대를 의미하는 단어로 의미가 확장되어 버렸다. 오늘날 그리스어로는 이 등대 자체를 '알렉산드리아의 파로스'라고만 부르며, 유럽 지역의 여러 언어에서도 '파로스'를 어원으로 하는 단어가 등대를 지칭하는 일반명사로 자리잡아 있다.

유태인들이 사갔는데, 9백 필의 낙타로 운반했다고 한다. 터키 남부의 보드룸은 예전의 할리카르나소스인데 마우솔로스의 영묘[5]가 높은 성의 동쪽 자락에 위치해 있다. 유적은 비록 남아 있지만 불가사의한 면은 잃어버렸다. 220년에 처음 이루어진 에페소스의 아르테미스 신전[6]은 일찍이 고트 인들에 의해 파괴되어 황폐한 수풀더미 속

---

4) 그리스의 로도스 섬에 있었다고 하는 청동 거상으로 높이는 받침대를 제외하고도 30미터가 넘었고, 항구 입구 양쪽에 발 하나씩을 딛고 서 있다는 전승도 있지만, 그럴 경우에는 무게 지탱이 어렵기 때문에 그렇지 않았을 것으로 보인다. 완공된 지 56년이 지난 기원전 226년, 지중해 동부를 강타한 지진으로 거상은 쓰러진다. 프톨레마이오스 3세가 거상 재건 비용의 지원을 약속했지만, 델포이의 신탁에 따라 로도스 정부는 재건을 하지 않기로 하고 신상을 쓰러진 채로 두었다. 800여 년이 지난 기원후 654년, 칼리파 무아위야 1세가 로마 제국의 손에서 로도스를 빼앗고는 거상을 에메사의 유대인 상인들에게 고철로 팔아버렸고, 그 청동 조각들을 운반하는 데 900마리가 넘는 낙타가 필요했다고 한다. 세계 7대 불가사의 중 가장 먼저 세상에서 사라졌지만 후대에 세워진 여러 거상들에 영감을 줬다. 대표적인 게 자유의 여신상이다.

5) 마우솔로스의 영묘(그리스어: *Μαυσωλείο της Αλικαρνασσού*, 터키어: Halikarnas Mozolesi)는 할리카르나소스(현재 터키의 남서쪽 해안 도시 보드룸)에 있는 고대 세계 7대 불가사의 중 하나이다. 약 기원전 353년에서 350년 사이에 건립되었다. 마우솔로스의 영묘에는 페르시아 제국의 사트라프(군사, 내정 양권을 장악한 태수)였던 마우솔로스와 그의 아내이자 누이인 아르테미시아 2세가 안치되었다. 그리스인 건축가들에 의해 지어졌으며, 건축 양식은 마우솔로스가 침공한 지역인 '리키아'지방의 양식을 따른것으로 보인다. 다른 이름으로 '마우솔레움'이라고도 불린다. 마우솔레움은 대략 45m의 높이를 갖고 있으며, 네 면은 모두 종교적인 장식물들로 꾸며져 있었다. 완공된 무덤은 워낙 그 크기와 규모가 장대했기 때문에, 인류의 업적으로 불렸으며, 고대의 불가사의 중 하나로 지정되었다. 이 무덤은 12세기와 15세기 사이에 지진으로 인해 파괴되었으며, 현재 없어진 6개의 고대 불가사의들 중 가장 늦게 파괴되었다.

6) 아르테미스 신전(그리스어: Ἀρτεμίσιον, 아르테미시온)은 드물게는 디

에 커다란 돌 무더기만 보일 따름이었다. 들리는 말로는 채석장이 되었다가 최근에야 아레나와 공연장, 음악당 및 아르테미스 궁의 유적을 찾아냈다고 한다. 올림피아에 가서는 제우스 신전[7]만 보고 제우스는 보지 못했고, 페이디아스가 만든 제우스 상은 진즉이 행방이 묘연한데, 일설에는 축융 씨祝融氏가 불러서 갔다고 한다. 바빌론의 공중 정원[8]은 지금은 종적을 찾을 길 없다. 7대 불가사의 가운데 이

아나의 신전으로 알려져 있기도 하다. 그리스 신화에 등장하는 달의 여신 아르테미스에게 바쳐진 신전으로 소아시아의 에페소스(오늘날의 터키 셀추크 부근)에 있었다. 이 신전은 2번이나 완전히 새로 세워졌는데, 첫 번째로는 거대한 홍수로, 두 번째로는 방화로 인한 재건이었고, 3번째로 지어진 아르테미스 신전이 바로 고대 세계 7대 불가사의 중 하나이다. 기원후 401년에 최종적으로 파괴되었고, 현재는 신전의 토대와 조각 파편만이 남아있다.

7) 제우스 신전(그리스어: *Ναός του Δία στην Ολυμπία*)은 고대 그리스의 올림피아에서 제우스 신에게 헌정되었던 신전이다. 기원전 470년경부터 기원전 457년경 사이에 건설되었다. 이 곳에 있던 올림피아의 제우스 상은 세계 7대 불가사의 가운데 하나였다. 서기 426년, 비잔티움 제국의 테오도시우스 2세 황제가 올림피아 성지를 파괴하라는 명령을 내렸고, 522년과 551년의 지진에 의해 파괴되면서 신전의 일부분이 땅에 묻힌 채 남겨졌다.

8) 바빌론의 공중 정원은 고대의 세계 7대 불가사의 중 하나로, 고대 바빌론에 위치했던 거대한 정원이다. 각종 나무, 관목, 덩굴 식물들이 층층이 심겨져 있던 계단식 정원으로, 그 장대한 크기로 인하여 진흙 벽돌로 이루어진 초록빛 산과 같이 보였다고 기록에는 전해지고 있다. 현대 이라크의 바빌 지방 안에 위치하고 있었으며, 지금은 그 존재가 남아있지 않다. 많은 사람들이 '공중정원'이라는 이름 때문에 혼동하는 경우가 많지만, 이는 그리스인들이 기록을 남길 때 사용한 단어 'kremastos'가 '공중'이라는 의미 외에도, 테라스 형식으로 지어져있다는 뜻을 동시에 가지고 있었기 때문이다. 바빌론의 공중정원은 고대 7대 불가사의들 중 유일하게 그 위치가 정확하게 규명되지 않은 곳이다. 그 어떤 바빌로니아 기록에서도 정원에 대한

집트의 대 피라미드만이 홀로 우뚝 서 있다.

나는 피라미드 앞에 서서 끊임없이 만리장성을 생각하고 톈탄天壇을 생각했다. 이 세 가지가 세계적인 불가사의이다.

그래서 중국에 돌아와서는, 10년 간 헤어져 있었던 베이징에 돌아와서는 곧바로 톈탄을 찾아갔다. 예전의 베이징 쳰먼다졔前門大街는 지금은 그 번화함을 난징南京의 타이핑루太平路로 넘겨주었고, 톈챠오天橋는 여전히 있지만, 안타깝게도 황량해져, 신세계는 문을 닫았고, 성남유예원城南遊藝園은 아주 썰렁했다! 톈챠오를 지나면 원래 돌다리가 있었는데, 애석하게도 이미 평평하게 철거되어 유의해서 보지 않으면 이게 작은 다리, 작은 톈챠오라는 걸 알지 못할 정도이다. 톈챠오의 동남쪽이 톈탄인데 셴눙탄先農壇과 좌우로 대를 이루고 있다.

톈탄의 특색은 내원외장內垣外墻으로 모두 전방후원前方後圓의 형태를 띠고 있다. 동쪽과 남쪽, 서쪽의 삼면은 네모나고方, 북쪽만 둥근圓 것이 로마의 판테온과 정반대인데, 그곳은 삼면이 둥글고 한쪽 면만 네모난 형식이다. 외장外墻(바깥쪽 담장)의 둘레는 9리 13보이다. 내원內垣(안쪽 담장)의 둘레는 7리인데, 내원과 외장 사이가 외단外檀이고, 내원의 안쪽이 내단內檀이다. 세계적인 불가사의는 내단의 안쪽이다.

기록이 없고, 현재 바빌론에서도 관련 유적이 발견된 적이 없다. 이와 관련된 주장은 총 4가지가 존재하는데, 첫째로는 그리스의 역사가들이 '동양에 대한 환상'으로 인해 완전히 신화적인 전설을 만들어냈다는 주장이고, 두 번째로는 실제로 바빌론에 공중정원이 존재했으나, 다만 기원후 1세기 즈음 완전히 파괴되었을 것이라는 것이다. 세 번째로는 공중정원이 바빌론에 있었던 것이 아니라, 아시리아의 수도 니네베에 있었던 공중정원에 위치해 있던 것이 잘못 번역되어 전해진 것이라는 설이 존재한다.

톈탄의 불가사의는 두 개가 있는데, 하나는 환구단圜丘壇이고 다른 하나는 기년전祈年殿이다. 환구단은 앞쪽에 있는데, 예전에 황제가 하늘에 기도하는 곳으로 민국 이후에는 위안스카이袁世凱가 홍헌洪憲 태조가 되려 할 때[9] 이곳에 온 적이 있다. 최근에는 아무개가 멋대로 황제의 지위에 오르려 했는데, 창춘長春에는 난징의 훙우먼洪武門 밖의 톈탄天壇 유지 같은 곳이 없었기에 임시로 단을 쌓고 한 바탕의 광대놀음을 했었다. 기년전은 뒤쪽에 있으며, 기곡단祈穀檀 위에 자리하고 있다. 고대의 명당제明堂制에 의하면 봄과 가을에 두 번의 제사를 드리는데, 이곳에서 '신곡新穀'과 '대형大亨' 두 전례를 거행한다. 민국 이후 차오쿤曹錕[10]의 헌법이 여기서 기초했기에, 세간에서는 '톈탄 헌법'이라 불렀다.

외단外檀에서 들어가 용도甬道를 걸어가다 보면 양쪽에 네모난 석좌石座가 좌우 대립의 형태로 있는데, 그 옛날 깃발을 꽂고 휘장을 날리던 유적이다. 돌계단을 올라 왼쪽으로 돌아 북쪽을 향하면 기년전을 가게 되고 오른쪽으로 돌아 남쪽으로 가면 환구단이다. 일반적

---

9) 신해혁명 이후 중화민국의 대총통의 자리에 올랐던 위안스카이는 자신이 황제가 되겠다는 야욕을 품고 주위 사람들을 회유하거나 협박해 1916년 1월 1일 홍헌을 연호로 내걸고 황제가 되었다. 그러나 이 한 편의 희극은 지방 군벌들과 중국 인민의 반대에 부딪혀 불과 3개월 만에 막을 내리고 같은 해 6월 그로 인해 울분을 못 이긴 위안스카이가 병사함으로써 끝이 났다.

10) 차오쿤曹锟(1862~1938년)은 자가 중산仲珊으로, 중화민국 제5대 대총통을 지냈다. 민국 초기 즈리直隸 계 군벌의 우두머리였다. 1923년 당시 대총통이었던 리위안훙黎元洪을 톈진으로 축출하고 돈으로 국회의원들을 매수해 대총통의 자리에 올랐다. 1927년 톈진으로 이거移居한 뒤 1931년 '9·18 사변' 때 새로운 정부를 조직해 달라는 일본 측 요구를 거절하고 1938년 병사했다.

〔그림 58〕 기년전 ⓒ조관희

인 유람객의 습관대로 먼저 북쪽으로 가게 마련인데, 그들은 기년전의 황금빛 지붕이 유리 기와로 덮여 있는 것을 보고 그곳이 톈탄의 본부라고 생각하기 때문이다.

기년전도 담장으로 둘러싸여 있는데, 기곡단은 3층으로 모두 백석으로 축조되어 있으며, 층마다 돌 난간으로 에워싸여져 있다. 그 위에 기년전이 정중앙에 자리 잡았는데, 상하 3층으로 붉은 기둥이 둘러져 있고, 위에는 푸른색 유리 기와로 덮여져 있으며 안에는 황금색 벽돌로 쌓았다. 정중앙에 용 모양의 네모난 천연의 돌 한 덩어리가 있는데, 호화롭기가 진정 천하의 기관奇觀이라 할 만 하다!

원형의 건축은 원시시대부터 시작되어 고대 로마의 조신묘가 기년전의 형식과 유일하게 짝을 이룬다고 할 수 있다. 북극의 이누이트나 아메리카대륙의 원주민 및 갈리아인들의 집은 모두 원형이다.

만약 우리가 서로 다른 민족들, 이를테면 피라미드를 만든 민족,

제우스 신전과 공중 정원, 아르테미스 궁, 이미 죽었거나 아직 안 죽고 장차 죽을 수많은 민족들이 일제히 회합하여 톈탄에 와서 하늘에 제사 드리되, 각자의 복장을 하고 각자의 깃발을 들고 기년전에서 출발해 환구단까지 걸어가면 이것이야말로 세계가 대동단결하는 게 아니겠는가?

황금빛 지붕에 홑 처마, 안팎으로 여덟 개의 기둥이 둘러져 있고, 신위패가 모셔져 있는 황궁우皇穹宇를 지나면 바로 환구단이다. 사직단은 네모난 제단이고, 이것은 둥근 제단이다.

[그림 59] 환구단 ⓒ조관희

3층의 단은 모두 백석으로 쌓아졌는데, 최하층은 폭이 2백 척이고, 최상층은 85척이며, 중층은 142척이다. 제1층은 백석 난간이 180개이고 제2층은 108개, 제3층 곧 최상층은 72개로 모두 360개로 1년 360일에 부합하며, 암암리에 원둘레 360도와도 부합한다. 전체 건축물은 기하학적인 정확성을 띠고 있으며 다른 특징들도 숫자의 상징적인 의미를 갖고 있다. 기단은 각각 3층으로 되어 있어 곱하면 9수를 이룬다. 단에는 9가 아닌 게 없는 곳이 없어 이른바 구천九天[11], 구주九州[12], 구족九族[13], 구주九疇[14], 구장산술九章算術[15], 구등부九等賦[16], 구구소한도九九消寒圖[17]가 그러하다. 9자는 중국문화의 상징이라 말할 수 있다.

단의 정상 한 가운데 있는 둥근 돌[18] 위에 서면 맨발에 머리를 풀어헤친 도인이 술법을 부려 귀신을 물리치는 듯, 그 옆에는 9명의 판관이 에워싸고, 다시 수많은 시종들로 에워싸되, 모두 81명이 그의 입에서 나온 몇 마디 말을 듣고 있는 듯하다.

---

11) 구천九天은 하늘의 가장 높은 곳을 말한다.
12) 구주九州는 전설의 우임금이 천하를 아홉 개의 구역으로 나누어 다스렸던 것을 가리킨다.
13) 구족九族은 자기 자신을 중심으로 위로는 부친, 조부, 증조부, 고조부까지, 아래로는 자, 손, 증손, 현손까지를 지칭한다.
14) 구주九疇는 전설의 우임금이 홍수를 다스릴 때 하늘이 내렸다는 9가지의 천하를 다스리는 대법大法을 말한다.
15) 구장산술九章算術은 중국에서 가장 오래된 산법算法이다.
16) 구등부九等賦는 전설의 우임금 때 9등급으로 나눈 지조地租를 가리킨다.
17) 구구소한도九九消寒圖. 예전에 동지로부터 81일째 되는 날이면 추위가 완전히 사라진다고 생각해 각 가정에서는 동지에 81송이의 매화가 그려진 그림을 준비하여 동짓날부터 매일 한 송이씩 색을 칠하며 지워나가면서 봄이 오는 것을 반기는 풍습이 있었다. 그 81송이의 매화가 그려진 그림을 '구구소한도'라 했다.
18) 일명 '천심석天心石'이라 부르며 황제가 이곳에 서서 하늘에 제사 드렸다고 한다.

〔그림 60〕 천심석 ⓒ 조관희

"하늘이시어, 그대는 진정 눈이 멀었구려, 오랑캐의 제사를 받다니, 나는 한족을 대표해서 맹세코 승인할 수 없나니!"

나는 또 하나의 소리를 듣는다.

"이 세계적인 불가사의는 한족의 건축이고, 중화의 유일한 영광으로 오랑캐가 멋대로 가져갈 수 없노라!"

"죽여라!"

"하늘이시여!"……

(1936년 97기 『논어論語』)

[성청盛成(1899~1996년)]

〔그림 61〕 성청

성청은 장쑤 성江蘇省 이정儀徵(의징)의 몰락한 한학가의 집안에서 태어났다. 어려서부터 총명하고 배움을 좋아했다고 한다. 어린 나이에도 불구하고 신해혁명과 '5 · 4운동' 등에 활발히 참여하는 등 적극적인 사회 활동을 벌여나갔다. 1919년 말 당시 젊은이들에게 유행처럼 불어 닥친 해외 유학의 꿈을 안고 프랑스로 떠나 몽펠리에에서 공부하다 다시 이탈리아 파도바대학으로 옮겨 석사학위를 받았다. 20년대 초에는 프랑스 사회당에 가입하였고 프랑스 공산당 창건에도 관여하였다. 1930년대 초반에 귀국한 뒤 베이징대학과 중산대학 등에서 학생들을 가르쳤으며, 1948년에는 타이완대학의 교수가 되었다. 그러나 진보적인 사상을 가졌다는 이유로 타이완 정부의 박해와 배척을 받다가 1965년 미국으로 건너갔다. 그 뒤 다시 프랑스로 건너가 문학 창작과 학술 연구 활동을 벌이다 1978년 오랜 외국 생활을 청산하고 중국으로 돌아갔다. 귀국 후에는 오랫동안 베이징어언학원北京语言学院의 1급 교수로서 지내다 1985년 중국과 프랑스 문화 교류에 걸출한 공헌을 했다는 명목으로 레종도뇌르 훈장을 받았다. 주요작품으로 자신의 체험을 바탕으로 쓴 『나의 어머니』 등이 있다.

징산에 올라

쉬디산許地山

어느 계절을 불문하고 징산景山을 오르기 가장 알맞은 시간은 이른 아침이나 오후 3시 이후다. 맑은 날에는 안계가 아련한 곳까지 조망할 수 있고, 비가 오는 날엔 빗발의 길이와 번갯불의 번쩍거림을 감상할 수 있고, 눈 오는 날엔 무색계의 맛을 음미할 수 있다.

완춘팅萬春亭에 앉아 정신을 모으고 북쪽 문 뒤의 대로(예전에는 길이 문 앞에 있었고, 지금은 길이 문 뒤에 있다)를 보매, 온통 행인과 거마車馬이고, 길 가의 가래나무는 잎이 모두 졌다. 맞다, 이미 입동이다. 올해 날씨는 약간 괴이해서 아직까지도 얼음이 얼지 않았다. 감사한 것은 마름과 연꽃의 주인이 남은 줄기 부분을 걷어내 쯔진청紫禁城 밖 후청허護城河의 물빛이 여전히 반짝이는 것을 볼 수 있다는 사실이다.

[그림 62] 완춘팅萬春亭 ⓒ조관희

선우먼神武門은 굳게 닫혀 있다. 가장 혐오스러운 것은 문루 앞의 퍽이나 긴 깃대가 전체 건축의 장엄함을 모욕하고 있다는 것이다. 문루 양쪽에 한 쌍을 세워두는 것으로 충분하지 않은가? 쯔진청 위로 가끔씩 사람이 오가고 있는데, 외국 관광객들인 듯하다.

황궁 건물 하나하나가 아주 정연하게 늘어서 있다. 어떻게 기율을 중시하지 않는 민족이 이렇듯 엄정한 궁정을 건축할 수 있었던 것일까? 누런 기와를 대하고 이렇게 생각해 본다. 아니다. 기율을 중시하지 않는다고 말하는 것은 약간 지나친 듯하다. 이 민족은 예전의 기율을 망각하고 새로운 것을 찾고 있는 중이다. 새로운 것을 찾지 못하면 결국 되돌아와야 한다. 베이징의 집들은, 황궁도 포함해서 주요 건축물들은 모두 남향인데, 누구도 그렇게 지으라고 강요한 것이 아니라 그렇게 짓지 않으면 안 되었던 것이다. 결국 기율이라는 것은 이익이 있기 때문에 생긴 것이기에 무언중에 준수되었다. 곧 여름에는 노기를 푸는 훈풍을 받고, 겨울에는 사랑스러운 따뜻한 나날이 이어지기에 집을 짓는 법칙을 지켜야 했던 것이다. 이런 이익은 쟁취할 필요 없이 스스로 온 것이다. 그래서 우리의 정치 사회에도 이런 훈풍과 따뜻한 나날들이 있었는지 물어야 한다.

〔그림 63〕 징산 정상에서 바라본 쯔진청의 건축 군과 선우먼神武門 ⓒ 조관희

……중략

때로 동성東城과 서성西城의 하늘 위로 선회하며 날아가는 비둘기 떼가 보인다. 마작을 하거나 유곽에 드나들고 술집에 다니는 것 말고도 이것 역시 고전적인 오락이다. 이런 오락은 약간은 대중적인 것에서 온 것이다. 이것은 공중에서 화기애애한 소리를 내며 훨훨 날아올라 회백색의 차가운 하늘을 느끼게 한다. 하늘 가득 어지럽게 날아올

라 시끄럽게 울어대는 까마귀는 혐오스럽다. 하지만 바람이 세게 부는 날 징산의 가장 높은 곳에 오를 용기가 있다면, 톈안먼 꼭대기 위의 까마귀 떼를 볼 수 있는데, 시끄럽게 울어대는 소리는 들리지 않고, 이것들이 바람을 따라 날아오르매 무슨 커다란 나무 아래로 낙엽이 지는 것처럼 어지러운 것이 흥미롭다.

완춘팅萬春亭의 주위는 여기저기 파헤쳐졌다. 들리는 말로는 황궁을 관리하는 당국자가 메이산煤山이 예로부터 전해오는 전설처럼 정말 커다란 석탄 덩어리인지 알아보려고 판 것이라고 한다. 나는 마음속으로 이 설을 믿는 사람들을 비웃고 있다. 북송이 망할 때 도성에 살던 사람들이 성이 포위되자 건웨艮嶽[1]의 건축 목재를 해체해 땔감으로 썼다기에 베이징의 건축을 기획한 사람이 우선 커다란 석탄 더미를 쌓아두어 만약 도성이 포위되었을 때 백성들이 궁전을 훼손하지 않게 했던 것일까? 이건 바보 같은 생각이다. 내가 기획한다면 미산米山이 제일 좋을 거 같다. 쌀은 위급할 때 생으로 먹을 수 있지만 석탄은 어찌 되었건 간에 먹을 수 없기 때문이다. 또 어떤 사람은 징산이 타이항太行의 끄트머리 봉우리라고 한다. 이것 역시 말도 안 되는 설이다. 시산西山에서 동쪽으로 몇 십 리나 되는 평원에 어찌하여 불편부당하게 베이징 성 한 가운데 징산이 나왔겠는가? 만약 베이징의 건설이 징산의 자오子午[2]에 맞춘 거라면 왜 베이하이의 츙다오

---

1) 건웨艮嶽는 북송의 유명한 궁정 원림이다. 송 휘종徽宗 정화政和 7년(1117년)에 착공해서 선화宣和 4년(1122년) 완공되었다. 처음에는 완쑤이산萬歲山이라 불렀으나, 나중에 건웨艮嶽, 서우웨壽嶽라 개명했다. 휘종이 직접 쓴 『어제간악기御制艮嶽记』에 의하면 '간艮'은 궁성의 동북쪽이라는 의미이다. 1127년 금나라가 볜징汴京을 함락시켰을 때 파괴되었다.

2) 여기서는 남북의 종축선을 가리킨다.

瓊島에 맞추지 않았는가? 내 생각에 징산은 쯔진청 밖 후청허護城河를 개착한 흙으로 쌓은 것이고, 츙다오 역시 베이하이를 팔 때 나온 흙으로 쌓은 것이다.

정자의 나무들 사이로 멀리 구러우鼓樓가 보인다. 디안먼地安門 앞뒤의 대로는 인마人馬가 묵묵히 오가고, 저잣거리의 소음은 하나도 들리지 않는다. 구러우는 정양먼正陽門처럼 웅장하게 버티고 서있지 않다. 그 이름은 바뀌고 또 바뀌었는데, 한 번은 밍츠러우明恥樓였다가 또 한 번은 치정러우齊政樓였는데, 현재는 다시 밍츠러우인 듯하다.[3] '수치를 밝히는 것明恥'은 어렵지 않지만, '치욕을 씻으려면雪恥' 노력해야 한다. 다만 두렵기로는 시민들이 그 치욕이 여전히 많지 않다는 사실을 이해할 수 있어야 하는데, 생각해 보면 얼마나 가련한가. 지난 몇 년 간 '삼민주의'니 '제국주의'니 하는 명사들이 북벌군이 베이징에 도착함에 따라 시민들은 전서체의 표어들을 보고 모두들 각자가 더없는 치욕을 입었다는 사실을 알게 된 듯하다. 그 치욕은 제국주의의 압박으로 말미암은 것이었다. 그래서 모두들 남들 하는 대로 부화뇌동하여 타도와 전복顚覆을 외쳤다.

---

3) 구러우의 명칭 변경은 그 역사와 같이 한다. 구러우는 역사적으로 세 차례 훼손되고 네 차례 중수되었다. 원대 지원至元 9년(1272년)에 처음 지어졌을 때는 치정러우齐政楼라 했는데, 불에 타버린 뒤 대덕大德 원년(1297년)에 중건되었다가 나중에 다시 소실되었다. 명 영락永乐 18년(1420년)에 다시 중건되었다가 벼락을 맞고 소실되었다. 가정嘉靖 18년(1539년)에 다시 중건되어 현재에 이르고 있다. 청 가경嘉庆 5년(1800년)과 광서光绪 20년(1894년)에 부분적으로 보수되었다. 의화단의 난 때 8국연합군대에 의해 구러우 안에 있는 북들이 훼손되었는데, 이로 인해 1924년에 구러우는 밍츠러우明耻楼로 개명되었다.

[그림 64] 징산의 북쪽. 중축선 상에 서우황뎬壽皇殿과 멀리 구러우鼓樓가 놓여 있다.
ⓒ 조관희

산에서 내려오다 보면 숭정 황제가 순국한 곳에 여전히 반쯤 죽은 홰나무 한 그루가 있다. 전하는 말로는 나무 위에는 원래 명주실이 매어져 있었는데, 경자년에 8국 연합군이 베이징에 들어온 뒤[4] 보이지 않게 되었다. 현재 말라비틀어진 부분에는 여전히 커다란 구멍이 나 있다. 당시 명주실 흔적이 아직까지도 아련하게 보인다. 의화단운동의 결과로 이 나무가 해방되었고, 이 민족이 해방되는 데까지 발전한 것이다. 이 얼마나 깊은 생각을 하게 만드는 대상이던가? 산 뒤의 측백나무는 그윽한 향기를 내뿜고 있는 것이 이곳에 대해 영원한 공

4) 1900년에 일어난 '의화단의 난'을 진압하기 위해 8개국 연합군이 베이징에 진주한 것을 가리킨다.

물供物을 제공하는 듯하다.

〔그림 65〕 명의 마지막 황제인 숭정제가 목을 맨 곳 ⓒ조관희

서우황뎬壽皇殿[5)]은 굳게 닫혀 있는데, 누구라도 누르하치와 같은 이가 다시 백치의 꿈을 꾸기를 원치 않기 때문일까? 매년 제사는 거

5) 서우황뎬壽皇殿은 명나라 시기에 건축되었으며, 명청 시기에 황실에서 조상들의 제사를 지내던 장소였다. 원래 명대에는 징산景山 공원 동북쪽 모퉁이에 있었다가 청대에 현재 위치인 징산의 정북 방향으로 옮겨 건축하면서, 베이징을 남북으로 관통하는 중축선 상의 두 번째로 큰 규모의 건축 군이 되었다. 베이징의 중축선은 남쪽의 융딩먼永定門에서 북쪽의 구러우鼓樓와 중러우鐘樓까지 이어지는 7.4킬로미터의 중심선을 말한다. 중축선 상에서 가장 큰 규모의 건축 군은 잘 알려져 있는 대로 쯔진청紫禁城이다. 서우황뎬은 신중국 수립 이후 1954년에 베이징시 소년궁으로 바뀌었는데, 이후 문화재 보호를 위하여 2013년 말에 다시 징산공원에서 회수하여 2016년 4월에 전면 수리에 들어가 새롭게 개방했다.

행되지 않고, 장엄한 제례악도 들을 수 없는데, 때때로 시골 마을에서 도성에 들어와서 앙가秧歌를 부르는 아이들이 담장 밖에서 치는 징과 북소리만이 전각 앞까지 도달한다.

징산 문에 도착해 고개를 돌려 정상의 방금 앉았던 곳을 바라보니 사람들이 모두 내려왔다. 나무 위에서 익숙하지만 오히려 알 수 없는 새 몇 마리가 지저귀고 있다. 정자 안의 낡은 고불古佛은 아는 이 없는 수인手印을 하고 여전히 앉아 있다.

[그림 66] 완춘팅 내에 있는 불상 ⓒ조관희

[쉬디산許地山 (1894~1941년)]

쉬디산은 본명이 짠쿤贊堃이며 디산地山은 자이다. 필명은 뤄화성落華生인데, 관적은 광둥廣東 졔양揭陽으로 타이완의 애국지사 집안에서 태어났다. 1894년 청일전쟁으로 타이완이 일본에 점령당하자 집안이 모두 푸젠福建으로 이주하였다. 어려웠던 가정 형편 때문에 일찍부터 생계를 위해 학교에서 학생들을 가르치는 일을 시작했다. 한때는 버마의 화교학교에서 근무하기도 했는데, 1915년 귀국한 뒤 장저우화영중학漳州華英中學에 자리를 잡았다. 1921년에는 선옌빙沈雁冰, 예성타오葉聖陶, 정전둬鄭振铎 등과 베이징에서 문학연구회를 결성하고 기관지인 『소설월보小說月報』를 펴냈다. 1922년에는 량스츄梁實秋, 셰완잉謝婉瑩 등과 함께 뉴욕의 컬럼비아대학 철학과에서 공부하였고, 1924년에는 문학석사 학위를 받았다. 이후 연구생 자격

으로 영국 옥스퍼드대학으로 건너가 종교사와 인도철학, 산스크리트어, 인류학과 민속학 등을 공부하고 2년 뒤에 문학학사 학위를 받았다. 1927년 귀국하여 옌징대학燕京大學 문학원文學院과 종교학원宗教學院에서 교수로 근무하며 문학 창작에 매진하였다. 중일전쟁이 발발한 뒤에는 중화전국문예계항적협회中華全國文藝界抗敵協會의 이사가 되었다. 1941년 과로로 인해 병사하였다.

셴눙탄

쉬디산許地山

한때 번영을 누린 적이 있던 향 공장은 지금은 낡아빠진 건물만 남아 있는데, 어쩌다 지나갈 때면 광장에서 병사들이 국기國技를 단련하는 것이 보였다. 남쪽을 향해 다시 걸어가면 노점상들이 예전 그대로인데, 좋은 물건들은 갈수록 적어지고, 곳곳에 보이는 것은 외국에서 온 빈 술병과 향수 용기, 연지합 및 최신식 동양 자기, 옷 노점상의 유행에 뒤떨어진 옷가지 등속이 보일 따름이다. 물건을 파는 점원이 "1위안 80전", "2위안 40전"을 외치며 연신 손님을 끌었지만, 사는 사람은 없고 오히려 구경꾼만 많았다.

요철이 심한 대로를 걷다보니 잠깐 사이에 셴눙탄先農壇 경내로 들어섰다. 예전에는 단 안에 유일한 새 건축물로 '사면종四面鐘'이 있었는데, 지금은 그저 가운데가 비어 있는 높은 대만 남아 있고, 사방의 측백나무는 이미 부자들의 관재棺材나 가구가 되어버렸다. 동쪽에 있는 예배당은 새로 지은 것이다. 구장에서는 연습하는 사람들이 아직도 있다. 면양綿羊 너댓 무리가 있는 곳은 누렇게 시든 풀뿌리가 뒤덮고 있다. 바람이 약간 불자 먼지가 멋대로 날렸는데, 애석하게도 색깔이 너무 안 좋았다. 눈처럼 희거나 주홍색이었다면 어찌 아주 좋은 국산 화장 재료가 안 되겠는가?

[그림 67] 셴눙탄 경내. 오른쪽에 천하의 명산과 사해四海를 상징하는 비가 세워져 있다. ⓒ조관희

단의 북문에 도착해 늘 그렇듯 표를 사서 들어갔다. 오래된 측백나무는 예전과 같고 찻집의 탁자는 모두 비었는데, 병사들이 대전大殿 안에 주둔하면서 아주 보기 좋았던 문과 창호는 모두 뜯겨져 땔감이 되어버렸다. 베이징 시 유람구가 획정된 뒤 대대적인 수리가 있기를 희망한다. 베이징의 옛 건축물은 점점 줄어들고, 집주인들도 끊임없이 집을 팔고 있다. 최근의 딩왕푸定王府 같은 곳은 원래 명대의 후다하이胡大海[1]의 저택이었으니 건축 년대로 따지면 족히 5백 여 년이

1) 후다하이胡大海(?~1362년)는 자가 퉁푸通甫이고 쓰저우泗州 훙 현虹縣 사

되었는데, 정부에서 베이징의 옛 물건을 보존할 생각이 있었다면, 시민들이 멋대로 철거하고 훼손하지 못하게 했을 것이다. 하나를 철거하면 하나가 사라진다. 현재 단 안에서는 병사들이 공공 건축물들을 철거하고 있다. 애국이란 것은 공공의 산업을 아끼는 것에서 시작해야 하고, 먼저 역사의 자취를 아끼는 것에서 시작해야 한다.

관경대觀耕臺[2] 위에 남녀가 앉아 밀담을 나누고 있는데, 진정 심정의 뜨거움이 환경의 차가움을 막아내고 있다. 복숭아나무, 버드나무는 모두 잎을 떨구고, 삼동三冬의 긴 잠에 빠져 바람이 흔들어대고, 새가 우짖어도 듣지 못한다. 우단雩壇 주변의 사슴은 영리한 눈으로 지나가는 사람들을 바라보고 있다. 놀러온 사람들이라고 해봐야 두서너 명 정도밖에 안 되지만 그 놈들은 각별하게 친밀감을 드러내고 있다. 그렇게 드넓은 원림에서는 근본적으로 그 놈들을 가두어둘 필요 없이 그저 사방에 7,8 척 정도 깊이의 구덩이를 파고 구덩이의 안쪽 벽을 비스듬히 깎아내어 가운데에 둥근 언덕을 만들어 놓은 뒤 사슴들을 그 안에 풀어놓으면 울타리가 없어도 뛰어넘을 수 없게 된다. 이렇게 하면 원림의 경치가 훨씬 더 아름다워질 것이다.

성운단星雲檀은 악독단岳瀆檀에 비해 더 형편없이 파괴되었다. 마른 쑥이 벽돌 틈과 기와 틈 사이를 가득 덮고 있어 그것을 쓸어내는 사람의 옷자락에서는 맑은 향이 피어난다. 노송은 석양 아래 묵묵히 서 있다. 사람들은 이것이 똬리를 튼 규룡虯龍 같다고 말하지만, 내가

람으로, 명나라 초기 태조 주위안장朱元璋 수하의 장수이다.

2) 관경대觀耕臺는 황제가 친히 경작을 마친 뒤 왕공王公과 대신들이 경작하는 것을 바라보는 높은 대를 말한다. 사방 18미터 길이에 1.9미터의 높이로 이루어져 있으며 명대에는 목조로 지어졌으나 건륭 년간에 현재와 같은 모습을 갖추게 되었다.

〔그림 68〕 관경대 ⓒ조관희

보기엔 날개를 활짝 편 공작과 같다. 솔방울 하나하나가 짙은 녹색의 솔잎을 배경으로 있는 것이 멀리서 바라보면 더 그럴싸하다.

소나무는 중국인의 이상적인 성격으로, 화가치고 그것을 그리기를 좋아하지 않는 이가 없다. 공자가 이것이 나중에 잎이 진다고 말한 것은 사실을 곡해한 것으로, 잎이 지지 않는다고 말해야 맞다. 영국인들이 고무나무에 대해 느끼는 감정은 중국인들이 소나무에 대해 느끼는 것과 같다. 중국인들이 소나무를 사랑하는 것은 그것이 장수하기 때문만은 아니고, 눈보라 휘날릴 때도 능히 감내하고 서 있으면서 생명이 끊어지지 않고, 일단 번영의 시간이 도달하면 짙푸르러지기 때문이다. 사람들은 소나무에 대해서는 실망할 수가 없다. 소나무는 사람들을 흥분시킨다. 나무에 수많은 마른 나뭇가지가 남아 있어도 오히려 원숙미가 더해가는 것으로 보인다. 고사하더라도 다른 나무처럼 부질없이 넘어지지 않는다. 천년이고 백년이고 그렇게 서 있으면서 등나무가 휘감고, 줄사철나무가 들러붙어도 두려워하지 않고, 오히려 더 우월하고 더 수려하게 보이게 한다.

옛사람들은 송뢰松籟가 용이 읊조리듯이 듣기 좋다고 하였다. 용이 읊조리는 것이야 우리가 들은 적이 없지만, 소나무가 내는 고아한 정취는 진정 명리를 잊게 하고 탈속의 상념을 일으킨다. 하지만 이런 소리는 결단코 한 치나 한 자 짜리 작은 소나무가 낼 수 있는 것은 아니고, 백년 천년의 단련을 거치고 풍상을 맞거나 도끼 세례를 당하고 나서도 능히 꿋꿋하게 서 있을 수 있어야 도달할 수 있는 것이라는 사실을 잊어서는 안 된다. 그래서 장년이 되어서는 송백의 저항력과 인내력, 증진력을 배워야 하고, 노쇠해진 뒤에도 무심히 고아한 울림을 내야 한다.

[그림 69] 셴눙탄의 정전 격인 타이쑤이뎬太歲殿 ⓒ 조관희

소나무를 대하고 반나절을 앉아 있다. 황금색 노을마저 지고 나니

하릴없이 우단雩壇을 떠나 대문을 나섰다. 문밖에는 몇 년 전에 파놓은 참호가 아직도 메워지지 않은 채 있고, 양떼가 나보다 앞장서 귀로에 접어들었다. 길가에는 한 무더기 국화가 피었고, 꽃 파는 이가 어느 집 문 앞에서 옅게 화장한 아가씨와 값을 흥정하고 있다. 그런데 주의하지 않고 있다가 양들이 멜대 안의 국화 몇 가지를 먹어치웠다. 그 사람은 할 수 없이 진흙덩이가 묻은 국화 두 가지를 양떼에게 던지고는 입으로 욕을 했다.

"이 빌어먹을 양새끼들!"

하지만 어쩔 도리가 없었다. 양들이 먹고 남은 꽃이 길 위에 흩어져 차바퀴에 짓눌려 으깨졌다.

루거우챠오를 추억하며

쉬디산許地山

베이징을 떠나기 전 마지막으로 루거우챠오蘆溝橋를 갔던 게 1922년 봄으로 기억한다. 동료인 류자오후이柳兆惠 선생과 함께 이른 아침 광안먼廣安門에서 대로를 따라 걷다가 다징춘大井村을 지났을 때는 이미 10시가 넘었다. 이징안義井庵[1]의 천수관음을 참배하고 대비

1) 베이징 남쪽의 펑타이豊台 다징춘大井村은 고대에는 '이징義井'이라 칭했다. 명대의 『장안객화長安客話』에는 다음과 같은 내용이 실려 있다. "이징안義井庵은 톈닝쓰天寧寺 서쪽 10리 쯤 되는 곳에 있다. 여기서 다시 10리를 가면 루거우챠오蘆溝橋에 이른다. '이징義井'은 '미징蜜井'이라고도 하는데, 전하는 말로는 문황제文皇帝(곧 명 성조成祖 영락제永樂帝)가 지나가다가 그 샘물을 달게 마셔 그런 이름이 붙었다 한다." 청대의 『일하구문고日下舊聞考』에서는 "이징안義井庵은 광닝먼廣寧門 밖 서쪽으로 10리 떨어진 곳에 있는데, 명 만력萬歷 연간에는 완푸옌서우쓰萬佛延壽寺라 하였다. 그 뒤에 대비각大悲閣이 있는데,……지금은 그 지명을 다징춘大井村이라 한다"고 기록되어 있다. 절 안에는 높이가 3장 6척에 이르는 청동 관음상이 있다.

각大悲閣 밖에서 잠시 쉬었다. 그 보살상은 세 길 남짓한 높이에 금동으로 주조한 것으로 체상體相은 훌륭한데, 건물은 기울어 퇴락하고 향불 연기도 사그라들었다. 아마도 기원 드렸던 사람들이 재물을 바랐지만 손해를 보고 아들을 바랐지만 상처를 하는 등의 일이 있었기 때문이리라. 원래 이번에 길을 나선 것은 또 다른 동불銅佛을 찾아 나서기 위함이었다. 완핑 성宛平城 사람이 나에게 그쪽 인근에서 고묘古廟가 무너졌는데 그 안에 연대가 아주 오래된 많은 불상들이 있다는 이야기를 해주었다. 지적인 흥미가 일어 부득불 찾아 나섰던 것이다. 다징춘의 천수관음은 기록에 있는 터라 가는 김에 보러 온 것이다.

〔그림 70〕 이징안義井庵의 관음상 ⓒ조관희

다징춘을 나서자 관도官道 위에 패방牌坊 하나가 우뚝 서 있는데, 건륭 40년(1775년)에 세워진 것이었다. 패방의 동쪽 편액에는 "경환

동궤經環同軌"라 쓰여져 있고, 서쪽 면에는 "탕평귀극蕩平歸極"이라 쓰여져 있었다. 패방을 세운 원래 의도는 알 길이 없는데, 향후 개선문으로 쓴다면 아주 적당할 듯했다.[2)]

봄철의 베이징 교외는 큰 바람만 없다면 놀러 다니기에 아주 매력적인 곳이다. 나뭇가지 위나 흙 담장 가의 달팽이는 은색의 끈끈한 자욱을 남기고 있다. 이것들이 천천히 이동하는 것은 차라리 자신들의 껍데기 이외에 어떤 우주가 있다고 말하는 듯하다. 버드나무 연못가의 어린 오리는 담황색의 깃털을 입고 신록의 새로 나온 잎과 대조를 이루고 있다. 헤엄을 칠 때는 작은 파도가 일렁이며 동심원 하나 하나를 이루는데, 이 모두가 생기를 드러내 보여주고 있다.

걷다가 힘들어 길가 묘원墓園에서 잠시 쉬었다. 류 선생은 아주 아름다운 탑 위에 서서 나에게 사진 한 장 찍어달라고 했다. 느릅나무 그늘 아래서 우리는 길 위의 작렬하는 태양을 느끼지 못했다. 고적한 묘원에는 무슨 이름난 꽃 같은 건 없지만, 오히려 들꽃이 아주 장하게 자라고 있었다. 바삐 날아다니는 꿀벌은 양쪽 다리에 약간의 꽃가루를 묻히고서도 여전히 채집을 하고 있고, 개미는 떨어져 나간

2) 이 패방은 본래 건륭제 시대에 쓰촨四川 지역의 오지인 다진촨大金川과 샤오진촨小金川을 정벌한 것을 기념하기 위해 세운 것이었다. 건륭제는 생전에 10번에 걸친 정벌 사업을 벌였는데, 다진촨과 샤오진촨 두 번의 정벌은 다른 정벌에 비해 시간과 공력이 몇 배나 더 들었다. 그래서 이 정벌을 마친 뒤 건륭제는 패방을 세워 그 공적을 기렸던 것이다. 편액의 내용 가운데 "경환동궤經環同軌"는 "온 세상을 경략해 하나의 수레바퀴로 만들었다"는 것으로 여기서 하나의 수레바퀴는 진시황의 "동문동궤同文同軌"라는 말에서 나온 것으로, 천하를 통일한 뒤 문자와 수레바퀴를 통일했다는 것을 의미한다. 곧 오지에 살고 있는 소수민족을 평정해 중화라는 하나의 문화권으로 편입시켰다는 것을 말한다. "탕평귀극蕩平歸極"은 "평정하여 하나로 돌아왔다"는 뜻으로 결국 정벌이 성공적으로 끝났다는 것을 말한다.

메뚜기 뒷다리를 얻기 위해 마른 등나무 뿌리 위에서 사투를 벌이고 있다. 거미줄에 떨어진 작은 나비는 한쪽 날개는 이미 효용 가치를 잃었지만 여전히 버둥대고 있다. 이것 역시 생기를 드러내 보여주는 것이긴 해도 의미는 약간 달랐다.

한담을 나누다 보니 이미 해는 중천에 떴고, 저 앞의 완핑 성宛平城도 눈앞에 나타났다. 완핑 성은 루거우챠오의 동쪽에 있는데 명 숭정 10년에는 이름을 '궁베이 성拱北城'이라 하였다. 둘레는 2리에 못 미치고, 두 개의 성문만 있는데, 북문은 순즈먼順治門, 남문은 융창먼永昌門이다. 청대에는 궁베이를 궁지拱極라 바꾸고, 융창먼은 웨이옌먼威嚴門이라 하였다. 남문 밖이 곧 루거우챠오蘆溝橋이다. 궁베이 성은 본래 현성縣城이 아니었는데, 몇 년 전 베이핑에 의해 시로 바뀌면서 현아縣衙가 그곳으로 옮겨갔기에 규모가 극히 빈약한 것이다. 예전에 여기는 위성衛城이라 무관이 항상 주둔하며 지키던 것이 이제까지 이어지고 있으니, 아주 중요한 군사 요충이었던 것이다.

〔그림 71〕 루거우챠오 쪽에서 바라본 완핑 성 ⓒ 조관희

우리는 낙타 무리를 따라 순즈먼으로 들어갔다. 멀지 않은 앞쪽에 융창먼이 보였다. 대로 양 옆은 대부분 황무지이다. 예정 된 곳을 탐방하니 과연 방대한 동불銅佛의 머리와 동상의 남은 몸체가 현립 광동학교의 땅바닥 위에 가로뉘어져 있었다. 궁베이 성 안에는 원래 관인안觀音庵과 싱룽쓰興隆寺가 있었고, 싱룽쓰 안에는 이미 근거를 따질 수 없게 된 광츠쓰廣慈寺의 유물이 여전히 많이 남아 있는데, 그 동상이 어느 절에 속한 것인지는 알 길이 없었다. 우리는 한번 쓰다듬고는 루거우챠오 앞의 어느 식당에서 점심을 먹었다.

완핑의 현아가 궁베이 성으로 옮겨온 뒤 루거우챠오는 현성의 번화한 거리가 되었다. 다리 북쪽은 상점과 민가가 아주 많은데, 예전에 중원의 몇 개의 성에서 베이징으로 들어오는 대로의 규모를 아직도 보존하고 있었다. 다리 위의 비가 있는 정자는 비록 오래되고 파괴됐지만 여전히 우뚝 서 있다. 요 몇 년 사이 내전이 일어난 이래로 루거우챠오는 더더욱 군마가 왕래하는 요충지가 되어버렸다. 창신뎬長辛店 전역戰役[3]의 인상까지 더해 부근의 주민들은 모두 근대 전쟁의 대체적인 상황을 알게 되었다. 어린아이까지도 비행기와 대포, 기관총 등이 무엇에 쓰는 물건인지 알 정도이다. 곳곳의 담장 위에는 표어가 붙어 있던 흔적이 남아 있지만, 색깔과 양에 있어서 약을 파는 광고에 비할 바는 못 되었다. 창을 밀어 여니 융딩허永定河의 탁한 물이 드문드문한 나무들 사이를 꿰뚫고 동남쪽으로 흘렀다. 문득 천가오陳高의 시가 떠올랐다.

---

3) 창신뎬長辛店 전역은 1922년 4월 26日에서 5월 4일 사이에 베이징 서남쪽 일대에서 벌어진 전투이다. 당시 즈리直隸 계 군벌과 펑톈奉天 계 군벌 사이에 일어났던 전투 가운데 가장 중요한 것으로 즈리 계 군대가 최종적인 승리를 거두었다.

루거우챠오 서쪽은 수레와 말이 많고 蘆溝橋西車馬多,
산마루 해는 맑은 물결을 비추고 山頭白日照淸派.
양탄자 같은 갈대밭에도 강남의 아낙 있어 毡蘆亦有江南婦,
금나라 군인의 출정가를 근심스럽게 듣누나. 愁聽金人出塞歌.

맑은 물결은 보이지 않고 탁한 물이 조수를 이루는 것[4]이 기록과 사실이 차이가 나긴 해도, 옛날과 지금이 다른 것은 알 길이 없었다. 하지만 그 당시 다리 아래 아집정雅集亭의 풍경과 금나라 사람에게 약탈당한 아낙네를 상상하면서 이곳의 정경을 지나노라면 감개가 일지 않을 수 없다.

〔그림 72〕 융딩허의 탁한 물 ⓒ 조관희

---

4) "예전의 융딩허는 수량이 지금보다 많았는데, 물빛도 탁하고 물살이 화살처럼 빨랐다고 한다. 그래서 검다는 뜻으로 '루거우허盧溝河'나, '헤이수이허黑水河', 물살이 세차다는 뜻으로 '퉈수이沱水', '훈허渾河'라는 명칭으로도 불렸다. 또 자주 범람해 물길이 자꾸 바뀌었으므로 '우딩허無定河'라 불리기도 했고, '쌍간허桑乾河'라는 이름으로도 불렸다. 청의 강희제康熙帝는 자주 범람하고 물길이 일정하지 않은 이 강의 물길을 제압하겠다는 의미로 강 이름을 '영원히 바로잡는다'는 뜻에서, '융딩永定'으로 바꿨다."(조관희, 『베이징 800년을 걷다』, 푸른역사, 2015. 110쪽)

루거우챠오 위에서 지나쳐갔던 슬프고 한스럽고 울고 웃는 사적이 어찌 금나라 사람에게 약탈당한 강남의 아낙네에 그치겠는가? 애석한 것은 다리 난간 위에 쭈그려 앉은 돌 사자 하나하나가 이빨을 드러낸 채 성이 나서 혀가 굳은 채 말이 없고, 약간의 자취를 남긴 역사적 사실들이 발굽에 채인 먼지를 따라 흩어지지 않으면 바퀴 자국에 눌려 스러지기에 이르렀다는 것이다. 나는 또 세상에서 가장 공덕이 많은 것이 다리라고 생각한다. 이것은 자연의 격절을 연결시키고, 사람들을 강 이쪽에서 저쪽으로 건너게 해준다. 다리 위로 지나가는 것은 좋은 것이든 나쁜 것이든 근본적으로 다리와는 무관하다. 하물며 그 위로 지나가는 것은 긴 여정 가운데 작은 부분에 불과할진대, 다리로서는 어느 것이 슬프고 한스럽고 울고 웃는 것인지 어찌 알겠는가? 다리는 역사를 기록할 필요가 없지만 도리어 역사는 다리를 기록한다.

〔그림 73〕 루거우챠오의 사자 상 ⓒ조관희

루거우차오의 원래 이름은 광리차오廣利橋인데, 금 대정大定 27년에 처음 세워졌고, 명창明昌 2년(1189년에서 1912년)[5]까지 축조되었다. 이 다리가 세계적인 명성을 얻게 된 것은 마르코 폴로가 기술했기 때문이다.[6] 마르코 폴로는 '풀리상긴'[7]라고 기록했지만, 유럽 사람들은 모두 이것을 '마르코 폴로 다리'라 불러 오히려 기록한 이가 쌍간허桑乾河 윗길의 커다란 다리라는 원래의 뜻을 잃어버렸다. 중국인들은 돌다리 만드는 데 뛰어났는데, 건축물 가운데 다리와 탑이 비교적 장구하게 보존할 수 있다. 중국의 큰 돌다리마다 사람들은 그 귀신같은 솜씨에 찬탄을 금치 못하는데, 루거우차오의 위대함은

---

5) (1189년에서 1912년)은 원서를 그대로 옮긴 것이다. 하지만 이것은 명백히 잘못된 것이다. 우선 대정大定 27년은 1189년이 아니라 1187년이고, 명창明昌 2년은 1191년이 맞다.

6) "그리고 그 강 위에는 매우 아름다운 돌다리가 하나 있는데, 여러분은 그렇게 아름다운 것, 아니 그것에 버금갈 만한 것은 이 세상 어디에도 없다는 것을 알아야 할 것이다."(김호동 역주, 『동방견문록』, 사계절, 2000. 295쪽.)

7) 주지하는 대로 마르코 폴로의 『동방견문록』은 몇 개의 사본이 존재한다. 이 가운데 중요한 것은 "1559년 라무지오가 인쇄본으로 출간한 이탈리아어 번역본(R본)과 1932년 스페인 톨레도 대성당에 있는 '챕터Chapter'도서관에서 발견된 사본(Z본)이지만, 원본의 원래 '언어'를 가장 잘 보존하고 있는 것은 파리 국립도서관에 소장된 사본(F본)이다."(김호동 역주, 앞의 책, 46쪽.) 이에 따르면 풀리상긴은 F본에서는 'pulisanghinz'으로 R본에서는 'pulisangan', Z본에서는 'pulisanghyn'으로 표기되어 있는데, 역주자인 김호동은 Z본에 따라 '풀리상긴'으로 표기했다.

"'pul-i sangin'에서 pul이라는 말은 페르시아어로 '다리'(橋)를 뜻한다. sangin은 페르시아어의 '돌'로 이해할 수도 있고, 大都의 남쪽을 흐르던 桑干水를 나타낸 것으로도 볼 수 있다. 펠리오는 후자 쪽 해석에 더 기울고 있고, 『집사集史(Blyle, *The Successors*, p. 276.))』에도 이 강의 이름이 Sangin으로 표기되어 있다. 둘 중 어떤 해석을 취하든 어의 상으로는 '강'이 아니라 '다리'임이 분명"하다.(김호동 역주, 앞의 책, 295쪽.)

저 유명한 취안저우泉州의 뤄양챠오洛陽橋, 장저우漳州의 후두챠오虎渡橋와는 약갈 다른 점이 있다. 공정만 놓고 보자면, 루거우챠오는 저 두 다리의 웅장함이 없지만, 사적이라는 측면에서는 여러 차례 민족의 안위와 연계되어 있다. 설사 이 다리가 철거되더라도 루거우챠오가 남긴 기억은 중국인들이 영원히 잊지 못할 것이다. 7 · 7 사변[8]이 일어난 뒤에는 사람들이 더욱더 그렇게 느꼈다. 당시 나는 일본군이 구베이커우古北口를 통해 베이징에 들어올 거라 생각했을 뿐 베이징으로부터 이 유명한 다리를 넘어 중원을 침략해 불길이 내가 그때 서 있던 곳에서 일어나리라고는 결단코 생각을 못했다.

[그림 74] 완핑 성 안에는 이른바 '7 · 7 사변'을 기념하여 중국인민항일전쟁기념관中國人民抗日戰爭紀念館이 세워져 있고, 그 앞에 '루거우챠오의 깨어난 사자盧溝獅醒' 상을 조성해 놓았다. ⓒ조관희

8) 1937년 7월 7일 루거우챠오에서 일본군들이 고의로 일으킨 군사적 충돌로 인해 '중일전쟁'이 정식으로 발발하였다.

식당에서 되는 대로 사오빙燒餠을 먹고 나와서는 다리 위에서 바라보았다. 철교가 저 멀리에 평행선을 긋듯 걸려 있었다. 석탄을 등에 진 낙타 무리가 방울 소리에 맞춰 가지런히 다리 위를 느릿느릿 걸었다. 소상인과 농민들이 조각이 새겨진 난간 아래서 교역을 하면서 아주 예의바르게 흥정을 했다. 아낙네들은 다리 아래서 빨래를 하며 정겹게 이야기를 나누었다. 사람들은 비록 나라의 형세를 이해하지는 못했지만, 군대의 선전원들 입을 통해 적들이 이미 문 앞에 있다는 사실을 알고 있었다. 우리는 원래부터 스파이가 되어 간 것은 아니었는데, 다리 위에서 길 가는 사람들에게 몇 번씩이나 말을 물었기 때문에 경찰관의 주의를 끌었다. 우리 자신도 우스웠다. 나는 일 보는 관리의 주의를 끌었다는 사실로 인해 기뻤다. 그들은 시시각각 경계하면서 경비를 서고 다리를 건너 스저산實柘山을 바라보았다. 짙푸른 산색은 해가 얼마나 기울었는지 가리켜주었다. 자갈이 깔린 들판 위에서 흘러가는 시간을 아쉬워하다가 문득 저녁 바람이 옷깃을 스치는 걸 느꼈다. 만약 돌아가지 않으면 여기서 묵어야 한다. '루거우의 새벽달蘆溝曉月'[9]은 유명하다. 원래는 이 아름다운 경치를 음미하기 위해 하룻밤을 묵어가는 것도 가치가 있긴 하지만, 나는 새벽바람과 지는 달 같은 경물은 그다지 좋아하지 않았다. 내가 사랑하는 달은 어두운 밤에 드러나는 달빛인 것이다. 새벽달은 죽어가는 빛으로 아주 처량하다고 생각한다. 차라리 집으로 돌아가자.

---

9) 예전에 지방에서 베이징으로 들어가는 사람들은 대개 루거우챠오에 이르러 저녁이 되면 이곳에서 하룻밤을 묵고 다음날 아침 일찍 새벽달을 보면서 길을 떠났다. '루거우의 새벽달'은 베이징 8경 가운데 하나로 손꼽힌다.

〔그림 75〕'루거우의 새벽달蘆溝曉月' 비 ⓒ 조관희

우리는 원래 왔던 길로 가지 않고 궁베이 성 밖의 갈림길에 있었다. 류 선생은 예전의 천변을 따라 북으로 하이뎬海甸으로 돌아갔다. 나는 돌 몇 개를 수습해 바리좡八里莊 쪽 길을 걸어갔다. 푸청먼阜城門으로 들어가니 멀리 베이하이北海의 백탑이 이미 잘려진 그림자가 되어 은이 흩뿌려진 어두운 푸른 종이 위에 붙여져 있었다.

(이상은 쉬디산許地山의
『잡감집』(1946년 11월 상무인서관商務印書館 출판)에서 가려 뽑음.)

루거우챠오의 새벽달

왕퉁자오王統照

'처량함은 그 자체로 창안의 해이고,
오열하는 것은 원래 룽수이가 아니었네.
蒼凉自是長安日, 嗚咽原非隴頭水'

이것은 청대 시인이 루거우챠오를 노래한 아름다운 구절이다. 아마도 '창안의 해長安日'[1]와 '룽터우의 물隴頭水'[2]이라는 여섯 글자에는

---

1) '창안의 해長安日'는 『세설신어』「숙혜夙惠」편에 다음과 같이 나온다. "진晉의 명제明帝(쓰마사오司馬紹)가 몇 살 안 되었을 때 [부친인] 원제元帝(쓰마루이司馬睿)의 무릎에 앉아 있었는데, 창안에서 온 사람이 있기에 원제가 뤄양洛陽의 소식을 물어 보고는 주르륵 눈물을 흘렸다. 이에 명제가 "어찌하여 우십니까?"라고 물었다. 원제가 강남으로 건너오게 된 경위(원래 뤄양에 수도를 두고 있던 진이 '영가永嘉의 난'으로 장강을 건너 젠캉建康(현재의 난징)에 도읍지를 옮겨 동진을 세운 일)를 그에게 자세히 일러주었다. 이어서 명제에게 물었다. "너는 창안과 해 가운데 어느 쪽이 멀다고 생각하느냐?" 명제는 대답했다. "해가 멉니다. 해에서 온 사람이 있다는

지나치게 고전적인 숨결이 있어 읽어 나가면 약간 입에 걸리지 않는가? 하지만 그대가 이 여섯 글자의 출처를 명확히 이해하고 연상과 상상력을 결합시켜 이곳의 환경과 풍물 및 역대의 변화를 제시한다면, 자연스럽게 이렇듯 '고전'적인 응용이야말로 루거우챠오의 위대함과 아름다움을 확실하게 배가시킬 수 있을 거라 느끼게 될 것이다.

상세한 지도를 펼쳐놓으면, 현재의 허베이 성河北省, 청대의 징자오취京兆區 내에서 역사적으로 저명한 쌍간허桑乾河를 찾을 수 있다. 예전의 전쟁사에서 '옛날을 조문하고 오늘날을 애상하는' 몇몇 시인의 필하에서 쌍간허 세 글자는 그다지 생소하지 않다. 하지만 즈수이治水, 스수이濕水, 레이수이灅水라는 세 고유명사는 일반 사람들이 아는 바가 아닌 듯하다. 또 베이징에 다녀온 적이 있는 사람들 중 누구도 베이징 성 밖의 융딩허永定河를 기억하지 못한다. 융딩허는 기억하지 못해도 외성의 정남문인 융딩먼永定門은 아마도 '모르는 사람이

소문은 듣지 못했으니, 분명히 알 수 있습니다." 원제는 기특하다고 생각했다. 다음 날 신하들을 소집해 연회를 베풀면서 그 이야기를 해주며 다시 물었더니 명제가 대답했다. "해가 가깝습니다." 원제가 실색하여 말했다. "너는 어찌하여 어제 한 말을 바꾸느냐?" 명제가 대답했다. "눈을 들면 해는 보이지만, 창안은 보이지 않기 때문입니다."

2) 「룽터우수이 隴頭水」는 남북조 시기의 오언고시다.

隴頭征人別，隴水流聲咽。룽산의 산머리에서 출정 나가는 이와 이별하니, 룽수이의 흐르는 물소리 오열하는 듯

只爲識君恩，甘心從苦節。다만 그대의 은혜를 기억하기 위해 기꺼운 마음으로 괴로운 절개 지키리라.

雪凍弓弦斷，風鼓旗竿折。눈에 얼어붙어 활이 부러지고, 북풍에 깃대가 꺾어지네.

獨有孤雄劍，龍泉字不滅。홀로 고독의 웅검을 갖고 있으니, 용천이라는 글자 멸하지 않으리.

없다'고 말할 수 있을 것이다. 내가 전문가와 같이 고증을 하지는 않았지만, 수경水經을 이야기할 때 루거우챠오에 대해 이야기를 늘어놓으려면 다리 밑에 흐르는 물길을 이야기하지 않을 수 없다.

즈수이, 스수이, 레이수이 및 속명인 융딩허는 사실상 모두 하나의 하류, 쌍간이다.

그리고 하천의 이름은 그리 생소하지 않지만 보통의 지리서에서는 그다지 주의를 기울이지 않는 또 하나의 큰 흐름, 훈허渾河가 있다. 훈허는 훈위안渾源에서 발원하는데, 유명한 헝산恒山에서 멀리 떨어져 있지 않다. 물 빛깔이 혼탁해서 작은 황허黃河라 불리기도 한다. 산시山西 경내에서 이미 쌍간허에 유입되어 화이런懷仁과 다퉁大同을 거쳐 구불구불하게 흐르다 허베이河北의 화이라이懷來 현에 이른다. 동남쪽을 향해 장성으로 유입되었다가 창핑昌平 현의 깊은 산중에서 황룡처럼 완핑 현으로 방향을 틀어 2백 여 리를 달려야 비로소 이 거대하고 웅장한 오래된 다리 밑에 이르게 되는 것이다.

'원래 룽수이는 아니었다'라는 것은 틀린 말은 아니다. 이 다리 아래로 콸콸 흐르는 물은 원래 쌍간과 훈허의 합류, 곧 이른바 즈수이, 스수이, 레이수이, 융딩허와 훈허, 작은 황허, 헤이수이허黑水河(훈허의 속칭)의 합류인 것이다.

이 다리가 건조된 것은 북송대도 아니고, 몽골인들이 베이징을 점거했을 때 시작된 것도 아니다. 금나라 사람과 남송이 남북으로 서로 대치하고 있을 때인 대정大定 29년(1189년) 6월에 하상의 나무다리를 석재로 바꾸어 조성한 것이다. 이것은 금대의 조서詔書에 나온다. 그에 의하면, "명창 2년 3월에 다리가 완성되어 황제의 명으로 광리廣利라 하였으니, 동쪽과 서쪽에 행랑을 세워 여행객들의 편의를 도모했다"고 한다.

[그림 76] 청 강희 년간 하천의 범람으로 교각이 망가진 것으 보수했다는 사실을 기록해놓은 루거우챠오 비 ⓒ조관희

마르코 폴로가 중국에 와서 원대 초년에 관직에 있을 때 그는 이미 이 웅장하고 위대한 공정을 보고 자신의 여행기에서 찬미한 바 있다. 원명 양대에 모두 중수하였지만, 정통 9년(1444년)에 이루어진 게 비교적 장대해서 다리 위의 돌 난간과 돌사자가 대략적으로 1차로 중수되는 성과를 거두었다. 청대에도 이 다리를 크게 손본 게 몇 차례 되는데, 건륭 17년(1752년)과 50년(1785년)에 이루어진 두 차례 공사로 이 다리는 적지 않게 면모를 일신했다.

동서로 길이 60장丈에 남북으로 넓이 2장 4척, 돌난간 1백 40개, 다리 구멍橋孔 11개, 6번 구멍은 하천의 딱 중간에 있다.

청 건륭 50년 중수의 통계에 의하면 이 다리의 길이와 크기에 대해 이와 같은 설명이 있는데, 가본 적이 없는 사람을 포함해 모든 이들이 그 웅장함을 상상할 수 있다.

〔그림 77〕 건기의 ⓒ 조관희

예전에는 베이징 왼쪽 근방의 현을 순톈 부順天府에 귀속시켰는데, 곧 이른바 징자오취京兆區이다. 명인들의 품평을 통해 징자오취 내에는 8가지 경승지가 있다. 이를테면, 시산에 눈이 갠 것西山霽雪, 쥐융의 푸르름居庸疊翠, 위취안에 걸린 무지개玉泉垂虹 등[3]이 그러한데,

---

3) 이른바 '옌징8경燕京八景'이라 일컬어지는 것을 가리킨다. 그런데 이에 대해서는 설이 엇갈리고 명칭 또한 서로 다른 점이 많아 일괄적으로 이야기하기 어려운 점이 있다.

모두 아주 그윽하고 아름다운 산천의 풍물들이다. 루거우는 그저 커다란 다리가 있는 것에 불과하지만 엄연하게도 시산, 쥐융과 마찬가지로 8경 가운데 하나에 드는데, 곧 시적인 정취가 아주 풍부한 다음 명칭이다.

루거우의 새벽달蘆溝曉月

원래 "실버들 늘어진 강가의 새벽바람과 지는 달楊柳岸曉風殘月'은 예전에 여행하던 사람들의 감탄과 감상을 가장 잘 이끌어냈던 새벽에 일찍 출발하는 광경이다. 하물며 멀리서 흘러내려온 도도한 흐름 위에 걸쳐 있는 웅장하고 장려한 돌다리임에랴. 여기에 더해 수도로 들어가는 교통의 요로로 수많은 관리, 선비, 장사치, 농사꾼, 장인들이 사업과 생활, 유람을 위해 명리가 모여드는 경성에 가지 않을 수 없었고, 석양이 비추거나 동녘이 아직 밝지 않을 때 이 고대의 다리 위를 지나가지 않을 수 없었다. 생각해 보라. 교통수단이 아직 지금과 같이 신속하고 편리하지 않은 시절에 거마車馬와 짐꾼들이 분주하게 오가되, 여기에 더해 모든 행인들 중 뉘라서 걱정거리와 기쁨, 흔쾌함과 슬픔의 실제 느낌이 마음속에 걸려 있지 않고, 뉘라서 '삶의 활동'이 정신적으로 무겁게 짓누르고 있지 않을쏘냐? 멋진 경관을 눈앞에 두고, 장려하고 아름다운 느낌이 자신의 걱정과 기쁨, 흔쾌함과 슬픔 속에 이입되어 삼투되는 가운데, 그가 어떤 식으로 관조를 하든, 시간과 공간의 변화가 착종되어, 숭고미로 압박해 오는 이 건축물을 마주하매, 행인들이 백치가 아니라면, 당연하게도 그 감상력의 차이와 환경의 상이함으로 인해 여러 가지 감정이 일어날 것이다.

그래서 그들의 마음 한 가운데 머물거나 혹은 문자나 회화를 빌어 표출되는 작품 속에 머물러, 루거우챠오라는 이 글자들에 대해 정말로 아주 많은 반응이 있게 된다.

하지만 단지 '새벽달'이라는 말로만 루거우챠오의 아름다움을 형용하는 데에는 전설에 따르면 다른 원인이 있다고 한다. 음력 그믐이 되어, 그믐이 되는 날이 막 밝아오려 할 때, 하현으로 구부러진 달이 다른 곳에서는 여전히 분명하게 보이지 않을 때, 이 다리 위에 오면 오히려 밝은 빛을 누구보다 먼저 보게 된다는 것이다. 이런 전설이 이치에 맞는지 여부는 사람들이 확신을 가질 수 없다. 사실 루거우챠오가 약간 높기야 하지만, 설마 같은 시간 시산西山의 산마루나 베이징 성 내의 백탑(베이하이北海 산상) 위에서 그믐달을 보는 것이 루거우챠오 위에서 보는 것만 못하겠는가? 하지만 말이란 건 그렇게 곧이곧대로 이야기하지 않는 데 묘미가 있다. '새벽달'로 루거우챠오를 안받침하는 것은 실제로는 상상력이 뛰어나고 몸소 겪은 바 있는 예술가의 묘어妙語로 본래는 후대 사람이 과학적인 검증할 것을 미리 예측한 것은 아니었다. 생각해 보라. '하루의 계획은 새벽에 있다'는 말도 있는데, 하물며 행인이 일찍 출발하는 것임에랴. 새벽 기운이 맑고 몽롱한 가운데 사람으로 하여금 상념을 두드러지게 불러일으키는 달이 파란 하늘에 떠올라 백석白石의 거대한 다리를 내리비춘다. 경성의 성벽은 보일 듯 말 듯하고, 시산의 먹구름은 먼 든 가까운 듯, 너른 들판은 가이 없고, 누런 강물은 격하게 흐르는데,……이런 빛과 색조, 이런 지점과 건축은 쌀쌀한 봄날 아침이나 처량한 가을 새벽이든, 경물은 수시로 변하지만, 비나 눈이 내리지 않는 한 매월 말 오경의 달이 백석의 달과 너른 들판, 누런 강물이 한 폭의 아름다운 한 폭의 그림으로 화해 나그네의 심령 깊은 곳에 물들어 떠올라 여러 가지 모양으로 반사된 미감을 일으키는 것이다.

어떤가? 굳이 '새벽달'이라는 말로 '푸른 풀의 루거우碧草蘆溝'(청대 류리펀劉履芬의 『구몽사鷗夢詞』 가운데 장정권長亭怨 한 수의 기어起語가 '남은 봄을 탄식할 제 바퀴 쇠는 지직 소리를 내고, 푸른 풀의 루거우는 길고 짧은 것이 연이어 있다嘆銷春間關輪鐵[4], 碧草蘆溝, 短長程接'이다)를 안받침하는 게 가장 어울리는 '묘경妙境'이 아니겠는가?

〔그림 78〕 오랜 세월 사람들의 발길에 의해 닳고 닳은 루거우차오의 노면 ⓒ조관희

4) '嘆銷春間關輪鐵'에서 '銷春'은 '殘春'을 의미한다., '間關輪鐵'에서 '間關'은 의성어로, 루거우차오가 교통의 요지이다 보니 많은 수레가 지나면서 다리 위의 석판에 길게 홈이 파여 수레가 지나다닐 때마다 바퀴 바깥쪽에 덧대어 놓은 쇠가 그 홈과 마찰하면서 내는 소리를 가리킨다.

그대가 직접 그 곳을 다녀온 적이 있건 없건, 지금 역사에 그 이름이 남은 경승지에 대해 아마도 '옛것을 생각하는 그윽한 정취가 일어나는 데' 그치지 않을 것이다. 사실 옛것을 생각하는 것으로 논하더라도, 그대는 깊은 생각과 긴 탄식, 무궁한 흥취를 충분히 다할 수 있다! 하물며 피로 물들은 적이 있는 돌사자의 곱슬곱슬한 털과 다리 위의 바퀴 자국 안에서 썩어가는 백골, 먹먹하게 피어오르는 모래안개, 울어대는 강물의 흐름이 자연스럽게 한 편의 비장한 서사시를 이루어낸다. 곧 만고에 길이 남을 '새벽달' 역시 그대에게 쓴웃음을 짓고, 차갑게 바라볼 것이니, 예전의 온유함과 그윽한 아름다움이 그저 그대의 맑은 사념을 이끌어내는 것이 아니다.

다리 아래 누런 강물은 밤낮으로 울어대며 가없는 푸른 하늘을 띄워 보내고, 침묵하는 교외의 들판을 곁에서 지키고 있다.……

그들은 모두 광명이 도래하고 거센 파도가 넘실되는 날— 그 날의 신새벽을 기다리고 있다.

(이상은 『소년독물少年讀物』에 실린 것이다. 글 가운데 두세 곳은 푸쩡샹傅增湘 선생의 고증을 인용했다는 사실을 여기에 밝혀둔다.)

[왕퉁자오王統照 (1897~1957년)]

왕퉁자오는 자가 젠싼劍三이고, 필명은 시뤼息廬 또는 룽뤼容廬로 현대 작가이다. 산둥 성 주청諸城 사람으로 1924년 중궈대학中國大學 영문과를 졸업했다. 1918년 『서광曙光』을 주관했고, 1921년에는 정전둬鄭振鐸 선옌빙沈雁冰 등과 문학연구회를 발기했다. 일찍이 중궈대학 교수 겸 출판부 주임을 역임했고, 『문학文學』 월간을 주편했으며, 카이밍서점開明書편집과 지난대학暨南大學, 산둥대학山東大學 교수, 산둥성 문화국 국장을 역임했다. 『봄비 내리는 밤春雨之夜』, 『나팔 소리號聲』, 『서리 자국霜痕』 등의 단편소설집과 장편소설 『황혼黃昏』, 산문집 『북국의 봄北國之春』, 시집 『동심童心』 등을 남겼다.

〔그림 79〕 왕퉁자오

베이징의 가로

량스츄梁實秋

'바람이 불지 않으면 먼지가 세 치나 쌓이고, 비가 내리면 거리는 온통 진흙투성이다.無風三寸土, 雨天滿地泥' 이것은 베이징의 거리를 소묘한 것이다. 어떤 사람은 이렇게 말하기도 한다. 비가 내릴 때는 커다란 먹통과 같고, 바람이 불 때는 커다란 향로와 같다. 이것 역시 아주 적절한 묘사이다. 이런 곳인데도 가볼 만 하다고 생각하는가? 왜 그런지는 모르겠지만 나는 때로 베이징 거리 풍경이 떠오른다.

베이징은 지극히 건조하고, 거리도 제대로 닦이지 않아, 바람이 크게 불 때 마주하고 나아가노라면 검고 누런 먼지가 온몸에 뒤덮여 목덜미를 타고 내려간다. 이빨 사이에도 모래가 쌓여 서걱거리는 소리가 나고, 어떤 때는 작은 돌덩이도 섞여 얼굴을 때려 아프고, 눈을 뜰 수 없는 건 더더욱 예사로운 일인데, 이런 건 받고 싶지 않은 재미다. 비가 내릴 때는 대로에 무릎까지 물이 차오를 때가 있는데, 한번은 인력거가 뒤집어져서 사람이 빠져죽은 일도 있었다. 작은 후통은 곳곳이 커다란 진흙 뻘로 변해 담장에 의지해 걸어야 하고 진흙탕 물이 얼굴에 온통 튀는 것을 조심해야 한다. 나는 어려서 대로와 작은 골목을 헤집고 등하교를 했는데 아주 고역이라 여겼다.

예전의 도로는 이렇지 않았다. 용도甬道[1]는 높이가 처마와 가지런했는데, 윗면은 수레 자국이 깊게 나 있어 사람들이 두려워했다. 그래서 한 걸음 물러서 생각해 보면 [그 때에 비하면 괜찮은 편이니] 약간 통쾌한 생각이 드는 것은 당연했다. 사실 나 역시도 교통이 불편했던 당시 상황을 겪은 바 있다. 내가 어렸을 때는 승용차를 타고 첸먼前門에 나가는 게 한 바탕 큰일이었다. 치판제棋盤街[2]까지 나아가면 늘 그렇듯 차들끼리 새치기하느라 꽉 막혀 나아가기 어려웠으니, 앞에서 소리치고 뒤에서 욕을 해대며 조바심을 내며 기다리다 항상 한 시간 이상 되어서야 풀리는 현상이 있었다.

가장 난감했던 것은 이 일대의 길에 두터운 석판이 깔려 있는데, 오래 되니 닳고 닳아 아주 넓고 깊은 홈이 생긴 것이 이빨을 드러낸 듯 하여 노새나 말이 끄는 수레가 그 사이를 가다가 바퀴가 그 홈에 빠지게 되면 좌우로 흔들리다 넘어가게 되는 것이다. 그렇게 흔들리고 넘어가는 사이 머리에는 호두만한 크기의 혹이 좌우로 한 개씩

---

1) 건물이나 사묘寺廟 따위의 주요 건축물로 통하는 길로 주로 벽돌이 깔려 있다.

2) '치판제棋盤街'는 글자 그대로의 뜻은 '바둑판 거리'이다. 곧 가로가 바둑판처럼 또박또박 나뉘어 있는 곳을 가리킨다. 그래서 다른 도시에도 이 명칭을 쓰는 곳이 더러 있다(대표적인 것이 우한武漢의 치판제이다). 베이징의 치판제는 현 마오쩌둥의 무덤인 마오주석기념당毛主席紀念堂 자리에 있던 중화먼中華門(청대에는 다칭먼大淸門이라 불렀고 명대에는 다밍먼大明門이라 불렀다)과 첸먼 사이의 광장을 일컬었다. 중화먼이 1954년 철거되고 톈안먼 광장이 조성되면서 치판제라는 명칭도 사라졌다.

나게 된다. 이런 상황은 나중에 나아지긴 했는데, 첸먼의 통로가 하나에서 네 개로 늘어나고, 길도 넓어졌으며, 석판도 없어졌다. 또 어떤 사람이 발명한 것인지는 알 수 없지만, '좌측통행'을 하게 되었다.

베이징 성은 네모반듯하게 북쪽에 자리 잡고 남면을 하고 있는데, "하늘이 서북쪽을 무너뜨리고 땅이 동남쪽을 함몰시켰다"[3]는 것으로 상징되는 두 귀퉁이가 이지러진 것 말고는 불규칙한 형상이 아무것도 없다. 그래서 가로 역시 횡으로나 종으로나 평평하고 반듯한 것이 사방팔방 평온하다. 둥쓰東四, 시쓰西四, 둥단東單, 시단西單 이렇게 네 곳의 패루가 네 개의 중심점이 되어 골목들이 비늘이 늘어선 듯 하나하나 분명하게 셀 수 있다. 베이징에 와서는 길 잃기가 쉽지 않은 것은 이 때문이다.

---

3) 원문은 "天塌西北地陷東南"이다. 현재의 베이징 성의 추형은 원대에 이루어졌지만, 기본적인 틀은 명대에 완성되었다. 명의 세 번째 황제인 영락제는 수도를 난징南京에서 베이징으로 옮기면서 자신의 군사軍師인 류보원劉伯溫과 야오광샤오姚廣孝에게 도성의 설계를 맡겼다. 전설에 따르면, 두 사람은 경쟁적으로 수도의 건설에 매진했는데 어느 날 『서유기』에 등장하는 나타哪吒 신이 어린아이 형상을 하고 나타나 두 사람에게 베이징 성의 모습을 그리게 했다. 그런데 그들이 그린 그림이 완벽하게 똑같았다. 두 사람은 공을 다투기 위해 그림을 들고 황제 앞에 나섰는데, 야오광샤오가 그림을 그릴 때 바람이 불어 종이가 날려 그림의 서북쪽 모서리 선이 약간 삐뚤어졌기 때문에, 서성의 해당 부분인 더성먼德勝門에서 시즈먼西直門 사이 부분이 삐딱하게 기울고 말았다고 한다.

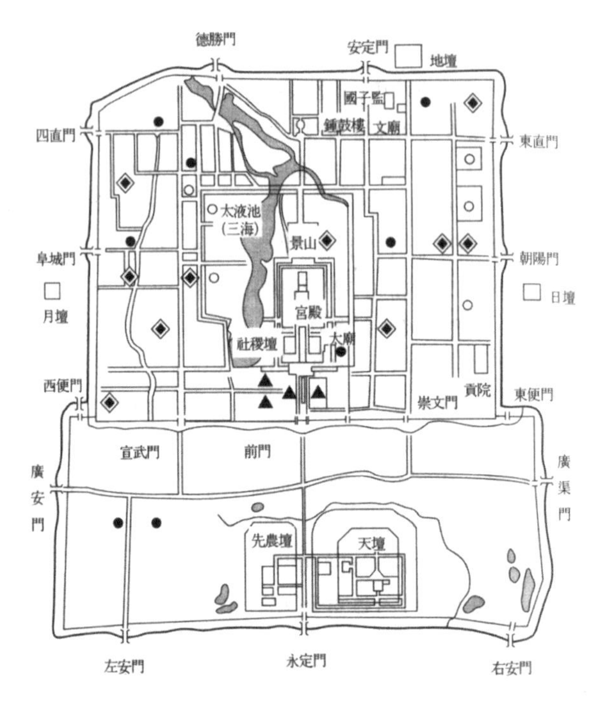

〔그림 80〕 명청대 베이징 성.
과연 서북쪽과 동남쪽이 약간 이지러져 있다.

예전에 황성이 철거되지 않았을 때는 동성東城에서 서성西城으로 가려면 반드시 허우먼後門으로 에둘러가야 했다. 지금은 대로가 뚫려 베이하이北海 퇀청團城의 진아오위둥챠오金鰲玉蝀橋를 지나야 하는데, 난간의 조각이 옥을 잘라놓은 듯 풍경이 그림 같다. 이곳이 베이징 성에서 가장 아름다운 길이다. 저녁 무렵 차를 몰고 다리를 건너노라면 좌우로 눈을 뗄 수가 없다.

성 밖에도 극히 풍치있는 길이 있는데, 바로 시즈먼西直門에서 하이뎬海甸으로 통하는 신작로이다. 길을 끼고 높이가 몇 길이나 되는 수양버들이 있는데, 한 그루 한 그루 늘어서 있어, 여름과 가을에는 매미 울음소리가 끊이지 않고 실버들이 바람에 날리는 가운데 석양이 지면 그윽한 경치가 절묘하다. 나는 어려서 칭화위안清華園에서 공부했는데, 매주 이 길을 앞뒤로 8년 간 왕복했다. 어떤 때는 나귀를 타고, 어떤 때는 차를 타고 갔는데, 이 길은 내게 아주 깊은 인상을 남겼다.

베이징 가로의 이름은 대부분 모두 풍취가 있다. 넓은 것은 '콴졔寬街', 좁은 것은 '샤다오峽道'라 하고, 기울어진 것은 '셰졔斜街', 짧은 것은 '이츠다졔一尺大街', 모난 것은 '치판졔棋盤街', 구부러진 것은 '바다오완八道灣', 새로 난 것은 '신카이루新開路', 좁장한 것은 '샤오졔쯔小街子', 낮은 것은 '샤와쯔下洼子', 좁고 긴 것은 '더우야차이후통豆芽菜[4]胡同'으로 불렀다. 역사적인 연혁과 관계가 있는 수많은 의미들이 이미 사라져버렸다. 이를테면, '류리창琉璃廠'에서는 이제는 더 이상 유리기와를 굽지 않고 서점이 집중된 곳이 되었고, '러우스肉市'에서는 더 이상 고기를 팔지 않고, '미스米市'에서는 더 이상 쌀을 팔지 않고, '메이스졔煤市街'에서는 더 이상 석탄을 팔지 않고, '보거스鵓鴿市'에서는 더 이상 비둘기를 팔지 않고, '강와창缸瓦廠'에는 더 이상 옹기가 없으며, '미량쿠米糧庫'에는 더 이상 곡식 창고가 없다.

나아가 어떤 길 이름은 비속한 것을 혐오하는데, 사실 비속함에도 비속한 풍미가 있다. 그런데 어떤 점잔 떠는 선비 나으리께서 그랬는지 모르겠지만, 스스로 풍아風雅함을 자처해 멋대로 몇몇 이름을 우아하게 고쳐버렸다. 이를테면, '더우푸샹豆腐巷'은 '둬푸샹多福巷'으로 바꾸고 '샤오쟈오후통小脚胡同'은 샤오쟈오후통曉敎胡同'으로 바꾸었

4) '더우야차이豆芽菜'는 콩나물을 의미한다.

〔그림 81〕 콴졔寬街 ⓒ 조관희

으며, ’피차이후통劈柴胡同‘은 ’비차이후통辟才胡同‘으로 바꾸고, ’양웨이바후통羊尾巴胡同‘은 ’양이빈후통羊宜賓胡同‘으로 바꾸었고, ’쿠쯔후통褲子胡同‘은 ’쿠쯔후통庫資胡同‘으로 바꾸었으며, ’옌야오후통眼藥胡同‘은 ’옌야오후통演樂胡同‘으로 바꾸고, ’왕과푸셰졔王寡婦斜街‘는 ’왕광푸셰졔王廣福斜街‘로 바꾸었다.[5)]

민국 초기 경찰청에 류보안劉勃安 선생이라는 이가 있었는데, 위비魏碑[6)]를 능숙하게 쓸 줄 알아 에나멜로 만든 큰 거리 작은 골목의 명패는 모두 이 군자님의 손에서 나온 것이다. 베이징에 아직까지

5) 이상의 후통 이름은 원래 명칭이 조금 비속한 감이 있어 비슷한 발음의 다른 글자로 대체한 것들이다.

6) 본래는 북위北魏 시대 비석의 총칭을 가리킨다. 자체가 엄정하고 필력이 강건하여 후대 해서체의 전범이 되었다. 여기서는 단정한 해서체로 쓴 비석을 말한다.

부유한 상인을 기념하는 등 인명을 길 이름으로 삼는 작풍이 없다는 것은 그나마 다행스러운 일이다.

베이징은 십리나 되는 조계지[7]에 비할 바는 아닌데, 사람들의 심리가 비교적 보수적이고, 서양의 관습에 물드는 것도 비교적 적고 늦다. 둥쟈오민샹東交民巷은 특수한 구역으로, 그 안의 신작로는 각별히 평탄하고, 가로등도 각별히 밝으며, 건물들도 각별히 높고, 청소도 각별히 깨끗하게 되어 있다. 바다를 보고 탄식했다는 하백河伯의 심정[8]으로 양놈들과 이웃하고 살고 있는 베이징 사람들은 보고도 못 본 척, 괴이한 것을 보고도 괴이쩍게 생각하지 않는다. 아울러 베이징 사람들은 바로 이 스스로 우월감을 느끼는 곳에 대해서는 흠모의 눈길을 던지지 않고, 다만 서양인에게 고용된 중국인[9]이 양놈의 비위를 맞추는 것에만 기세등등한 눈길을 날린다. 토박이 베이징 사람은 새장을 든 채 새를 태우고 성벽 주변을 어슬렁거릴지언정, 쳐다보면 화가 나는 그곳으로 쉽사리 걸어 들어가려 하지 않았다.

베이핑에는 거리 구경할 곳이 없다는 설이 있다. 일반적으로 말하자면, 거리에는 무슨 구경할 만한 게 없다. 일반적인 가게에는 쇼윈도가 없다. 그것은 착실한 장사꾼이라면 모두들 '훌륭한 물건은 깊이 감추어두어 비어있는 듯"하는 것을 중요하게 생각하여 좋은 물건은 바깥에 내놓지 않고, 물건을 사는 이도 일정한 곳에 가서 거리에

---

7) 서양식 건물들이 즐비하게 늘어선 상하이의 와이탄外灘을 가리킨다.

8) 원문은 '望洋興歎'으로 자신의 능력을 뽐내던 강의 신 하백이 바다를 보고 말문이 막혀 그저 탄식만 했다는 데서 나온 고사.

9) 원문은 '二毛子'인데 과거에는 동북 지방 사람들이 중국인과 러시아인 사이에 태어난 혼혈아를 가리키는 말로 쓰이다가 청말에는 천주교를 믿거나 서양 사람을 위해 일을 해주는 중국인들을 가리키는 말로 쓰였다.

서 공연히 빈둥댈 필요가 없는 것을 중요하게 생각했기 때문이다.

산보를 할라치면, 공원이나 베이하이北海, 태묘太廟, 징산景山에 간다. 만약 길 위에서 한가롭게 거닌다면, 자동차와 부딪히는 것을 조심해야 하고, 진흙탕을 조심해야 하고, 개똥을 밟는 걸 조심해야 한다! 시간을 보내는 데는 상하로 3, 6, 9 등급이 있어 각자 가는 곳이 있는데, 거리에서 빈둥대는 게 최하책이다. 당연히 베이징에도 베이징만의 도시 풍경이 있다. 한가롭게 아무 일 없이 우연히 거리로 나가 볼작시면, 시끌벅적한 가운데 유장하고 한가로움이 섞여 있는 것도 충분히 흥취가 있다. 책을 사는 벽癖이 있는 사람이라면 류리창에 가서 창둥먼廠東門에서 창시먼廠西門까지 가면 옹근 반나절을 보낼 수 있는데, 편액과 간판들만으로도 충분히 오랫동안 감상할 수 있고, 서점이 연이어져 있어 가게의 단골은 계산대 뒤로 들어가 각종 도서와 판본을 뒤적이는 것도 진정한 향수享受가 된다.

베이징의 도시 면모는 진보적이기도 하고 퇴보적이기도 하다. 진보적인 것은 물질상의 건설, 이를테면 신작로나 인도를 넓히고 포장하는 것이라면, 퇴보적인 것은 베이징 특유의 정조와 분위기가 점차 사라지고 퇴색한다는 것이다. 세상 모든 사물은 변하지 않는 게 없으니 베이징이라고 어찌 예외가 될쏘냐?

(『문학의 베이징』에서 가려 뽑음.
원래는 『중국현대문학대계』에 실림)

[량스츄梁實秋 (1903~1987년)]

[그림 82] 량스츄

량스츄는 원래 이름이 량즈화梁治華로 스츄實秋는 자이다. 베이징에서 태어났으나 관적은 저장 성浙江省 항저우杭州이다. 필명으로 쯔쟈子佳, 츄랑秋郎, 청수程淑 등이 있다. 저명한 산문가이자 학자, 문학비평가로 중국 최초의 셰익스피어 연구가였다. 일찍이 루쉰과 수많은 필전을 벌인 것으로 유명하다. 1923년 하바드대학으로 건너가 그곳에서 석사 학위를 받은 뒤 1926년 귀국해 둥난대학東南大學, 칭다오대학青島大學(현재는 하이양대학海洋大學), 산둥대학山東大學 등에서 교수로 활동하다 1949년 타이완으로 건너가 타이완사범대학 영어과 교수를 지냈다.

베이징 소묘

리젠우李健吾

베이징 성의 모습은 '철凸' 자같이 생겼는데, 장갑차와 비슷하기도 하다. 경극 『매룡진梅龍鎭』에서 명 왕조의 정덕正德 황제가 하나의 비유를 들어 자신의 주소를 말하는 대목이 있는데, 대체적인 뜻은 이러하다. 커다란 울타리가 작은 울타리를 두르고 있고, 작은 울타리는 또 더 작은 울타리를 두르고 있다. 이른바 커다란 울타리는 베이징의 외성으로, '철凸' 자의 하반부이고, 베이징의 내성은 '철' 자의 상반부로, 성은 비록 내외로 나뉘지만, 외성이 내성을 전체로 감싸고 있지 않아 누가 누구를 감싸고 있는 것은 아니다. 다만 그 작은 것 안의 또 다른 작은 울타리가 내성의 중심인 것은 확실한데, 통상적으로 또 다른 존귀한 명칭인 '쯔진청紫禁城'이라 불린다.

쯔진청 안에도 큰 것과 작은 것이 있는데, 작은 것은 진청禁城으로 황제가 살던 곳이다. 현재는 황제는 없고 통상적으로 고궁故宮이라 부른다. 큰 것은 황청皇城으로 담장이 황토 빛 붉은색이라 사당의 담장과 비슷한데, 사실은 누런색도 아니고 보라색도 아니다.

〔그림 83〕 황성의 붉은 색 담장 ⓒ조관희

베이징의 아름다움은 오히려 이런 안팎의 성곽에 있지 않다. 성루는 대부분 비둘기 집이 되어버렸고, 벽돌 사이에는 가시풀로 덮여 있어, 지나가 버린 세기가 그대의 눈앞에 고요하게 펼쳐져 있다.

베이징의 아름다움을 이해하려면 비행기를 타고 조감을 하는 것이 가장 좋다. 그렇지 않으면 진청의 우먼午門 위에 서서 사방의 들판을 둘러보는 것도 괜찮다. 녹음이 져서 내가 '들판'이라고 한 것도 지나친 것은 아니다. 집은 나뭇가지와 이파리 아래로 은은하게 드러나고, 가로는 세류細流 같이 가지런히 흩어져 정연하면서도 단조롭지 않은데, 붉은 담장과 푸른 기와가 투영되어 색과 향이 오래된 금색과 녹색 비단의 바탕 같고, 가로는 회색의 네모난 격자에 붉은 꽃과 푸른 줄기로 점철되어 있다.

외성 톈탄天壇의 기년전祈年殿은 서남쪽 방향의 시선을 막아서고 있다. 번화하고 너른 쳰먼다제前門大街은 정양먼正陽門에서 시작해 남쪽으로 곧게 뻗어 있고 중국의 심장으로 통하는 듯하다. 동남쪽을 바라보면 밭두렁이 있고 중간에 관각館閣이 우뚝 서 있는데, 과거 시인들이 옛일을 추모하던 타오란팅陶然亭이다. 서에서 북으로 저 멀리로는 연면히 이어진 시산西山이 있고, 가깝기로는 백탑白塔 두 개가 맑은 하늘을 아스라이 받들고 있다.

[그림 84] 징산景山 정상에서 바라본 백탑. 앞의 것은 베이하이北海 공원의 백탑이고, 멀리 보이는 것은 먀오잉쓰妙應寺의 백탑이다. ⓒ조관희

정북쪽에는 숭정 황제가 목을 맨 징산景山이 있다. 동쪽에는 특별히 눈에 들어오는 건축물이 없는 듯한데, 나무들이 있다. 그대는 그

것들이 도덕군자인 양 엄연한 송백松柏인지, 그렇지 않으면 하늘거리는 다양한 자태를 뽐내는 수양버들과 회나무인지 분간을 못할 것이다. 마찬가지로 그 나무들이 겪어낸 세월의 굵기를 분별해내지 못한다. 다만 녹음은 파리의 녹음과 같이 꾸미지 않았고, 파리의 위압적인 고층 빌딩의 두 날개가 하늘 가득 펼쳐져 있는 것과 다른데, 집집마다 나무가 있고, 집집마다 나무를 그늘로 삼아, 푸른 파다가 넘실대며, 삼해三海[1]와 후청허護城河의 물빛 위에 떠오른 것이 오히려 크고 작은 화려한 배와 같다.

마지막으로 그대는 진아오위둥챠오金鰲玉蝀橋를 어슬렁거리며 건너다 그 위에 서서 모든 것을 잊을 수도 있다.……모든 게 아름다움이다.

〔그림 85〕 현재의 진아오위둥챠오 ⓒ조관희

---

1) 통상적으로 베이징 시내에 있는 베이하이北海, 중하이中海, 난하이南海 세 호수를 가리킨다.

여름의 녹음을 대신하는 것으로 겨울의 흰 눈이 있다.

회색은 베이징의 모래바람이다. 이것은 막북漠北의 숨결과 낙타의 방울소리, 일종의 몸부림을 띠고 있다. 흙먼지는 그대를 현실로 돌아오게 하는데, 후통은 한 편의 로맨스다. 후통의 이름을 듣다 보면 구이먼관鬼門關에 공포를 느끼고, 양웨이바후통羊尾巴胡同에 웃음 짓고, 온갖 꽃들의 심처深處는 낭만적이다.

베이징에 오래 살다 보면 모래 바람도 청정하다. 여기에는 고찰의 그윽함이나 조계의 소란스러움이 없으며, 젊은이는 공부하기 적당하고, 노인들은 휴양하기에 편하다. 장년의 경우 이곳을 떠나면 인간세상의 전쟁터로 향하게 된다. 실패하고 돌아오면 베이징은 그대를 위로하고, 승리하고 돌아오면 그대에게 필요한 안온함을 줄 것이다. 하지만 장년일 때는 이곳에 오면 안 된다. 까딱하다가는 베이징이 그대를 들이마실 것이다. 베이징은 요람이고 무덤이다. 모든 사람에게는 고향이 있다. 베이징은 그대의 제2의 고향이고, 정신의 귀환처이다. 그래서 이상적인 고향이다.

베이징은 누구에게나 속해 있고, 그 시원시원하고 대범한 것이 말과 같아서 전 중국적이다. 그래서 우리에게 베이징은 없어서는 안 될 것이고, 중국 평화의 상징이다.

1938년 8월 13일
(리졘우, 『절몽도切夢刀』, 1948년 11월
상하이문화생활출판사上海文化生活出版社)

[리젠우李健吾 (1906~1982년)]

리젠우는 필명이 류시웨이劉西渭이며 저명한 작가, 희극가이다. 어려서부터 희극과 문학을 좋아해서 1930년 칭화대학清華大學 문학원文學院 외국문학과外文系를 졸업한 뒤 1931년 프랑스 파리로 건거나 파리현대언어전수학교에서 공부하고 1933년 귀국해 지난대학暨南大學 문학원文學院 교수와 상하이쿵더연구소上海孔德研究所 연구원과 상하이 시 희극전과학교戲劇專科學校 교수, 베이징대학 문학연구소, 중국과학원 외문소外文所 연구원 등을 역임했다. 장편소설 『마음의 병心病』 등이 있으며, 몰리에르와 톨스토이, 고리키, 투르게네프, 플로베르, 발작 등 유명 작가의 작품을 번역했다.

〔그림 86〕 리젠우

베이징의 사랑

셰빙잉謝冰瑩

베이징에 와본 적이 있는 사람이라면 깊은 인상을 받지 않는 이가 없고, 베이징을 떠난 뒤에도 늘 그리워하지 않는 이가 없다.

베이징은 모든 사람의 연인이고, 모든 이의 어머니 같다. 베이징은 불가사의한 마력으로 외부에서 온 유랑객들을 빨아들인다. 베이징에 살고 있을 때는 그게 어떤 것인지 못 느끼지만, 일단 그곳을 떠나면 알 수 없는 힘에 의해 그리워하게 된다. 어느 곳에 가더라도 베이징 같이 좋은 데는 없다고 느끼는데, 그 이유를 개괄하자면 다음의 두 가지를 벗어나지 않는다.

첫째, 고도의 풍경이 너무 아름답다! 이허위안頤和園이나 징산景山, 태묘太廟, 중난하이中南海, 베이하이北海, 중산공원中山公園, 고궁박물원故宮博物院, 톈탄天壇, 디탄地壇……과 같은 역사적인 고적과 명승지는 위대하고 장관이라 여행객의 마음을 탁 트이게 하고 돌아갈 것을 잊게 만든다. 아울러 베이징 시 전체가 커다란 공원과 같아 곳곳에 나무가 있고, 꽃이 있다. 모든 집의 정원에는 가난뱅이든 부자든 몇 그루의 나무를 심고 화분이 있다. 집들은 또 얼마나 가지런하고 정교하게 배열되어 있나? 이들 사합원 집은 보기에는 아주 간단한 듯하지만 사실은 아주 복잡하다. 집 안에는 본채에 딸려 있는 두 개의 방이 있고, 큰 정원 안에도 작은 정원이 있는데, 작은 정원의 뒤에는 화원이 있다. 잘 꾸며진 정원에는 안에 가산假山이 있고, 회랑이 있으며 기이한 꽃과 나무가 있다. 여기에 고색창연한 향기가 나는 가구가 더해지면, 거실 안이 각별히 그윽하고 고아한 분위기로 점철되기에 누구나 베이징이 가장 살기 좋은 집이라 말한다. 후통 안의 작은 정원에서는 아이들과 한 가족이 아주 고요하고 쾌적하게 살 수 있으니, 절대 그대를 귀찮게 할 사람이 없다. 설사 시끄러운 저잣거리 부근에 살더라도 수레와 말 우는 소리가 그대의 귀에 그렇게 많이 전해지지 않는다.

두 번째 이유는 베이징의 풍속과 인정이 각별히 순박해, 상하이나 난징 일대의 시끌벅적함이나 번화함이 없고, 칭다오나 쑤저우, 항저우 일대의 귀족스러움도 없다는 것이다. 표면상으로는 넉넉하고 대범하면서도 점잖은 군자이고, 안으로는 아리따운 소녀같이 불꽃같은 열정을 갖고 있지만 겉으로 드러내지는 않고 있다. 베이징은 태생적으로 사근사근하면서도 진실되고, 충실하면서도 검박하다. 나는 고향을 사랑하는 만큼이나 베이징을 사랑한다. 심지어 베이징의 모든 명승고적, 모든 후통과 거리가 각별히 매혹적이다. 아마 이건 내 편견일지도 모르지만, '베이징이 정말 좋다!'는 것은 누구도 부인할 수 없을 것이다!

베이징에 와본 적이 없는 사람과 베이징에 대해 이야기하다보면, 그 사람은 유감스러운 듯 그대에게 대답할 것이다.

"정말 애석하게도, 아직 베이징에 가본 적이 없습니다."

혹자는 말할 것이다.

"전쟁에서 승리한 뒤 반드시 베이징에 가볼 것이다."

벗이여, 위에서 내가 베이징을 치켜세운 것을 보고도 아직 만족하지 못한다면, 내가 다시 몇 개의 예를 들어보겠다.

그대가 처음 베이징에 가서 기차에서 내렸을 때, 기차역에 그대를 마중 나온 친구가 없다면 첫 번째로 관계를 맺는 사람은 머리에 붉은 모자를 쓰고 푸른 색 조끼를 입은 인력거꾼이다. 역을 나오면 인력거를 불러야 한다. 인력거꾼이 나이가 어린 젊은이이라면 거리를 잘 알지 못할 것이다. 그러면 반드시 인력거를 세우고 경찰에게 가야 한다. 베이징의 경찰을 이야기하자면, 정말 칭송이 자자하다. 누구라도 그들이 전국에서 가장 예의바르고 가장 열심히 복무하는 모범 경찰이라고 말할 것이다. 믿지 못하겠다면, 번거롭지만 초급소학교[1]의 제5책 국문 상식 교과서를 찾아보라. 제14과가 「경찰의 좋은 친구」인데, 베이징의 경찰이 얼마나 공손하고 어떻게 상대방을 배려하는지 기술되어 있다. 그에게 길을 물으면 손으로 자세하게 동쪽과 서쪽을 가리키면서, 몇 걸음을 가면 담배 파는 작은 상점이 있고, 다시 서쪽으로 방향을 틀면 이발소가 있으며, 다시 남쪽으로 가면 무슨 후통을 지나는데, 그러고 나면 아무개 후통이라고 알려 줄 것이다. 늙은 노부인이 길을 물으면, 서 있던 단에서 내려와 아마도 그녀를 모시고 어느 정도 길을 가서 곧장 목적지까지 데려다 줄 것이다.

그들이 호구를 조사할 때는 더욱 예의가 있다. 그들은 그대의 문 앞에 와서 가볍게 문고리를 두드릴 텐데, 그대가 듣지 못하면 다시

1) 당시 학제로는 현재의 초등학교 1학년에서 4학년까지를 가리킨다.

가볍게 몇 번 소리를 내고 절대 조급하지도, 성깔을 부리지도 않으면서 그대의 정원에 들어와 거기서 미소를 띠고 말을 물어볼 것이다. 아울러 세찬 비가 내리지 않는 한 절대 거실로 들어오지 않는다. 그에게 담배를 권하더라도 피우지 않고, 차를 따라주어도 마시지 않는다. 묻고자 하는 말을 다 묻고, 보고자 하는 호구의 명부책을 다 보고 나서 주인이 도장을 찍으면 그는 다시 공손하게 미소를 짓고 떠난다. 떠날 때도 손님인 양 연신 주인에게 "폐를 끼쳤습니다! 폐를 끼쳤습니다!"라고 말한다.

그래서 베이징에 사는 사람들은 경찰을 두려워하지 않는다. 그들은 그대의 형제, 친구와 같다. 하지만 그가 네거리에 서서 손에 지휘봉을 들고 근무를 설 때는 엄격하고 진지하며 추호도 사사로운 감정을 드러내지 않고 사리에 맞게 행동한다. 베이징의 경찰 근무지는 아주 적다. 하지만 누구라도 법을 준수하고, 신호등의 지시에 따라 정지하거나 앞으로 나아간다. 시창안제西長安街와 푸유제府右街 입구의 네거리에는 경찰 지휘 건물 한 동이 허공에 높이 걸려 있는데, 교통경찰이 안에 앉아 있다. 나는 늘상 자동차가 사람을 상해하고 경찰이 오기를 기다리는 동안 가해자가 몇 리나 달아나 버릴지도 모른다는 생각을 해왔다. 그러나 그런 기우杞憂일랑은 접어두기 바란다. 베이징은 절대 다른 곳과 달리 1년 동안 한 두 차례의 교통사고도 있기 어렵고 특히나 차가 사람을 치어 죽이는 기사도 있을 수 없다. 됐다. 이제 화제를 바꾸어 풍경을 이야기해보도록 하자.

가을의 베이징은 행락객들이 즐거움을 누리기에 최적의 계절로, 바람도 없고 비도 없고 해도 하루 종일 따사롭게 내리쬔다. 드높은 푸른 하늘은 맑고 끼끔하며, 옅은 회색 구름이 눈처럼 흰 구름을 좇아가는 것이 때로는 느리게 산보하는 듯하고 또 때로는 서로 포옹하는 듯하다. 정오의 태양은 소녀의 얼굴 위에 비추어 발그레한 홍조를 띠게 하지만, 일단 저녁 무렵이 되면 서늘한 바람이 불어와 편안한 느낌이 들며 약간 쌀쌀하기까지 하다.

이란탕漪瀾堂과 우룽팅五龍亭 및 베이하이 연변의 찻집은 저녁 시간이 되면 나들이 나온 손님들로 만석이다. 그들 가운데 여자 친구를 데리고 온 이도 있고, 온 가족을 대동한 이도 있으며, 두세 명의 지기들끼리 모임을 갖는 이들도 있다. 조용히 앉아서 천천히 룽징龍井 샹폔香片[2]을 마시고, 베이징 특유의 간식거리인 완더우가오豌豆糕나 미짜오蜜棗, 기름에 튀긴 땅콩 등을 먹는다. 그들의 태도는 한가롭고 심경은 평온하다. 젊은 남녀들은 일엽편주를 타고 베이하이 위에서 천천히 노니는 것을 즐긴다. 미풍은 연꽃 잎을 가볍게 흔들어대 사각

[그림 87] 베이하이 츙다오瓊島 ⓒ조관희

2) 향기로운 꽃으로 만든 차를 가리키는데, 대부분 쟈스민 차가 많다.

거리는 소리가 나고 작은 물고기들은 옥같이 푸른 물속에서 도약을 한다. 때로 작은 배가 연꽃 무리 사이로 들어가면, 사람이 그림 속에 있는 듯, 아주 아름다운 풍경을 만들어낸다.

때로 바람이 일면 푸른 파도가 놀잇배를 흔들어대 삐걱 삐걱하는 소리를 낸다. 청춘 남녀들은 푸른 파도에 미소를 짓는데, 어떤 이는 경쾌하게 낮은 목소리로 노래를 하고, 어떤 이는 하모니카를 불고 어떤 이는 자기가 마음속으로 좋아하는 곡조를 흥얼거린다. 그들은 하늘 위 천사들처럼 걱정 근심 없이 아주 즐겁기만 하다.

베이하이는 아름답고 사람을 취하게 한다. 몇 백 년 동안 약간의 변화를 겪긴 했지만, 여전히 근심거리라고는 조금도 없다. 극락세계의 불상은 조금도 손상되지 않은 채 여전히 소서천小西天에 단정하게 앉아 있고, 구룡벽九龍壁 앞에 서 있는 수많은 유람객들은 정교한 예술 작품을 감상하고 있다. 이란탕에서 호수를 건너 우룽팅으로 가는 유람객들은 여전히 붐비고, 사공들은 숨 돌릴 틈도 없이 바쁘기만 하다. 백탑은 더 장려하게 수리되었고, 유리 세계처럼 회칠을 했으며, 아동체육관은 아이들의 웃음소리가 가득하고 적지 않은 어른들이 그 곁의 의자에 앉아 미소를 띠고 아이들을 바라보고 있다. 그들 가운데 어떤 이들은 자신이 잃어버린 어린 시절을 추억하고, 또 어떤 이들은 아이들의 즐거움을 함께하고 있다.

베이하이를 유람하고도 아직 흥취가 남아 있다면, 다시 둥안시장東安市場을 구경하러 가도 괜찮다. 여기는 분위기가 또 다르다. 과일이 진열된 매대 위의 수정 같은 한 꾸러미의 백포도와 마노 같은 자주색 포도, 분홍색의 사과, 물이 오른 커다란 복숭아, 하나에 2,30근이나 나가는 커다란 수박, 예쁘장한 작은 능금, 크고 신선한 대추, 또 향기롭고 달콤한 량샹良鄕의 탕차오리쯔糖炒栗子[3]……겨울에 가장 보기 좋고, 맛있고, 아이들이 가장 환영하는 것은 빙탕후루冰糖葫蘆인데, 정말 있어야 할 것은 모두 있다. 경태람景泰藍의 예술품, 유리로 만든 각종 장난감, 아가씨나 부인네들이 좋아하는 커우화扣花[4]나 귀걸이는 사람들의 눈을 사로잡는다. 둥안시장 전체를 자기 집으로 옮겨놓지 못하는 것이 한스러울 정도다.

베이징의 가장 큰 특징은 전국의 문물의 정화精華가 모두 여기에 모여 있다는 데 있다. 평생을 이곳에 살면, 아이들이 소학교, 중학교, 대학교를 모두 여기서 끝낼 수 있고, 졸업한 뒤에도 베이징을 떠나 다른 곳에서 살고 싶지 않다. 베이징도서관의 책 역시 전국에서 첫손가락 꼽는데, 그곳에서 수십 년 간 연구에 몰두하면 유명한 학자가 되는 것을 보장한다.

앞서 이미 말했듯이 베이징 사람들의 인정은 순박해 우리가 그곳에서 일을 하거나 거주할 때 무슨 낡은 옷을 입더라도 절대 그것을 비웃는 사람이 없다. 외출했다가 차를 타는 대신 천천히 걸어서 집에 돌아오든, 방쯔멘棒子麵[5]이나 워워터우窩窩頭를 먹든, 절대 그대를 비웃을 사람이 없을 것이다. 그래서 베이징에 다녀온 적이 있는 사람은 부자건 가난뱅이건 그것을 찬미하고 그리워하지 않는 사람이 없다.

1947년 가을 베이징에서
(『문학의 베이징』에서)

---

3) 중국의 군밤은 솥에 깨끗한 모래와 설탕을 섞어 넣은 뒤 밤과 함께 볶아 설탕이 밤 안에 스며들게 해서 만든다.

4) 커우화扣花는 색색의 매듭으로 꽃 모양을 만든 장식물이다.

5) 옥수수가루로 만든 국수로 다음의 워워터우와 마찬가지로 싸구려 음식이라는 뜻이다.

[셰빙잉謝冰瑩(1906~2000년)]

〔그림 88〕 셰빙잉

셰빙잉은 원래 이름이 셰밍강謝鳴崗이고, 자는 펑바오鳳寶이며, 후난 성湖南省 신화 현新化縣 둬산 진鐸山镇(지금의 렁수이쟝 시冷水江市)에서 태어났다. 어려서는 아버지에게서 사서오경을 배우다가 후난 성립湖南省立 제1여교第一女校(후난제1여자사범학교湖南第一女子師範)에 입학했지만 졸업은 하지 못했고, 1926년 겨울 우한武漢의 중앙군사정치학교中央軍事政治學校(황푸군관학교黃埔軍校 우한 분교武漢分校)에 입학해 단기 훈련을 받고 북벌 전선에 투입되었다. 1927년에 군정학교軍政學校 여생대女生隊가 해산되자 상하이예술대학上海藝大를 거쳐 베이핑여사대北平女師大를 졸업했다. 1931년 일본으로 유학을 떠났으나 만주국 황제 푸이溥儀가 일본을 방문했을 때 환영 행사에 참가하는 것을 거부하다가 일본 특무特務에 의해 체포되었다. 온갖 고문을 받다가 추방되어 귀국하였으나, 1935년 이름을 바꾸고 다시 일본으로 건너가 와세다대학에서 공부했다. 그러나 중일전쟁이 일어나자 귀국하여 "전지 부녀 복무단戰地婦女服務團"을 조직하고 스스로 단장이 되어 전선으로 향해 부상병들을 돌보는 한편 선전宣戰 활동을 벌여나갔다. 전쟁이 끝난 뒤에는 베이핑여사대北平女師大와 화베이문학원華北文學院 교수가 되었다가 1948년 타이완台湾으로 건너가 타이완사범대학 교수가 되었다. 일찍이1921년부터 작품을 발표했는데, '5 · 4' 시기 문명을 떨쳤던 셰완잉謝婉瑩, 쑤쉐린蘇雪林, 펑위안쥔馮沅君 등과 같은 여 작가들 가운데 가장 나이가 어렸다. 평생 많은 작품을 남겼는데, 굴곡진 중국현대사의 운명에 따라 중국 대륙과 타이완, 미국 등지를 떠돌다 말년에는 샌프란시스코에서 생을 마감했다.

오월의 베이징

장헌수이張恨水

동방의 건축미를 대표할 만한 도시로, 세계에서 베이징을 제외하면 두 번째 가는 곳을 찾기 어려울 것이다. 베이징을 묘사한 글은 중국어에서 외국어까지, 원대에서 오늘날까지 너무나도 많다. 그런 글들을 베껴 쓰면 아무렇거나 백만 자 정도 되는 전문서가 나올 것이다. 지금 시점에서 베이징을 이야기 하자면 네 시대의 역사[1]를 공부해야 하니 할 말이 없게 된다. 베이징의 인물에 대해 쓰자면, 현재만 놓고 이야기해도, 문예에서 과학까지, 가장 숭고한 학자에서 아주 정교한 기예를 가진 절세의 고수까지, 이 성 안에서만도 얼마든지 구할 수 있어, 일일이 소개하는 것 역시 불가능하다. 베이징이라는 성은 특히 학문이 있고 기예가 있는 이들을 흡수할 수 있다. 이런 류의

1) 베이징을 수도로 삼은 것이 원대이니, 이를 계승한 명, 청과 현대까지 4개의 역사를 말한다.

인재들은 베이징에서 생활이 곤궁해질 정도로 정지 상태에 놓일지언정 떠나려 하지 않는다. 명성도 필요 없고, 돈도 필요 없고 그렇듯 곤궁해져 간다. 이것은 실제로 괴이한 일이다. 내가 어떤 이를 묘사해야 이 권역 밖에 있는 사람들을 만족시킬 것인가?

[그림 89] 후통의 해넘이 ⓒ 조관희

정적인 것은 쓰기 어렵고 동적인 것도 쓰기 어렵다. 지금은 5월(음력으로 맑고 화창한 4월)이다. 그러니 5월의 목전의 경물을 묘사하도록 하자. 베이징의 5월은 1년 중 황금 시절이다. 어떤 나무라도 신록의 이파리를 내밀고, 곳곳에 녹음이 가득 깔려 있다. 작약 꽃을 파는 노점이 날마다 네거리에 늘어선다. 아까시나무에는 눈같이 흰 꽃이 피어 푸른 나뭇잎 위에 동그랗게 머리를 내밀고 있다. 길거리나, 인가의 정원 어디서건 볼 수 있다. 버들 솜이 눈꽃처럼 날려 싸늘하고 고요한 후통 안을 날아다닌다. 대추나무도 꽃이 피었고, 인가의 하얗게 칠한 담장에서는 난향이 뿜어져 나온다. 베이징의 봄은 바람이 많지만, 5월이 되면 바람이 부는 시절은 지나가버린다. (올해 봄은 바람이 없어) 시민들은 겹옷을 입기 시작하는데, 따뜻하지 않은 햇볕 아래 걷고 있다. 베이징의 공원은 많기도 하고 크기도 하다. 시간만 있다면, 얼마 되지 않는 표 값을 내고 비단에 수놓은 듯하고 옥으로 깎아놓은 듯한 곳에서 반나절 정도의 시간을 보낼 수 있다.

앞서 말한 바에 비추어 보면 이 범위는 여전히 너무 넓어서 사고전서를 보는 것과 같다. 그 대강만을 이야기하더라도 버겁다는 느낌이 든다. 그 범위를 축소해서 중간 정도 되는 사람의 집만 이야기해보자. 베이징의 집은 대개 사합원이다. 이것은 전국의 건축을 압도한다. 양식 건물에 화원이 딸린 것은 사람들이 가장 선망하는 신식 주거 형태다. 하지만 베이징 사람들이 보기에는 그리 특별하달 게 없다. 베이징의 이른바 대가 집은 어느 집이나 7,8개에서 10개 정도의 정원을 갖고 있는데, 어느 정원이든 꽃과 과일이 무성한 것은 아니다. 이건 잠시 접어두자. 중산층의 집에는 큰 정원 말고도 한 두 개의 작은 정원이 서로 어우러져 있다. 이런 정원 안에서 석류나무나 금붕어 어항 같은 것들의 경우 봄이 무르익으면 집집마다 집안에서 추운 겨울을 지내고 밖으로 내온다. 정원 안의 나무들, 이를테면, 정향나무나 아그배나무, 등나무 시렁, 포도 시렁, 수양버들, 아까시나무, 회화나무, 대추나무, 느릅나무, 소귀나무, 쉬땅나무, 풀또기 같은 것들이 가장 일반적으로 재배하는 식물들이다. 이때가 되면 순서대로 꽃을 피운다. 특히 홰나무는 큰길가나 작은 골목 가릴 거 없이 어떤 집이든 곳곳에 심어져 있다. 5월에 징산景山 꼭대기에 올라 베이징

성을 조감하면 베이징 시의 집들이 푸른 바다 속에 들쑥날쑥하다. 이 푸른 바다는 대부분 홰나무로 만들어진 것이다.

아까시나무가 베이징에 전해진 것은 50년을 넘지 않는다. 그래서 이런 류의 나무는 비록 높이가 대여섯 길 정도 되더라도 나뭇가지는 그리 굵지 않다. 회화나무는 베이징 토산으로 나무 둥치가 아름드리로 몸체는 열 길 정도 높이로 자라는 게 일반적이다. 아까시나무는 나뭇잎이 파래지면 이내 꽃이 피어 5월이 되면 꽃이 구형을 이루어 피는데, 무더기를 이룬 것은 그리 길지 않아 멀리서 보면 남방의 흰 수국과 같다. 회화나무는 7월에 꽃을 피우고, 무더기진 것이 등나무 꽃과 같은데, 흰색일 따름이다. 아까시나무는 향이 진하고 회화나무는 그리 진하지 않다. 그래서 5월에 녹음이 짙어지는 계절이면, 아까시나무가 꽃을 피우는 것이 가장 제격이다.

중등 정도 되는 집의 정원에서는 한두 그루의 홰나무가 있을 것이다. 혹은 한두 그루의 대추나무. 특히 성의 북쪽이라면 대추나무는 집집마다 있는데, [대추나무 '짜오棗' 자가] 길하다는 의미가 있는 '짜오쯔早子'[2]와 해음諧音이 되기 때문이다. 5월에 한 바탕 비가 내리면 홰나무 잎은 이미 정원에 녹음을 드리운다. 하얀 색의 아까시 꽃은 푸른 가지 위에 눈송이를 쌓아놓아 해가 비치면 아주 보기 좋다. 대추나무 꽃은 보이지 않는데, 담녹색으로 작은 잎의 색깔과 똑같고 참깨만한 크기로 아주 작아 어디서건 보이지 않는다. 하지만 바람이 그친 한낮이나, 달이 대낮처럼 밝을 때는 난초꽃 향기가 온 정원에 그윽하고 담담하면서도 우아한 경계로 스며든다. 이런 집에 화분이 있으면(반드시 있다), 석류꽃이 불꽃같은 붉은 점으로 피어나

---

2) 1년에 두 번 심는 조생종 벼를 의미한다.

고, 협죽도夾竹桃는 분홍색의 복숭아꽃받침을 피워낸다. 아래위가 모두 푸른색인 환경에서 이 몇 개의 붉은색은 비할 수 없을 정도로 요염하다.

베이징 사람들은 또 여기저기에 초본의 꽃씨를 뿌리는 것을 좋아한다. 이때 크고 작은 꽃모종이 정원에서 흙을 뚫고 나오는데, 한 치에서 몇 치 정도까지 길이는 일정치 않지만, 모든 것들이 무럭무럭 자라난다. 베이징의 집들은 정원을 향한 쪽에 어디나 그렇듯 맨 아래는 두세 자 정도 높이의 흙담이고, 가운데는 커다란 유리창을 내는데, 유리 크기는 백화점의 쇼윈도 정도고 그 위에 바람이 통할 수 있게 구멍이 난 격자창이 나있다. 커다란 유리창 아래에는 담장에 기댄 탁자가 있다. 집주인이 책상에 엎드려 책을 읽거나 글씨를 쓸 때 문득 바라보면 유리창 밖의 녹색이 양미간에 비치는데, 이거야말로 시정화의詩情畵意라 할 만하다. 아울러 이런 구색은 돈을 전혀 쓰지 않아도 갖출 수 있다.

베이징이라는 곳은 실제로 녹음으로 점철되기에 적당한 곳이다. 푸르른 나무가 녹음을 짙게 드리우기로는 홰나무만한 것이 없는데, 둥창안제東長安街에서는 고궁의 누런 기와와 붉은 담장이 천 그루 넘는 푸른 홰나무 숲과 어우러져 한 폭의 수채화를 이룬다. 오래된 후통에는 너댓 그루의 키 큰 홰나무가 평평하고 반듯한 흙길과 낮은 흰 담장에 어우러져 행인이 아주 드문 대낮이면 그윽하고 고요한 정취를 일으키는데, 달빛 아래는 말할 것도 없다. 넓고 평평한 신작로, 이를테면 난베이츠쯔南北池子나 난베이창제南北長街 같은 곳은 양쪽으로 홰나무가 획일적으로 가지런히 3,4리 정도 길이로 연속으로 이어져 있어 멀리서 바라보면 녹색 가로를 이루고 있다. 오래된 사당의 문 앞은 붉은 색 담장, 반원 형 문, 몇 그루의 커다란 홰나무가 사당

앞에 옹립해 있으면서 낮은 사당 전체를 녹음으로 뒤덮고 있는 것이 엄숙하고 전아한 분위기를 자아내고 있다. 위엄 있는 관공서 문 앞에는 홰나무가 양쪽으로 나뉘어 서 있어 위엄 있는 의장대 사열 같이 웅장한 분위기를 가중시키고 있다. 너무 많다. 나는 이것들을 일일이 다 소개할 수 없다. 어떤 이는 오월의 베이징이 푸른 홰나무 도시라고 말한 바 있는데, 하나도 과장이 아니다.

〔그림 90〕 짙푸른 녹음에 뒤덮인 둥쟈오민샹東交民巷의 가로 ⓒ조관희

태평시대, 베이징 사람들이 말하는 이른바 '호시절'이라는 것은 바로 고도故都의 인사들이 가장 여유롭고 유유자적할 때이다. 녹음이 거리에 가득할 때 작약 꽃을 파는 납작한 수레가 꽃봉오리를 가득 싣고 지나간다. 멜대에 빙과류를 파는 이가 고요한 후통에서 놋쇠로 만든 종발을 쳐 딩동 소리를 내는 것은 이곳의 모든 안정감과 한가로

움을 나타내준다. 보하이渤海에서 가져온 해물, 이를테면 참조기와 참새우 같은 것들을 얼음덩이 위에 놓고 파는 것은 별스러운 풍미이다. 또 루유양메이乳油楊梅나 미젠잉타오蜜餞櫻桃, 텅뤄빙藤蘿餅, 메이구이가오玫瑰糕 같은 것들을 먹으면 시적인 정취詩意가 인다. 공원은 녹음으로 덮여 있고, 싼하이三海는 푸른 물이 넘실대며, 모든 곳이 모두 사람들이 편안히 누리는 곳들이다. 하지만 내가 써내려 갈 수 없고, 쓰고 싶지 않은 것들도 있다. 지금 이곳은 인근에 포화가 미치고 있어, 남쪽 사람들은 여기가 최전선이라고 한다. 북쪽 사람들이 먹는 밀가루는 한 포대에 3백 여 위안 하는데, 남쪽 사람들이 먹는 쌀은 한 근에 8만 여 위안 한다. 가난한 사람들은 조석을 장담할 수 없고, 중산층 가정도 잡곡으로 연명하고 있지만, 이것마저도 얼마나 더 먹을 수 있을지 알 수 없다. 거리의 홰나무는 여전히 예전같이 푸르지만, 여유롭고 한가함은 진즉이 모두 잃어버렸다. 가정의 정원에는 돈 들일 일 없는 정원수들이 의연하게 녹음을 드리우고 있지만, 이 녹음 역시 그윽한 아름다움이 아니라 처참한 상징이 되어버렸다. 실로 누구를 위해 일을 하고, 누구에게 시킬 것인가?[3] 우리 역시 물어볼 사람이 없다. 아방궁부阿房宮賦는 전반부에서는 화려하게 묘사

3) 원문은 "誰實爲之, 孰令致之"인데 원래는 "誰爲爲之, 孰令致之"라고 해야 한다. 이 말은 이 글이 씌어진 시기인 1948년의 상황과 연관이 있다. 당시 국공내전에서 국민당 군이 공산당 군에게 밀리자, 쟝제스蔣介石가 이렇게 말했다고 한다. 첫 번째 구는 곤경에 처했지만, 나를 알아주는 지기가 없으니 내가 누구를 위해 일할 것인가 라고 개탄하는 것이고, 두 번째 구는 자신이 명령을 내려도 그것을 수행할 이가 없다는 것을 말한다. 이 말의 원래 출전은 쓰마첸司马迁의 『보임소경서報任少卿書』이다. "속담에 이르기를, '자기를 알아주는 이 없으면 누구를 위해 일하고, 누구에게 귀를 기울일 것인가'라고 하였습니다.諺曰 : '誰爲爲之, 孰令致之？"

하고 있다가 후반부에 가면 "진나라 사람들은 스스로 애통해 할 겨를이 없었다"[4]고 탄식한다. 지금 베이징 사람들은 스스로 애통해 하지 않는 것은 아니라, 애통해 해봐야 아무런 소용도 없지 않은가?

동방의 아름다움으로 가멸찬 대도시여! 그 모든 것이 전율하고 있다! 천년 문화의 결정체여! 끊임없이 마르고 시들고 있다! 하늘에 호소해도, 하늘은 아무 말이 없도다. 인류에 호소해도, 인류 역시 고개를 돌리네. 어찌할거나!

1948년

(『40년 이래의 베이징』, 1949년 출판)

---

4) 「아방궁부」는 당대 시인인 두무杜牧가 지은 것이다. 여기 마지막 구절만 옮겨놓는다. "아! 육국을 멸한 것은 육국 자신들이었지, 진나라가 아니었다. 진나라를 씨가 마르게 멸한 것은 진나라 자신이었지, 천하가 아니었다. 아! 여섯 나라 임금들이 각자 그 백성들을 사랑했다면 진나라에 맞설 수 있었을 것이다. 진나라가 그 여섯 나라 백성들을 사랑했다면, 진나라는 3세를 이어 만세까지 임금 노릇을 했을 것이니, 누가 진나라를 씨가 마르게 멸할 수 있었겠는가? 진나라 사람들은 스스로 애통해 할 겨를도 없는데, 후대 사람이 그를 애통해 하노라. 후대 사람들이 애통해 할 뿐 그를 귀감으로 삼지 않는다면, 후대 사람들이 다시 그들을 애통해 할 것이다. 嗚呼！滅六國者六國也，非秦也。族秦者秦也，非天下也。嗟乎！使六國各愛其人，则足以拒秦。使秦復愛六國之人，则逮三世可至萬世而爲君，誰得而族滅也？秦人不暇自哀，而後人哀之。後人哀之而不鉴之，亦使後人而復哀後人也。"

[장헌수이張恨水(1895~1967)]

장헌수이는 원래 이름이 장신위안張心遠으로 안후이 성安徽省 안칭 시安慶市 첸산 현潛山縣 사람이다. 중국 장회소설가로 원앙호접파의 대표 작가이다. 생계를 위해 신문사에 근무하면서 소설을 발표하였다. 1924년 90만 자의 장회소설 『춘명외사春明外史』를 연재하기 시작했는데, 이 소설은 당시 관계官界와 사회 상의 각종 기문괴사奇聞怪事를 폭로하고 조롱하는 한편 질책을 가한 작품이었다. 1929년 독자들의 열렬한 호응과 지지 속에 5년 여의 연재를 끝낸 뒤 장헌수이는 유명작가의 반열에 올랐다. 이후 1948년 지병으로 사직을 할 때까지 수많은 신문사에 근무하면서 창작에 매진했다. 1949년 『창작 생애 회고寫作生涯回憶』를 발표한 장헌수이는 이후 문화부 고문, 중앙문사관中央文史館 관원館員, 중국작가협회中国作家協會 이사 등의 직책을 수행하면서 몇 편의 소설을 발표했다. 1967년 베이징에서 뇌일혈로 세상을 떴다. 장헌수이는 다작으로 유명한데, 여러 편의 소설을 동시에 집필하기도 했다. 최고 기록은 7편의 장편소설을 동시에 집필한 것이다. 그리고 붓을 잡으면 한 번에 끝까지 나가서 수정도 하지 않았다고 한다. 그는 타고난 글쟁이였던 것이다.

〔그림 91〕 장헌수이

옮긴이 소개

조관희

trotzdem@sinology.org

서울에서 나고 자랐다. 연세대학교 중어중문학과를 졸업하고, 같은 학교에서 석사와 박사학위를 받았다(문학박사). 상명대학교에서 학생들을 가르치고 있다(교수). 한국중국소설학회 회장을 역임했다. 주요 저작으로는 『청년들을 위한 사다리 루쉰』(마리북스, 2017). 『후통, 베이징 뒷골목을 걷다』(청아, 2016), 『베이징, 800년을 걷다』(푸른역사, 2015)『교토, 천년의 시간을 걷다』(컬쳐그라퍼, 2012), 『소설로 읽는 중국사』1, 2(돌베개, 2013) 등이 있고, 루쉰(魯迅)의 『중국소설사』(소명, 2005)와 데이비드 롤스톤(David Rolston)의 『중국 고대소설과 소설 평점』(소명출판, 2009)을 비롯한 몇 권의 역서가 있다. 지은이에 대한 상세한 정보는 홈페이지(www.amormundi.net)로 가면 얻을 수 있다.

아! 베이징

초판 인쇄 2021년 4월 30일
초판 발행 2021년 5월 10일

엮고 옮긴이 | 조관희
펴 낸 이 | 하운근
펴 낸 곳 | 學古房

주 소 | 경기도 고양시 덕양구 통일로 140 삼송테크노밸리 A동 B224
전 화 | (02)353-9908 편집부(02)356-9903
팩 스 | (02)6959-8234
홈페이지 | http://hakgobang.co.kr/
전자우편 | hakgobang@naver.com, hakgobang@chol.com
등록번호 | 제311-1994-000001호

ISBN 979-11-6586-274-9 03820

값 : 15,000원

■ 파본은 교환해 드립니다.